清迈，遇上99℃男人

QINGMAI, YUSHANG 99 °C NANREN

唐莲卡／著

广西人民出版社

图书在版编目（CIP）数据

清迈，遇上99℃男人 / 唐莲卡著.—南宁：广西人民出版社，2015.9

ISBN 978-7-219-09233-0

Ⅰ.①清… Ⅱ.①唐… Ⅲ.①长篇小说—中国—当代 Ⅳ.①I247.5

中国版本图书馆CIP数据核字（2014）第299037号

监　　制　白竹林
策划编辑　罗敏超
责任编辑　罗敏超
责任校对　周月华
封面设计　刘海凤
插页设计　刘海凤　文　晴
封面摄影　何娉婷

出版发行　广西人民出版社
社　　址　广西南宁市桂春路6号
邮　　编　530028
印　　刷　广西大一迪美印刷有限公司
开　　本　787mm×1092mm　1/16
印　　张　16.5
字　　数　230千字
版　　次　2015年9月　第1版
印　　次　2015年9月　第1次印刷
书　　号　ISBN 978-7-219-09233-0/I · 1806
定　　价　35.00元

目　录

Contents

「离家出走」

Part 1

（1）嫁给有钱人

什么叫美梦成真？

灰姑娘嫁给了白马王子，卡米拉嫁给了查尔斯，乔珊珊要嫁给易晓天了！

灰姑娘、卡米拉加上我，绝对正宗、无假冒伪劣的平民女。

易晓天，英国剑桥大学毕业，他爸的地产公司市值上亿。此时，他正开着保时捷跑车在旅行社的门口等我。

我穿着香奈儿的小礼服，戴着卡地亚的项链，拿着爱马仕的手包，踩着施华洛世奇的水晶鞋一步一步地靠近他……前几天我还蓬头垢面地带着一个又一个的老年团从成都出发，过乐山，到达峨眉山，返回，再出发。唾沫横飞地劝大爷大妈们到玉器店里多买一点东西，然后，和玉器店的老板躲在人后，眉开眼笑地瓜分掉那些蝇头小利的差价。

而现在，我终于知道当有钱人是什么滋味了。就像我现在这样，穿着拿着普通人一辈子都买不起的奢侈品，和一个洋气的“归国”小海鳖约会、相亲、订婚。不，这还不够。从此以后开名车，住别墅，养成淑女范儿，气质出众、行为高雅，吹个牛一点痕迹都不露。更重要的是我可以不再为被清早的闹钟惊醒而懊恼，为一日三餐怎么好吃好喝而发愁，更可以理直气壮地把辞职书甩在老板的秃头上，不用再看他的喜怒哀乐讨生活。

光想着这个，就觉得嫁给有钱人就是扬眉吐气，可以一朝翻身做主人。

这时，易晓天靠着车门边上，看着他的女神驾临。

我的脑子还停留在几分钟前，同事们众星捧月般围着我。她们不断地发出惊叹，天啊，这些都是女人梦寐以求、朝思暮想的东西啊！

小美如获至宝地捧着我的包，左看右看，连一个金属小扣件都不放过：“珊珊，这包得多少钱啊？”

“别碰，坏了你可赔不起。”我不耐烦地拨开小美的手。这是爱马仕好不好，她一辈子节衣缩食都买不起。还有，她们一定会从窗前探出脑袋，看到她们几辈子节衣缩食都买不起的保时捷跑车。

我要嫁给有钱人了！

而且他还英俊非凡，不是那些瘸了一条腿，瞎了一只眼睛，年纪大到可以当我爸爸的男人。

让所有的女人带着妒忌，不甘地目送我走向幸福的生活。

……

易晓天绅士十足地打开了车门，我自认为很优雅地坐了进去。

接下来，就是狗血剧开演了。也许我投错了胎不应该当导游，而是应该做编剧，没准儿还能大红大紫，为中国的电影事业贡献一份微薄的力量。

“嗨，宝贝儿，我可想死你了，今儿跟哥好好喝一个。”

“亲爱的，今儿过来不，哥哥约你。”易晓天又换了一个对象打电话，“为什么？就是想你了呗，你说来不来解哥哥的相思之愁啊？”

我一把抓过易晓天的手机，毫不客气地问道：“你是谁？”

“你又是谁？”

“我们正在前往香格里拉的路上，易晓天的爸爸和乔建民在那儿摆了一桌订婚酒宴，你说我是谁？”

电话那头不屑地发出“啧啧”声：“原来你是易晓天的未婚妻啊！”

我强压怒火：“既然你都知道了，以后少这么嗲眉嗲眼地勾引他。”

对方发出冷笑：“不是还没结婚吗，你有什么资格管他？我跟你说，我和你老公，呃，不是，你未来的老公，昨天才约过会。”

“什么！？”

“还有，易晓天告诉过我，就算你和他结了婚，你们也只是法律意义上的夫妻，我和他才是最佳伴侣。”对方的每一句话都像一根针，针针见血封喉。

我的血液立刻冰冷，怒目瞪向易晓天，“你有病啊？”

他一脸的无所谓。

我得给他空间，给他自由，给他肆无忌惮的生活。我要想嫁给有钱人就得按照他的规矩来，要学会睁只眼闭只眼，看不到他的缺点。要他只对我温柔体贴，万人不爱，千人不喜，怎么可能？

“停车！”我尖叫了起来。

易晓天继续开他的车，对我的愤怒置若罔闻。

我抡他一拳，“到底停还是不停？”

易晓天火大了：“乔珊珊，你想怎样？”

我要嫁给他，那是倒了八辈子的霉。别以为有钱就可以像螃蟹一样横行霸道，姐姐我不想侍候你这种男人！

(2) 飞机上的邂逅

人人都爱做美梦，我也不例外。

既然是梦，一定很美好，也一定会梦碎人醒。

我不是明星，没有貌美如花赛天仙，更不是一个富二代，可以平起平坐地嫁给开保时捷的有钱小开。灰姑娘穿上水晶鞋遇到白马王子，穷女孩在马路边打车碰到富豪男，这种事只能在电影里上演，更搞笑的是，这个大富豪还要装穷到最后才揭开真相，他是世界五百强上市公司的老总，带穷女孩喝最昂贵的拉菲红酒，看世界上最美丽的希腊风景，乘坐豪华游艇在加勒比海开私人派对。

有时候，我觉得编剧的脑子出了问题，这么弱智的故事都能写得出来。有时候又想想，大概编剧也是为了让广大的妇女们有一点梦想，才不得已而为之。残酷的现实是，平民女就是平民女，搭公车、挤地铁、吃方便面，身边总是围绕着没情调、没品位、没事业的愣头青。

与易晓天吵架的结果是，他将方向盘一转开到了机场，把我送上航空公司的飞机，成就我变成一个豪门梦破被迫踏上治愈系旅行的受伤女。

我抬手看表，飞机晚点了五分钟。身边的位置空空如也，正好把爱马仕放在座位上。

一个红色短发的女人拖着行李箱跌跌撞撞地冲了进来，一边给空姐说对不起，一边走到我身边的空位边上。

“喂，把你的包拿开。”她大声地嚷嚷。

我看她一眼，没动。太没有礼貌了，连“请”字都不会说，声音分贝还那么高。

她抓起我的包，往头顶上的行李舱里塞。

“你小心一点!”我阴着个脸把包抢走，放到了自己的腿上。

女人放好行李，一屁股坐到我的旁边。

她的目光在我脸上扫过来扫过去，最后定格在我的包上："爱马仕？"

我面无表情："嗯。"

"A货吧？"

我像是买A货的人吗，狗眼看人低。

"这就奇了怪了。"女人疑惑地嘟囔，"拿着爱马仕居然坐经济舱？"

"山珍海味吃惯了，有时候也想尝试开水白菜；奢侈腐败的生活过久了，也想体验一下平淡和无趣。有钱人最大的好处就是自由自在，随心所欲。"

"不好意思，主要是现在这种包满大街都是，连打扫卫生的大妈背的都是名牌A货。所以……所以……"女人给我解释她的冒失。

如果忍住一时脾气，我本来应该坐在酒店的豪华包间里，面带微笑地看着易晓天的爸爸和乔建民皆大欢喜地签合同，不，不是合同，是握手，恭贺我和易晓天一月之后喜结连理。然后我就可以开始开着豪华跑车，和各种有钱小开和富二小妹混在一起开派对、泡酒吧、吃夜宵的生活。不高兴了，或者是高兴了，买一张机票想飞哪儿就飞哪儿。但绝不是廉价航空，绝不是去曼谷而是到巴黎，也绝对遇不到像邻座艾茉莉这种以为凭借热情和幻想就能抵达生活本质的矫情女青年。

我愤恨自己是一个上不了台面的小白领，却永远不想错失嫁给有钱人的机会。哪怕我明明是个小导游，却企图嫁入豪门；哪怕明明嫁不入豪门，却偏要在陌生女人的面前装有钱人。我也恨自己的虚荣。

但这就是大多数女人的浮华和做作、矫情和虚荣、自恋和狂妄。在她们的一生中不仅炫耀日常的吃喝拉撒睡，还要炫耀男人和爱情。

简直是不炫耀，毋宁死。

我不知道当女人遇到男人，出现爱情的概率到底是多少。但是当一个女人遇到另外一个女人，很可能会为了炫耀无所不谈，甚至成为朋友。其中，关于男人和爱情的话题所占比例至少是百分之八十。

艾茉莉就是如此。她问我：“你知道罗拉吗？”

“当然知道，《罗拉快跑》这部电影我看了三遍。”

艾茉莉看了至少十遍以上，然后效仿罗拉跑去理发店搞成了现在这副尊容。我横看竖看，为什么人家罗拉的一头红发看上去那么漂亮，她的头发就像一只顶在脸部上方的鸟巢？

人家罗拉奔跑是为了拯救爱情，艾茉莉呢？

不是跑，她是各种飞。一路上，她讲着旅途中种种“飞鸟筑巢”的故事。三年前在意大利邂逅了一个帅哥，前年又在日本碰上了一个男人，无数个男人叠加下来，我有点搞不清楚状况，她究竟用哪个男人来维持她的想象力？

“下一个，永远是下一个。”艾茉莉充满信心地下结论。

我明白了，原来她和我同坐航班飞往曼谷，是为了寻找下一个男人。怪不得她整个人像打了鸡血似的兴奋。

和我相比，她才是真正奔波流离、浪迹天涯的旅游客。

我不敢苟同她的爱情观，这事儿更像艳遇。

也许我不懂爱情和艳遇的区别到底在哪儿，可能最大的相同点就是荷尔蒙起作用。一个是荷尔蒙转化成了一般的亲情，一个是荷尔蒙发泄完一切就完蛋了的激情。可以这么说，前者日复一日地复制生活直至死亡，后者是要死就马上死的幻想。

可惜我没有爱情，更不想艳遇。

“那你去曼谷干吗？”

我沉默了。如果不是易晓天，我哪儿都不想去。

航班播音响了起来，飞机要起飞了。

“哎呀，不想说就别说了。”艾米莉在黑暗里咋呼，“睡觉，睡觉。”

一片寂静，我从玻璃舷窗望出去，外面同样一片漆黑，什么都看不到。我猜想飞机可能越过了一片森林，一群高山，或者一片大海。

最后，还是要停留在一片灯火辉煌的城市里。

虽然我是导游，却是一个不喜欢旅行的人，从来没有想过有一天要独自上路。从本质上讲，我觉得这个城市和那个城市没有不同，这里的人和那里的人的吃穿住行、结婚生子一直到死去的表情也差不到哪儿去。有些人去了一趟法国就觉得自己比以往浪漫了一百倍；去了一趟南非，喝红酒的姿势都高大上了许多；去了趟不丹，物质主义被无欲无求的生活洗礼了一遍。你说至于吗？说白了，天下无差异，欲望同根生。“到一个陌生的地方领略不一样的人生。”、“趁年轻，进行一场说走就走的旅行。”这些莫名其妙的话听上去是不是特别像旅行社的广告词？

（3）我想喊他滚远一点

终于到了。

我伸了伸懒腰，打了个呵欠，拿起我的小外套，准备离开。

艾茉莉拉住了我：“乔珊珊，你的行李呢？”

我环顾了一下四周，每个人至少有一个手提箱，只有我除了身上这一套衣服，什么都没有。

“不是吧，小姐，你出个门，连个化妆包都不带？！”艾茉莉一副匪夷所思的样子。

“呃……”我用手撩开遮住半只眼睛的头发，回答她，“带东西太麻烦，在曼谷什么都可以买。”停顿了一下，补充道：“我经常这样。”

艾茉莉夸张地张大了嘴巴：“这才是富豪女的做派！”

走到入境处，办理落地签证。

“为什么到泰国来？”签证官看我一眼，翻我的护照。

我愣住，他在说什么？

“他问你，为什么要到泰国来？”艾茉莉在我身后，提醒我。

我哪儿知道，我能告诉他，我是被一个男人硬丢在飞机上的吗？

“泰国很美丽也很友善，不会拒绝每一个想要了解它的人，所以是我们向往的地方。”艾茉莉用英语替我回答。

签证官那张被阳光晒黑的脸笑得眉毛眼睛都皱在一块儿：“欢迎你们的到来！”说完，重重地盖下戳子，把护照还给了我。

“乔珊珊，我可真佩服你啊！行李不带，英语也不会说，说不定连方向都没摸清楚就敢一个人满世界地跑。”艾茉莉发出啧啧的惊叹声。

我刚想说关你什么事，电话却不识时务地响了起来。

易晓天在电话那头嘿嘿直笑：“亲爱的，到曼谷没有？”

我看了艾茉莉一眼，走到稍微离她远一点的地方，说道：“谁是你亲爱的？易晓天，请注意你的用词。”

“你是。”易晓天继续笑，“可别玩得忘形了不想回来，记住一个月之后我们要结婚。这可是父母之命，媒妁之言。”

我一声冷笑：“别得意得太早，以为把我赶出来就能心想事成……”

“瞧，你这话说得，我可是好心好意地送你上西天取经，你却狗咬吕洞宾——不识好人心。”易晓天打断了我的话。

我终于忍不住，对着电话就开骂：“滚，你有多远给我滚多远！”

“乔小姐，我俩已经隔了千山万水了。”易晓天还在嘴贫，“上……千……公……里的距离啊。”

我气得说不出话来。

“好了，不跟你扯了，别以为我想给你打电话。我是给你提个醒，在外面要注意安全，万一出什么意外，我可没工夫对你负责。”

“王八蛋！”他在骂我是一个没见过世面的傻妞，只要出国就得出事儿，别以为我听不出来。我想回骂他祖宗十八代，又觉得未免狠了点，把后半句话活生生地给憋了回去。哪知道易晓天接了我的话往下说：“得，你骂我家祖宗有什么意思啊，留点儿精气神骂外面美好的世界去吧！”

瞧瞧，这人得有多嚣张才有这么强势的底气，把人往深渊里损啊？我不用面对他，都知道他晃着一张玩世不恭的脸，说有多讨厌就有多讨厌。

挂电话的最后一秒钟，我听见他说：“亲爱的，你要没钱了，告诉我一声，立马给你汇到卡上。”

我想把手机摔到地上，立马让他消失。什么人，有钱就了不起啊？

一转身，差点撞上站在身后的艾茉莉。

她一副恍然大悟的样子看着我：“男朋友？”

“不是！”我摇头，继续撩开挡住我眼睛的头发。该死的理发师，非要把刘海剪下来遮住我的眼睛，还说这是今年最流行的发型。

“吵架了？”艾茉莉跟着我的步伐，不依不饶地问。

“不是！”我恨不得地上立刻出现一条缝，让这女人掉下去，“对不起，艾小姐。我们俩认识的时间加起来总共不到几个小时……你明白吧，我的意思是大家该怎么玩就怎么玩，各走各的阳关道行不行？”

艾茉莉拉住我，没把我的话听进去：“珊珊，别生气了，等到了曼谷我给你找一帅哥，保证让你忘了跟你男朋友吵架的事儿。”

我没好气地拨开她的手。

“不管怎么样，我们两人一起搭个伴儿安全上有保障，何况我还可以做你的导游嘛。”艾茉莉小跑步跟在我的后头。

我不想告诉她，我才是真的导游。只是我这导游志向不高，到过最远的地方就是峨眉山。如果不是我的英语很烂，早考到国际导游证了，早带出境团了。也不至于现在是第一次出国门。

艾茉莉的英语倒是相当流利，一路上将曼谷司机的车价从250泰铢杀到了150泰铢。或许在每一个旅游兴旺发达的城市都有挨宰的可能，“尤其，像你这样什么都不懂的女人。”她相当得意地跟我说。

出租车停在了一家豪华酒店的门口。

“这是哪儿？”我下车，站在大门口，一头雾水。

艾茉莉回答：“莲花酒店，曼谷最时尚的……你连这都不知道啊？”

我抬头看这栋高大威猛的楼，胆战心惊地问道：“贵不？”

“贵，你还嫌贵？”轮到艾茉莉一头雾水了，“你不是很有钱吗？”

我回过神来，对了，我不是小导游了，现在的我是一个“女富豪”。临上飞机前易晓天塞了一张不记名的信用卡给我。这小海鳖在夜总会一晚上就能花掉不少钱，我住一间好点的酒店为什么不可以？不花白不花，我要花光这个小海鳖的钱。

办好入住卡，艾茉莉手指电梯口：“那，往那儿上去，58层。”

我惊讶：“你不一起来？”

艾茉莉挤牙膏一样地把笑容挤在腮帮子两边：“不，我住你旁边。”

按理我应该握手和她说再见，但这姑娘一路上不见外地把我当朋友，隐私透露了一堆不说，还热心肠地送我到酒店。

“茉莉。”我说，“要不你就和我一起住，反正另外一张床空着也是空着。”

艾茉莉应该是早等着我把这句话说出口，这下可笑得花见花开：“真的？”看我点头，她的笑容又收了回去，变得严肃认真起来：“不过……事先得说清楚，我可不是占你的便宜啊。”

(4) 还有比结婚更痛苦的事儿

我不得不承认艾茉莉找的这家酒店不错。全曼谷第二大高楼，站在阳台上就能看到著名的湄南河，蜿蜒的河流从城市的中心穿过。可我怎么看都像咱的府南河。我要住到成都香格里拉的顶楼，看到的景色也和这里差不多吧。

这再一次印证了我的理论，城市的面孔大同小异，管你是成都、曼谷还是法国。最大的变化就是身边一群叽叽喳喳的老年团友换成了一个叽叽喳喳的年轻女人艾茉莉。

艾茉莉把行李箱里的衣服一件件拿出来挂入衣柜，把各种瓶瓶罐罐和口红之类的化妆品摆放进洗手间，窜进窜出忙得不亦乐乎。我则瘫在床上，发呆。

收拾停当，她朝我扔了一个盒子。

“什么？”我问。

“面膜。”

“干什么？”我一头雾水。

“面膜还能干什么？”艾茉莉面对我的愚蠢再次崩溃，“作为女人，不管是去超市买瓶水还是参加晚宴，都要让自己随时随地足够漂亮。”她撕开一张面膜，对着镜子贴，回头，一张贞子样儿的恐怖白脸对着我：“只有漂亮的女人才能吸引男人，让他们鞍前马后为你效劳。”

我摇头：“我不需要。”

艾茉莉想起了在飞机上，我还没回答她为什么要到曼谷来。

我给艾茉莉讲了事情的原委。

有一天，易晓天的爸爸去乔建民家里做客，不知道怎么就看上了我，他和乔建民决定来个强强联手、优势联姻。

“女人不都想找个有钱的老公吗？”艾茉莉有点羡慕我。

何况易晓天刚从国外镀金回来，无限的风华正茂、无限的气宇轩昂、无限的光宗耀祖。于是，我穿着这身“白富美”的行头在美容美发店剪完头发，易晓天开着保时捷到旅行社的门口接我，之后前往香格里拉的包间吃饭……接下来就是这小海鳖一直在车上不停地打电话，约这个约那个，约了一群狐朋狗友晚上去夜总会玩儿，电话里头明显还有女人娇滴滴的声音。你说这都要结婚的人了，未婚妻还坐在他的车上，敢这么明目张胆，还美其名曰让我给他空间和自由！

“你说，我能嫁给这样的男人吗？”

“然后呢？”艾茉莉听得入了神。

“为了逃婚，一张机票飞到了这里。”

以上的话句句属实，除了隐瞒，或者有意识地删减了一些细节。我一气之下出走的真正原因，不仅是发现了易晓天是一个花花公子，还因为他压根不想娶我。如果他顾及我的感受，又怎么会当着我的面给乱七八糟的女人打电话？总不能让我睁只眼闭只眼一直等到捉奸在床，才一哭二闹三上吊的吧？当时的情况是我要下车，易晓天不准。他说我要这样下车，他爸不抽死他才怪。他爸是抽死他还是杀了他不关我的事，但乔建民会同样拿着鞭子把我逼回到餐桌边儿，这事儿不用脑子都能想象，于是易晓天建议我出外避避风头……我知道黄鼠狼给鸡拜年没安好心，名义上是送我到泰国来玩几天，实际是为了把不嫁的罪名一股脑儿地推到我的身上。我当时被易晓天气糊涂了，没明白他一肚子的坏水，等我坐在飞机上恍然大悟的时候，已经来不及了。

一阵刺耳的铃声又响了起来。

艾茉莉和我同时把眼睛转向了孤零零躺在床头边上的爱马仕。

我扑过去，手忙脚乱地打开包，抓出电话，瞬间石化。

乔建民打来的。

我紧张到发抖。电话铃声变得不耐烦起来，我仿佛看见，电话那头一张气得青黑的土豪脸。

我按下接听键，小声地喊了一句：“爸。”然后紧紧地闭上了嘴，准备随机应变。

乔建民大吼着说：“乔珊珊，你给我死哪儿去了？”

“我，我……”我瞠目结舌，还没来得及解释，那头又是一阵暴跳如雷的声音：“是不是你妈没教过你什么是教养？什么叫知书达理？……你把老子的面子都丢到外人那儿去了……”

脑子里“轰轰轰”全是推土机的声音，教养和知书达理跟嫁不嫁给易晓天有半毛钱的关系吗?

我凝住心神，尽量平静：“易晓天有什么好的，不就一个‘归国’小海鳖，根本就配不上我。”

“什么什么!”乔建民大吼，“乔珊珊，你拿块镜子瞧瞧自己是哪根葱哪根蒜，易晓天他爸能看上你是你八代祖宗烧高香换来的福气。我告诉你，要是你不想结婚，干脆就死在外头别回来!”他继续喊：“还有，你穿的拿的戴的都是你小妈的，别给我搞坏了，你一辈子做牛做马都赔不起……”

我把电话拿到距离耳边一尺之外，直到一阵忙音传来。

“珊珊，别生气了，你爸爸也是为了你好。”艾茉莉安慰我，“你想想嘛，如果易晓天不是个花花公子，你们也算得上是门当户对。不像我们这些小白领，想嫁进豪门都没路儿呢。”

我努力地想对艾茉莉露出点笑容，跟她说没事儿，没有了易晓天，我一样可以找到其他高富帅。她不是说了吗，希望永远是下一个。可是，十几年前乔建民就和我妈离婚了，从一个农民一步一步地做到了现在的建筑包工头。说实话，尽管他挣的钱不算少，但我从小到大就没用过他的一毛半分，至今我和我妈还住在80平方米的小公寓里，过着和他贫富两极分化的生活。如果不是为了让我嫁给易晓天，他怎么可能把我小妈一身豪华奢侈的行头借来给我撑场面?他甚至连见都不想见我。我恨透了他的现实和势利。

我待在房间里生闷气。不知道什么时候，艾茉莉偷偷地溜了出去。等再进来，她手上多了一瓶红酒。

她身后还跟着一个服务生，推着一个车尾随她进门。

我怔怔地看着他俩。

服务生对我礼貌一笑，训练有素地忙活起来。

他把餐车拆开，变成一张圆桌。铺上洁白干净的桌布，然后放上一道比萨、一道沙拉、一道牛排和炸薯条。最后，摆上一盆鲜花。

我的肚子“咕噜”一声。从昨天中午一直到现在，我什么都没有吃。

“我猜你也是没有吃饭，去餐厅点了一点东西。”艾茉莉一边开红酒，一边对我说，“等下，我带你去一个地方。”

我拿了一块比萨，狼吞虎咽几口吞下去，问她：“去哪儿？”

艾茉莉用手朝天花板上一指，说道：“上面。”

64层，莲花酒店最著名的Sky Bar（天空酒吧）。酒吧不仅高端奢华上档次，还是很多泰国精英喜欢去的地方，没有之一。

又是艳遇，我皱眉。

“不是我……”艾茉莉倒了一杯红酒，递给我，继续说，“珊珊，我得帮你出口恶气，易晓天太不是人了……”艾茉莉建议我到酒吧找一个无比帅气外加无比有钱的国际友人，和他拍几张亲密照用微信给小海鳖立马发过去。“别以为没男人喜欢你，气死他！”

我一口酒喝下去，看她：“你确定？”

艾茉莉相当肯定地点了点头。

虽然没在香格里拉吃上晚餐，至少我也可以在酒吧里泡上超级帅哥。乔建民给我的这身打扮真是太适合不过了。

我和艾茉莉吃完晚饭，服务生上来把桌子撤走。我开始敷面膜、化妆，磨蹭到晚上9点钟。

整装出发。

高入云霄的Sky Bar，让人眩晕又让人惆怅。

艾茉莉拉着我，径直走到吧台间坐下。这是她的经验之一，通常围着桌子坐的人几乎都是带伴儿的，只有吧台专为孤家寡人提供。

我趾高气扬地叫来服务生，“把你们这儿最贵的红酒拿来。”

服务生不明白，转眼看艾茉莉。

“懂不懂，最贵的酒。拉菲，有没有？”艾茉莉用英语跟对方说，然后转头问我，“一瓶十几万，要不要？”

我拍她的头：“脑子有问题？”

艾茉莉意味深长地笑：“反正也没花你的钱。”

她的意思是怎么看我也不是一个会挣钱的主儿。这钱要不是乔建民的，就是小海鳖的。

今天好像是遇到了一个美妆品牌在这里举行新品发布会，人很多，也非常热闹。艾茉莉敏锐的眼神穿过一个又一个人头，努力想在这些衣冠楚楚的人群里发现猎物。

“喏，珊珊，你看……”突然，艾茉莉凑近我耳朵边儿，说道，“吧台对面，第五个位置坐着的男的，怎么样？”

我顺着她的视线看过去……

灯光灰暗，视线模糊，隐约觉得那男的穿着一套笔挺的暗蓝色西服，个子有点高。

“去，你去，邀请他过来喝杯酒。”艾茉莉推我的腰。

我摇头，说实话：“我不懂泰文，英语也不好。”

“这就对了，让他教你。”

“太夸张了吧，这么吵的地方让人家教你学泰语？”

“活该没男人喜欢你，连给帅哥打招呼的技能都欠缺。”艾茉莉一脸鄙视，显然她对除了有钱就只有白痴大脑的我并不感冒，或许是出于妒忌？

正说着，一老外走过来搭讪，艾茉莉立马没工夫搭理我了。

我努力睁大眼睛看对面，他是泰国、马来西亚、越南还是新加坡人？

还是先上个洗手间吧。

出来，站在盥洗台，对着镜子一边捋头发，一边问这面魔镜："我是这天下最美丽的女人吗?"

镜子回答我："是的，主人，你是这个世界上最美丽的女人，易晓天没品位、没气质、没眼光，失去你是他的惨重损失。"但这小海鳖居然毫无天理地没有看上我。这种失败，是女人的尊严问题。

有个人走到我的旁边，打开水龙头，洗手。

棕色皮肤的手，干净笔挺的西服，阿玛尼的袖扣……再往上瞧，清爽的平头，英俊的侧面。正是艾茉莉指给我看的那个男人。

仿佛感觉有人在看他，他侧头，对我一笑："Chinese，Japanese?"

我有些尴尬地回笑："Chinese。"

他抽纸擦手，换了语言频道："我很喜欢中国。"

"你也是中国人?"成都整天雾气蒙蒙，很难看得到这么明朗如阳光的帅哥，易晓天与他相比确实就是一上不了台面的土海鳖。

"不是。"他摇头，"我是泰国人，但我妈妈是中国人。"

我大脑快速运转，寻思如何说才能让他和我合拍几张……呃，稍微亲密一点的照片。

"我叫Boon。"帅哥把擦干净的手递给我，"你，一个人来旅行?"

我伸出手与他交握，下意识道："是的，一个人……"

Boon和我一前一后向酒吧露台走去。我一边注意走路的优雅度，一边压抑自己的胆战心惊。他可真够高啊，还健硕，一拦腰就可以把我像小鸡一样拎起来。我要是跟他拍什么亲密照，万一他以为我对他有意思，对我起了歹心怎么办？他要是想对我怎么样，我大概是跑都跑不掉的吧。

虽然我导游当得不咋地，但出行安全知识还是烂熟于心。所有旅行社的出行提示上都有一条，不要轻易和陌生人说话，更不要轻易和陌生人去喝酒。

这么一想，我放慢了脚步，有点犹豫。

Boon回头看我，停下来，微笑着等我。

在国外，绅士是不允许他身边的女人距离他一米之外的，这是一种不礼貌的行为。看他彬彬有礼的微笑，应该没什么问题吧。我赶紧连走几步，靠近了他。

Boon伸手搂住了我的腰。

"干什么？"我一惊，身手敏捷地闪到一边。

Boon指着我10厘米高的高跟鞋："我怕你跌倒。"

以小人之心度君子之腹。为了挽回第一次出国的山鸡气质，我把手伸出来给他，牵手的亲密程度在我的底线范围之内。

"不。"Boon摇头，意思是牵手是情侣之间的行为。

什么逻辑，在中国，男女之间牵个手没问题，但女人的胸和腰千万不能碰。到了Boon这里，变成可以搂腰却不能牵手了。

几张木桌一顺溜地摆放在露台上，恰到好处的灯光烘托出百分之百的浪漫氛围。真是漂亮，尤其从露台上看曼谷的夜景，灯火辉煌、璀璨无边，和白天大为不同，另有一番味道。

有钱人的生活太不一样了！

可真让我变成有钱人，你说我会觉得幸福吗？

诸如乔建民、易晓天之流，一个为了钱要卖掉自己的女儿，一个为了钱要娶自己不爱的女人。他们那么有钱了还想让自己变得更有钱，觉得没钱人生就会完蛋，这就是他们追求的幸福生活。像我以及千千万万的草根，必须而且最终的幸福生活也要靠银子，除了抱定努力奋斗加机会主义，别无他法。

我问Boon："泰国人觉得幸福是什么样的？"

"幸福指数，和成功、财富、地位的比例是多少？"

Boon对我的问题感到惊讶，没有太多的泰国人会天天思考和讨论成功、财富和地位的问题。“这些不是我们的参照物……”

“你看……”Boon伸出手指着天穹，“那是我们泰国最高的佛塔，我们真正崇拜的是它，每天都有很多泰国人去参拜它，希望给予我们安宁。”Boon停顿一下说：“我们的生活是由微笑、萨瓦迪卡和合十礼组成的。”

眼前只有依旧辉煌的万家灯火，我看不到Boon所指的佛塔。

我当然知道，泰国就像一个被时间遗忘的国度，这个世界的钟表仿佛被拨慢了很多，没有压力、没有紧迫感、没有竞争，大家都不会被谁谁谁的豪车和房子刺激着拼命往前跑。不过话又说回来，坐在一条破旧的船上，和坐在游艇上看海；站在五星级酒店的露台，和在没有阳台的小公寓里的感受……人与人之间的感受肯定是不一样的，人和人之间怎么会没有距离？

或许，Boon是站着说话不腰疼，瞧他那模样不也是一个泰国的富家公子吗？

不过他有钱没钱和我有什么关系？

易晓天我都没献媚，犯不着天远地远的和他套什么近乎。

“来，来，帮我拍张照。”我站了起来，一只脚深一只脚浅地走到露台的边上，指着曼谷广袤的夜景，“Boon，你要把佛塔也拍下来。”

Boon很配合，一连拍了好几张。可是这么晚了，就算有佛塔也拍不到，只看见我一张喝得水色荡漾的脸。

“来，我们也照一张。”我一把拉过Boon。照片里，Boon露出一口的白牙，巧克力的皮肤和五官俊俏的脸。不错，很有一股明星味儿。

我边发微信边嘀咕：“别以为你有钱就了不得，老娘也不是省油的灯。”

Boon一脸迷惑地看着我，不理解我到底哪根神经出了问题。

发完微信，把杯中的红酒一干而尽，红色的液体从喉咙流到了胃里，催促我更加的兴奋。

“我想问你一句话。”面对Boon的中规中矩，酒过三巡的我，突然想逗逗他了。

“什么？”Boon问。

“你谈过恋爱没有？”

“这个……”Boon笑了起来，嘴角还露出了一点羞涩。

好吧，可能这个问题涉及他的隐私。我放弃，继续问另外一个：“那，你喜欢什么样的女孩？”

Boon简短地吐出几个字：“温柔、贤惠。”

川妹子向来以泼辣著称，但比起其他成都女孩来说，我看上去就是一脸的贤惠和温柔啊。我给Boon讲起了易晓天，抱怨一个什么都不懂，只知道吃喝玩乐的富二代找到我这样的良家妇女是他一辈子修来的福气，可是他睁着两只眼睛装瞎子，被那些妖艳的夜总会女人迷得没有了方向。

“可能，你们之间不适合。”Boon想了想，回答我。

“那，什么样的男人适合我？”

Boon挠头，我的喋喋不休让他有些难以招架了。

什么适合不适合，就算身份地位和背景完全不同，如果他爱你，就算你是东施他也对你疼爱有加。如果他不爱你，就算你长得倾国倾城他一样看你不顺眼。

“我就这么叫人讨厌吗？”

“不。”Boon摇头，诚恳地看着我，“你是我见过的最漂亮的中国女孩。”

小时候因为成绩不好被老师冷落，长大了因为工作成绩不良被老板苛责，还因结婚的问题被乔建民吐了一脸的唾沫……我的眼圈红了：“那为什么从小到大，我就是一个没人爱没人疼的人？”

从这一点来讲，我对Boon心怀感激，只有他一个陌生人能这么善意地夸奖我。

我一直不明白，为什么我生活在一个处处遭受打压的环境中，还美其名曰是让我在打压中成长。托了这些打压我的人的福，今时今日的我成为一个自卑的人，还要为自卑的内心扛上一副自负的外壳，这就是中国人通常喜欢说的，虚伪的面具。

我站在Sky Bay的露台上，把酒杯向天空高高地举了起来："易晓天你不是喜欢喝酒吗，为什么我敬你的不喝呢，是不是看不起我啊……"

Boon劝我："乔珊珊，不要再喝了。"

"童话里的灰姑娘穿上了水晶鞋就可以嫁给白马王子，但在现实中，我就算穿上了乔建民赠予的二手水晶鞋，也没有办法改变我的命运。为什么易晓天一出生就是个有钱人，而我一出生就是个穷女孩？易晓天看不上我就算了，连乔建民对我都是一脸的鄙视和唾弃，这一切到底是为了什么？我到底做错了什么啊？除了爱发点牢骚，我一直就是个循规蹈矩、符合主流社会三观、努力上进想得到众人夸奖的女孩。Boon，你说像我这么好的女孩，为什么没有得到上天的保佑啊？"然后，我声嘶力竭地大吼了一句，"易晓天，你去死！"

葡萄美酒夜光杯。人生得意须尽欢。我捧上酒杯，和Boon干了一杯又一杯。我发现自己找到了一点旅行的意义了——就是和一个与你的生活没什么联系的人胡说八道，过后大家云淡风轻、两两相忘。

再之后的事，我失去了记忆。我忘了怎么告诉Boon房间号，怎么回到酒店房间，又是怎么倒在床上呼呼大睡的。

（5）幸福在哪儿

半夜三更，我迷迷糊糊地醒了过来，低头才发现自己还穿着昨晚的小礼服。整件衣服都皱巴巴地贴在身上，邋遢得不像话，脸上的妆也花得一塌糊涂。

外面是一片黑暗的夜，寂静得让人感觉可怕。

我怎么做事越来越不靠谱了，先是莫名其妙地被易晓天打发到泰国来，然后遇到一个不着边儿的艾茉莉，在异国他乡还和一个陌生男人喝醉了酒？

幸好我还躺在这家酒店的这间房子的床上。

我赶紧把手机拿出来，翻照片。我和Boon端着红酒杯的，我靠在他肩膀上的，我爬在他背后双手搂着他脖子的……我越看越觉得不可思议，最后一张，我干了什么？我和Boon的接吻照……而且，我一张不落地全发给了易晓天！

易晓天当然也一张不落地全看到了，回了两个字：漂亮。

想得起前半场，可是却忘了结局。我明明只发了一张给易晓天，之后的这些亲密照是怎么拍出来的，怎么发给易晓天的，我一点都记不起来了。

我不仅头痛得厉害，还懊悔不已。

我颤抖着手想给易晓天回微信：不是你想的那样。字打到中途停住，他是我什么人，我有什么义务和责任对他做出解释？

门“咔”的一声开了，深夜3点30分，艾茉莉一脸疲倦地回来了。

“你还没睡啊？”艾茉莉说。

我摇头，问她：“怎么样？”

她也摇头，问我：“你怎么样？”

我把手机给她，她边看边啧啧：“不错啊……”

什么不错，我后悔得想钻地洞。

艾茉莉妒忌地赞道：“这泰国小帅哥长得太帅了，好像Tik……”

“等等，Tik是谁？”

“泰国一线男明星，被泰国民众票选为最性感的男人，有四分之一的中国血统。”艾茉莉亲吻了一下我的手机，“也是我最喜欢的男人之一。”

我一把夺回手机，发花痴也不至于这么严重吧。

艾茉莉凑到我身边，继续笑："你也不错嘛，居然把这小帅哥迷得神魂颠倒的，早知道我就不回来了，把这房间让给你。"

我恍惚想起Boon把我扶到房间门口就离开了。

艾茉莉坐回自己的床上，两腿抬起一踢，两只高跟鞋画着弧线飞到屋角，随之一声叹息："我就倒霉了，没你这么好的运气啊。"

和她搭讪的是一个意大利男人。按这男人的原话，他是曼谷什么国际贸易公司的高层，因为平时工作太累太紧张，所以就到Sky Bar喝一杯，放松放松。没想到遇到了艾茉莉，一见钟情喜欢上了她。他用湛蓝色的眼睛深情望着她，不停地对她说"I love you"，说得艾茉莉心都要醉了。你说爱就爱呗，艳遇这种事儿要的就是当下感觉，不计较真假。可这意大利男一瓶啤酒一直喝，"这也算了，又让我和他一起去消夜，消夜的钱却是我掏。"艾茉莉一脸不屑，"最后，还让我和他去开房。"当时的反应就是，不会房钱都要她掏吧？结果，意大利男人还很认真地回答她，房钱要AA，因为这事儿双方都享受了。艾茉莉听罢一脸嫌弃地扬长而去。

我哈哈大笑起来。看来我的运气是要好很多，Boon不仅买了我们全程喝酒的单，最关键是没有趁火打劫、死皮赖脸地躺在我的床上。

可惜我喝醉了，没有留下Boon的电话号码，也不知道他住在何方。我的艳遇，就这样无厘头地消失了。

第二天起来，艾茉莉带我去参观大皇宫。

大皇宫就在湄南河的旁边，是曼谷中心内最大的古建筑群，大大小小由28座寺庙组成。所有建筑都是用玻璃、琉璃和黄金构造而成，到处金碧辉煌。我和艾茉莉买票从正门进去，从后门出来，走得疲惫不堪，累死个人。

艾茉莉建议找一咖啡馆坐坐。

干脆找点好吃的泰国菜，我对此次旅行的唯一热忱仅寄予此了。艾莉招了一辆出租车，把Caca餐厅的地址给司机看。该店的冬阴功汤非常出名。司机使劲点头，说知道，知道。

结果出事儿了。司机拉着我们不知道东南西北地跑，穿过高架桥，跑过无数大小马路……二十多分钟过去了，越走越荒凉。

旅游地图上显示的Caca餐厅是在一座大型综合商场的楼上，看这光景不对啊。

艾莱莉拍司机的肩膀，用英语说："师傅，还没到啊？"

司机只知道点头，说："快要到了，就在前面，前面。"

我和艾莱莉面面相觑，明白遇到绕路的司机了。

艾莱莉说："停车，你拉我们去的地方不对。"

司机张牙舞爪，很大声地和艾莱莉争吵起来。我听了一个大概，是说这家店有很多分店，如果我们不相信他，就下车自己去。

还没回过神来，司机一个急刹车，把车停靠在路边，怒气冲天地要我们下车。

艾莱莉气得想说脏话，但没敢，毕竟这不是我们熟悉的地方。

我赶紧打圆场，艰难地吐几句英语出来，问司机到底怎么样才能到餐厅。

司机说，他可以拉我们到想去的餐厅，但要500泰铢。

算了，500泰铢也不多。我刚想说好，艾莱莉一把拖了我下车，不能让这种人占便宜。

下了车，环望四周，没有人，只有零星的破房子和横七竖八的电线杆。一上午的大皇宫差点逛死了人，就算不吃饭也不可能走回酒店去吧。等了半个多小时，一辆嘟嘟车出现在我们的面前。问司机，餐厅，不知道。回酒店，要价600泰铢。

我们从酒店到大皇宫只花了150泰铢，被出租司机一绕路升格成600泰铢。不过这景况，就算司机要1000泰铢，我们也没办法。嘟嘟车司机是救星，我捂住了艾茉莉想要讲价的嘴巴。

如果说之前的莲花酒店、大皇宫之类的东西，在世界大同小异的情况下不算什么新奇。那么嘟嘟车简直就是泰国的民间特色，开得比出租车还快，抢道、抢红灯、抢行人。车多路窄就算了，关键是毫无秩序可言，所有嘟嘟车司机都像特技手一样，胆大心宽，简直就是抱着一种“无非一死”的心情在路上驰骋着。

我和艾茉莉被一路狂风吹得花容失色，惊慌大叫。尤其是我，昨晚喝得烂醉如泥，头晕脚酸的，现在又被嘟嘟车颠簸得脸色煞白，肠胃翻滚。

我努力地拍打嘟嘟车的铁皮窗，大声说：“师傅，师傅，你能开慢点儿吗?”

司机扭头，露出猥琐的笑容，还腾出手在半空中比出一个OK的姿势：“没关系，我开车的技术很好，你们放心。”一边说一边还加大马力，汽油味儿一阵一阵地飘了过来，一个又一个的路人被他吓得如惊弓之鸟，纷纷跳窜。

终于到了酒店门口，谢天谢地，我们居然没出事。

回到房间，艾茉莉立马上网订机票，订酒店。她说：“珊珊，我们去清迈，曼谷不是我们待的地方……”

「清迈之遇」

Part 2

วัดพระธาตุดอยสุเทพราชวรวิหาร

（1）感受到了“萨瓦迪卡”

“茉莉，清迈真的比曼谷好很多吗？”我踏着在曼谷买来的拖鞋，在去机场的一路上不断地发出疑问。

不耐烦的人换成了艾茉莉，她已经回答了我无数遍，是，是，真的是。

清迈是邓丽君最喜欢的地方，泰北的玫瑰，与曼谷有着天壤之别的时空感。曼谷绚丽又忙碌，清迈淳朴悠闲。说白了清迈就是一个小乡镇。小镇是可以给人安宁的，我一点都不反对。

我的怀疑不是没有理由的：艾茉莉在清迈预订的酒店每晚不超过150元人民币。这个价格在距成都500公里的旅游区域内，不是农家乐就是一间房间狭小，公共浴室和卫生间都在外面的三到五人间。就是这么一个想象，无数没钱没情只有亢奋的男女青年，扛着自己的背包出门，然后住到一个类似于青年旅行社的地方，喝酒、唱歌、发骚，该发泄的发泄，该睡觉的睡觉，第二天谁也不认识谁，说声安好各自上路。让人啼笑皆非的是，这些人还不断地上论坛，发微博，圈微信，说他们的爱在路上。

“小姐，你不是想要一个不一样的体验，和一个不一样的生活吗?”艾茉莉昂起头，回答我，“你既然拒绝了易晓天，就得接受现实。”

“可我也不想要这样的现实啊，你是年轻输得起，还是荷尔蒙真起作用?”我讨厌把旅行说得神圣，却心存偷鸡摸狗不干一件正事儿的人。

艾茉莉耷拉下脸来，“啪”的一声把我的护照拍到我的身上，我不知道她怎么地就发脾气了，她说：“珊珊，你要觉得我不靠谱，我们各干各的，大家道不同不相为谋。”

我讷讷而言：“我只是，只是发表一点点感慨而已嘛。”

艾茉莉说：“珊珊，在你不了解真相以前，不要乱讲话。”

飞机上，我和艾茉莉互相不搭言，恢复陌生人的状态。

出了机场，艾茉莉和出租司机讲价。我离她远远的，绝望地想我和她就不是一路人，应该分道扬镳了。

艾茉莉问我：“走不走?”

“不。”我摇头，说。

“那好。”艾茉莉递一张纸条给我，“这是我们预订的那家酒店的地址，有本事你自己去。”

我孤零零地，目送艾茉莉绝尘而去。

深呼吸定定神，这时才是我最忐忑不安的时候，真正的人生地不熟，听到的语言、看到的面孔、闻到的气味都是陌生的。

清迈机场挺小，一溜儿的出租车排在马路边上，就像成都的双流机场，很多司机在拉客，场面混乱。很快有一个司机过来问我去哪儿。

我坐上他的车，司机很是健谈，问我打算在清迈待多久。

“好玩的话就多待几天，不好玩的话很快就走了。”我打量着窗外一晃而过的风景，尝试对周围的景色产生出一些爱意，挤出几个英语单词回答他。

司机还在说，大意是夸他的服务态度好，很多国外游客不仅找他当司机，还喜欢找他当导游。他边说边递了一本留言本给我。我翻了翻留言本，里面很多中国人的留言——北京的，青岛的，上海的，也有成都的。游客都对他的评价挺不错，说他热情、好客、朴实什么的。我解除了一点儿戒备之心，曼谷司机把我们扔在路边的一幕至今让我心有余悸。

没有东南西北地黑心绕路，司机一路顺畅地把我拉到了酒店。我松了口气，掏钱付给他，还对他充满感激地说了声谢谢。

这家酒店装饰装修还不错，虽然比不上曼谷的莲花酒店豪华大气，在国内也算四星级了吧。我暗自诧异清迈的物价太便宜了，150元人民币能住这么好的酒店？看来是我又错怪艾茉莉了。但是等我到了酒店前台，把护照递给服务员，却被告知没有在这儿预订过房间。我傻眼了，怎么可能!？我明明看到艾茉莉在网上下了单，付了钱的。难道艾茉莉为了报复打击，故意给我一个错误的酒店地址？

我把纸片递给服务员，得到明确回复，此店非彼店。

“那，这在哪儿?”

“不知道。”服务员摇头，一脸无奈地建议我重新开一间房。

“多少钱?”我问。

“15000。”

这么贵！就算是泰铢，换成人民币也要3000元左右，和艾茉莉的150元也差距太大了吧！我狐疑地扭过头，看见拉我到酒店的出租车还停在门口，瞬间明白了，不管怎么小心还是被司机拉到了一家黑店。我要真住进去，恐怕这辈子都不得超生了。

我给艾茉莉打电话，哭丧着脸把这个不幸的消息告诉了她。

“知道了，知道了。珊珊，你拿一张这家酒店的名片，把地址拍张照片用微信传给我。你等着我，我马上就过来！”艾茉莉一听，比我还心急火燎。

大约二十几分钟以后，艾茉莉像一道闪电般出现了。

两个像酒店保安一样的大汉拦住我不准走，完全是孙二娘开黑店的架势。艾茉莉和颜悦色地解释我们已经预订过酒店了，但不起作用。她立即黑了个脸，拿出手机给他们看，说这个是清迈警察局的电话，那个是中国驻泰国大使馆的电话，还有我们住的酒店的电话。“如果我们有什么闪失，你们吃不了兜着走。”

我想艾茉莉一口流利的英文比清迈警察局的电话号码还要管用，那两人对望了一眼，其中一个人对他的同伴说道：“让她们走！”

艾茉莉拖着我的手，毫无畏惧地走出门，上出租车。到了我们真正住的酒店，两三栋古老的联排木式建筑，大堂装饰不算豪华大气但胜在朴实清秀，大堂一侧放着几张小木桌子和椅子，书架上整齐摆放着很多旅游攻略类的书籍，电梯门口一左一右放着泰国神像。一个穿着传统泰国服装、长相清秀的清迈小美女走过来，对我们微笑，双手合十鞠躬说道：“萨瓦迪卡。”随后将清香的花环戴在了我们的脖子上。

有一点小激动，终于在清迈找着一点感觉了。我不得不承认，艾茉莉之前在我眼里萎缩了的形象，和此时清雅秀丽的小酒店神奇地结合在了一起，反射出来的是我愚蠢的大脑和不着调儿的一根筋。不管怎么说，喜欢不喜欢艳遇都是她的私事，我有什么资格像个道德捍卫者一样去谴责她的行为不端或者想法太出格呢？

“茉莉，对不起……”我刚想把道歉的话说出来，艾茉莉仿佛知道我想说什么，手一挥，大大咧咧地笑：“没事儿，说这种话的人又不止你一个，我习惯了。”

我一怔，什么话都说不出口了。

（2）相逢何必曾相识

房间里，一张古老的木式大床放在中间，木制的衣柜、电视茶几上放着漂亮的熏香盘和几朵玉兰花，小巧的盥洗间也摆放着精致的沐浴物品。还有一个小小的阳台，从阳台可以看到有着木制屋顶及四面通透的餐厅；餐厅前面是绿树葱郁的休息区，有两个小小的游泳池。我太喜欢这儿了，物超所值啊！我一会儿躺在床上，一会儿起来把大衣柜的门打开，一会儿又溜到阳台上呼吸新鲜空气，不管我是怎么糊里糊涂来到泰国的，既来之，则安之吧。

老天似乎不想让我快乐，易晓天的电话打过来了。

“小妞，在泰国玩爽了吧？”易晓天查了信用卡，发现我刷掉了他不少银子，兴师问罪来了。

活该，谁让他把我打发到泰国来。

“我说你用就用呗，居然还用我的钱泡帅哥，你是不是太没良心了啊？”易晓天的声音听上去挺郁闷。

“这就奇了怪了，你也没说不准我把钱花到帅哥身上去啊？”我笑道，“没准儿我高兴了，还带他回去见你一面呢。”

“别，别，你可千万别！你在泰国逍遥，不知道我有多惨，我爸天天都喷我一脸的口水，说我连一个媳妇儿都管不住。你要再带一个男人回来，我估计他得立马儿住进医院里去。乔珊珊，我是一点都没搞懂，我爸怎么就那么喜欢你，非得让我娶你啊？”

我轻笑两声：“看在你可怜巴巴的份上，回去跟你结婚成不？”

电话那头传来一声惨叫：“乔珊珊，你真够狠的啊。”

我哈哈大笑，想气我，得看你道行有多高。

一个高大的男人由远渐近地出现在我的视野当中。平头、一件天蓝色的短袖T恤、宽松短裤、赤脚，绕过餐厅门前的青石板小路，径直走到后院去了。我眨了眨眼睛，这个男人看上去那么像Boon！虽然隔得太远没有看清楚他的模样，但那身材、那气质……

我不顾易晓天还在胡说八道，“啪”地挂了电话，开门，下楼，直追到后院。

可这会儿后院除了郁郁葱葱的热带植物，鬼影儿都没有一个。

也许，是我眼睛花了，看错人了吧。

我跑到前台，问服务生：“这里有没有一个叫Boon的住客？”

清迈小美女一脸困惑地摇头：“No。”我不知道她的意思是指不能查询住店客人的姓名和房间，还是说没有这么一个人。

我有点失望地去敲艾茉莉的房门。

艾茉莉摸我的额头：“不是吧，珊珊，你真的喜欢上那个泰国男人啊？叫什么来着……”

“Boon！”

“对，对，Boon。”艾茉莉连连点头。

“一面之缘就说爱，这种事儿是你的专利，闲人勿用。”

艾茉莉呵呵而笑：“那是因为你没有遇到一见钟情的人。”

“也许吧。”我若有所思。

“好吧，好吧，别想了。”艾茉莉拍着我的肩膀安慰，“是你的总归是你的，迟早会出现。”

我回到房间，走到小小的阳台上，一次又一次地四处张望，期待好运再次出现，可是依然令我失望。Boon还算可以吧，也许真如艾茉莉所说，每一个旅行者在旅途中多多少少都会遇到一个人让你心动的人。只是，就如转瞬即逝的流星，再美也不会长久。

爱情给人究竟带来多大的伤害，只有爱过的人才会明白。我和初恋男友在大学里形影不离像一个人似的，饭要一口一口地互相喂，菜要一筷子一筷子地互相夹。大学毕业后工作不到两年，就分手了。他家在苏州，我在成都，我们把所有挣来的钱都交给了交通工具。最后，他扛不住这种得把钱一分一厘存下来才能开花结果的恋爱，娶了一个对他的前途有帮助的本地官员的女儿。

什么都会输。爱会输在心灵上、输在性格上、输在相处中，还会输给距离和金钱。自从我懂得了这个道理以后，爱情在我面前失去了它的无限光芒与万有吸引力。

如果把这些告诉艾茉莉，也许她又会笑着说，这就对了，我们这个年代的爱情已经输不起了。

艾茉莉打扮得花枝招展地邀约我去清迈古城。我不忍目睹，太没底线了。她穿了一件红色大花的短裙，胸有三分之一露在外边了。这哪儿像是来旅游，这不是要把清秀的清迈换成了普吉的海边嘛。吸取之前的教训，我忍住了没说。

清迈的古城在一条护城河内，沿河的古城墙至今依然可见些许残垣断壁。到了古城内，活脱脱是丽江的升级版，适合小资女发呆和闲逛，到处都是售卖衣服和工艺品的商店，只不过店门招牌上的语言换成了英语和泰文。

我有点明白艾茉莉为什么要把行程定在清迈了，正如中国所有孤独寂寞兼失恋的男女前仆后继地奔向丽江、大理和双廊一样，那种故意制造出来的浪漫氛围，刻意让我们忘记在都市里遭遇的失败，按艾茉莉的话来说，是实现都市里丢失了的梦想。

我也算是失败的人，好不容易谈个恋爱无疾而终，好不容易可以嫁给一个富二代，对方却有诸多拎不清的男女关系……真正的旅行、完美的旅行，应该是一家三口带上双亲其乐融融地到一个地方，分享放松的心情和彼此给予的幸福。

我要为所有残缺的旅行做一个祷告。

我去买衣服和各种日用品，艾茉莉则找了家咖啡馆休息。走一路逛一路，我在一家服装店看中一条西瓜红的长裙，店主和店里两个香港来的女孩儿都夸我穿起来很漂亮。那就买吧，我拿出易晓天的信用卡，不刷得你肝疼，还不知道我有多值得珍惜。转头又想，人穷志不能短，于是把他的卡放回了钱包，掏出了自己的卡。买完出来，看见旁边一家店橱窗里模特穿的衣服也很漂亮，想买。但是门口铁将军把门，挂一牌儿，说有事外出，如果想买则打电话。

敢情还不想卖东西了。我摇头叹息，猜想这家主人不知道又被谁召唤喝酒去了。看来全世界旅行的精髓都一样，钱不是问题，我们只需要肆无忌惮地快乐。

只是，我和艾茉莉不同，我是一个有梦但是没有梦想的人。

我又找到旅行的第二个意义了——只有旅行，才能让人这么无所顾忌地发呆乱想，偶尔深思自己的人生意义到底是什么，哪怕是故作矫情。

(3) 什么是文化差异

我提着大包小包的东西找到艾茉莉，这姑娘居然没和四周同样孤独的“金发碧眼”聊天，而是一个人坐在窗边发呆。

桌子上放着咖啡杯，一本书，还有手机。看见我走过来，她把手机翻了个面，遮住了通话屏幕。

“你在干吗？”

“没干吗。”

“没干吗那你在干吗？”

艾茉莉意味深长地看我一眼：“你是想问我干吗不去和别人聊天？”

我“嘿嘿”地笑，两三天相处下来，我和她总算有点儿默契了。

“左边一男的，情况和我差不多，在等人；前边一男的，没啥品位；后边一男的，太老不合胃口。”艾茉莉用各种不同方向的视线引导着我。

太老一眼看得出，没啥品位也能一眼看出，虽然清迈天天大太阳，实在没必要穿什么正装，但此男穿了一件皱巴巴的短袖T恤，看光景至少应该一个星期没洗过吧。我不明白的是，左边还算俊朗的男人，怎么看出他不是一个人呢？

“我刚买了咖啡，故意从他身边走过，他正在看相机。”艾茉莉说，“我瞄一眼就看见了里面的情侣照。”

别以为在大街上遇见就能拉手拥抱，所有对上眼的人都需要多方观察方能修成缘。艳遇，不仅是个脑力活儿，还得靠运气啊。

“其实我也不是每次出来就希望遇到谁。”艾茉莉双手撑着下巴，眼神有点迷离地飘向窗外，“好的对手并不容易遇到，要是能把‘One night stand’变成‘I love you’就更不容易了。”

从Sky Bar的意大利男人，到咖啡馆坐着的这些男人来看，我倒是很同意艾茉莉的说法。

我们回到酒店的餐厅吃饭。古朴、优雅、安静，尤其松软的长沙发，可以伸长了两腿靠着栏杆吃饭，兼有漂亮的夜色做背景，心情自然惬意得多。也许这酒店不在清迈的中心，即使有这么好的设施和服务，但价格却这么便宜，我和艾茉莉是歪打正着远离了热闹，我倒是愿意一天24小时都待在这儿，拿本书坐在角落里晒晒太阳，慵懒地混掉一天。

餐厅里的人除了我们，还有一对外国夫妇带着两个小孩。看了半天菜单，点了一个冬阴功汤，一道沙拉和其他一些不知道名字的泰国菜。艾茉莉点了一瓶红酒。菜的味道做得很正宗，比外面的餐厅好吃多了。我把服务生叫过来，问：“明天什么时间可以吃到早餐？”他回答我：“早上7点到9点。并且，是免费的。”150元人民币还含早餐，又超出了我的意料。

“这里太适合住上一年半载的了。”我惊喜地和艾茉莉说道，“以后等我们老了，还来住这儿。”

“嫁给一个泰国人，不就什么问题都解决了？”艾茉莉说。

“也是。”我点头。

艾茉莉冷笑：“得了，珊珊，小心你找到的是Gay（男同性恋者）。”

我笑问她：“你才是正儿八经地想找一个老外吧？”

“国籍并不重要。”艾茉莉夹了一点沙拉，放进自己的嘴里，说道，“我只想找一个谈得来的人。”

“什么是谈得来的人？”

“灵魂伴侣。”艾茉莉完全没有想到我会这么认真地追根究底，她费神地想了半天，才吐出这四个字。

“什么是灵魂伴侣!?”我差点没把刚喝到嘴里的酒喷了出来。

艾茉莉皱了眉头，不想和我这种低情商的女人讨论精神层面的玩意儿了。

别以为我不懂，这灵魂伴侣的含义已经到了尼采和托尔斯泰的境界了。据我所知，尽管他们把美好的思想和词句留给了后人，自己最后却是孤家寡人，不得善终。

小时候我看过很多书，后来被乔建民全部烧了完事。按他的意思，灵魂伴侣能给你买车买房？能把一家老小全拉扯大？天天谈情说爱能抵得过你在饥饿时别人递过来的一杯水、一片面包？有钱才是硬道理。

“你倒是不做梦，那你嫁给易晓天啊。”艾茉莉把眼睛翻上了天。

又拿这个来说我。好像说，我这么爱钱是应该嫁给易晓天，即使他是一个花花公子也没什么大不了似的。

“珊珊，不是我说你。你就是一个没怎么活明白，根本不知道自己想要什么的人。”艾茉莉见与我话不投机，把餐巾往桌上一丢，说道，“我回房间去了。”

不知不觉黑夜降临，餐厅灯光悠然地亮了。浪漫、情调、灵魂伴侣，谁不喜欢？关键在于是个人就有资格要吗？尤其是诸如我辈之流没有梦想的人？我决定明天一大早就去朝拜清迈的寺庙，从酒店的大门口开始就一步三磕头，一直把这里大大小小的寺庙全部拜完为止，不把自己磕得鼻青脸肿地就不回中国去。

餐厅外传来清脆的笑声，小孩子挎着游泳圈出来游泳了。然后貌似是他爸爸的男人也跟着从房间出来，跳进泳池。一家子嬉戏、逗趣。我呆呆地看着他们，只觉得一阵酸劲涌上了心头。小时候，我多么希望我爸和我妈带着我这么玩，哪怕跳进的是一条臭水沟。这时，像Boon的人再次出现，赤裸着上身，下身穿了一条紧身泳裤，赤脚。扑通一声，他跳进了泳池，然后和老外说了几句话，我没听清楚。只看他笑着，游过去，抱起了其中的一个小孩，和他一起玩。

我大声叫服务生。服务生过来，问我有什么需要。

我指着泳池，用生硬的英语问他："他是谁？"

"谁？"服务生问。

"那个，那个，剪平头的人？"我指着Boon。

服务生弓着身体，伸出头到窗外，眼睛眯成一条缝，看了半天说："……他是我们老板的儿子。"

我吃惊得张大嘴巴，问他："他，叫什么名字？"

服务生吐了一个我没听懂的词，显然不是Boon的发音。

不可能，他明明看上去就是Boon。这一次我看得很仔细。

我装作没听懂，其实我也没听懂，问他："是不是叫Boon？"

服务生恍然大悟，点头，大意是说Boon是他的小名、昵称还是简化名之类的，管它呢，反正确认了就是这么个人。

我看着Boon，他把小孩子放下来，示意小孩和他一起游，从起点到终点，再从终点到起点。

太不可思议了，我又遇见Boon了！如果第一次见面是在清迈，我相信可能会再一次遇见他，毕竟清迈太小。但是从曼谷到清迈距离600多公里，遇见这个人的概率有多大？可能需要一个学数学的人来回答。更何况，他还是这家酒店老板的儿子。

他乡遇故知，算什么故知？我和Boon一面之缘，没有留下任何追踪的线索和信息。我喝醉就算了，可是Boon没有。我犹豫了，我这么凑上去和他打招呼，不是惹人厌吗？

我一边这么想着，一边从餐厅走到泳池边上。Boon不见了，他沉入了水底，从起点，一直游到终点。“哗啦”一声水响，Boon从水底浮了上来，甩掉头上的水。

“Boon。”我小声地，试探地叫了一句。

Boon寻声望来，把目光定格在我这边。

我感觉笑起来都有些不自然：“你……还认识我吗？”

他如阳光一般灿烂地笑了，露出一排洁白的牙齿：“乔珊珊！”

我松了口气，他认出了我。

Boon朝我游过来，最后双手扶在泳池边，还是那么灿烂的笑容，晃得黑夜瞬间成了白日：“你怎么不游？”

我摇头：“不会。”

“来，”Boon伸出双手，“我教你。”

我拖着西瓜红长裙，慌慌张张地跑到艾茉莉的房间。

艾茉莉站在阳台上，手里一支烟忽暗忽明。

“茉莉。”我叫。

她扭回头，看我一眼，深吸一口烟说道：“你回来了啊。”

“不是。”我走到她面前，说，“那个，那个，我昨天看到的那个男人，真的是Boon。”

“是吧。”她点头，一副云淡风轻的表情。

我以为她也会和我表现出一样的惊奇，结果她相当平静地把烟头摁灭了，走进房间左看我一眼，右看我一眼，才说：“那你在这儿跟我瞎掺和什么，还不该干吗就干吗去啊。”

“关键是，”我有点为难地摇头，“穿比基尼是不是有一点……”她穿个花裙都露胸露腿的，我觉得自己也不能太土了，便在古城商店里买了一套比基尼，现在又觉得这泳装是不是太出格了。

如果我是男人，估计艾茉莉早一脚把我踹了出去。二话不说，她把我押回房间，逼我换上比基尼。

我披上房间里的白色浴袍，战战兢兢地回到了泳池边上。

那父子俩不知道什么时候走了，只剩我和Boon。

“来。”他在泳池里向我伸出手。

“不。”我有些惊恐地摇头。

Boon双手一撑，上了岸，站在我的身后。

“来，我教你一些基本动作……”Boon比画着。

我向前两步，离他远一点儿，慌张地说道：“不要管我，我知道。”

Boon有点无奈，双手抱在胸前说：“珊珊，你要放松……”

话音未落，我眼睛一闭，跳了下去。

扑腾、扑腾，我是沉下去还是升上来，天知道，几口水呛得我只觉肺痛。我不可能就这样死了吧，这泳池才多深啊！我努力地想踩到池底，但就是踩不到啊。然后Boon把我抱了起来，送到了泳池边上。

英雄救美也不是这样的场景，我太对不起艾茉莉了，怎么好意思回去面对她啊。

还有Boon，坐在我旁边一直笑，他到底在笑什么？

“呃，”我说，“你知道成都没有海，我们……我们好多人都不会游泳的。”

“不会游你还跳？”

Boon扶我到沙滩木椅上半躺着，把浴袍重新披在我的身上，让我休息。他到泳池旁边的露天沐浴蓬头下冲洗。微弱的灯光下，Boon巧克力肤色闪出缎子一样的光芒，让人联想到丛林里的动作敏捷的豹子。我把浴袍拉紧了一点，裹住自己。

一阵风吹来，我打了个冷战，吹醒了有点发热的脑子。

Boon这么帅，不会真的是同性恋吧？

Boon一边擦湿润的头发，一边朝我走过来。他坐在我旁边的木椅上，发现我目光呆滞，问我："怎么了，还不舒服？"

我摇头，勉强挤出笑容说道："那天，那天，谢谢你送我回去。"

Boon耸耸肩，做了一个没什么关系的姿势。

"你，经常那样？"我吞吞吐吐。

"哪样？"Boon一脸迷惑，又像想起来似的笑了起来，手指放上自己的唇，"这样？"

我点头。

"不，不。"Boon摇头，说道，"一般情况下不会这么冒失。"

Boon歪着脑袋想了一下，大概不知道怎么用中文来表达："那天你心情不太好，所以……不想拒绝你。"

他是在同情，或者说是可怜我的情况下配合我拍了那些照片，然后还亲吻了我，其实他根本就不喜欢和女人搞这些名堂。

(4) 女人的空虚

大多数女人最爱说的一句话，不是我爱你，而是"我不再相信爱情"。可是，当她真的发现没有男人爱上她，又会觉得生不如死。比如我。

解决的办法，就是吃。

胃被填满了，心就不会空虚。

空虚通常发生在这样两种情景之中：一种是物质条件优越！无须为生活烦恼和忙碌，习惯并满足于享受，看不到也不愿意看到人生的真实意义，没有也不想有积极的人生。另一种是心比天高，对人们通常向往的目标不屑于追求，而自己向往的目标又无法达到，结果是无所追求，心灵虚无空荡，精神无从着落。

还有比第二种空虚更凄惨的事情吗？

所以要吃，《饮食男女》里的郑秀文和刘德华是吃，戴安娜是吃，莱温斯基也是吃。

一大早我把艾茉莉催起床，将空虚的心情转化成品尝美食的无限动力。我忙前忙后地给自己拿，给她拿，用美好的食物唤醒美好的一天。人不吃东西会死，但没有爱情的日子照样过得下去。

艾茉莉目瞪口呆地看着我，顷刻之间消化掉了两个面包、一个鸡蛋、一碗意大利炒面、三碗冬阴功汤以及一大盘沙拉。

她很担心我被食物噎死。

我打着饱嗝，站起来准备去端回一大盘水果。

Boon到了餐厅，他今天穿得有点休闲，黑色的水洗休闲裤，稍稍有些紧身，更显示出双腿的修长，上衣穿了一件看上去品质很好的白色衬衫，透着一点优雅公子的气质，这大概和他长期从事的是酒店行业有关。他身后跟着和他一样帅气的清迈小哥。Boon看到了我，对我露出一排整齐的白牙。

他们俩的出双入对，只能证明我的失意。

吃可以杀掉空虚，可失意又靠什么办法来缓解？

Boon和清迈小哥耳语几句，走到餐厅吧台后面。大约十来分钟的工夫，端个盘子朝我们走来。

“珊，萨瓦迪卡。”

“这是我烤制的面包，请您和这位小姐尝尝。”每次出现，Boon都像一道阳光。有时候是早晨的惊喜，有时候是正午的炙热，有时候又如落日一样的温柔。

艾茉莉拿了面包，咬一口，香气扑面而来："还不错啊。"

瞬间觉得食物到了喉咙，我打了个嗝，赶紧用手捂住嘴。

借由面包的魅力，艾茉莉有声有色地和Boon聊。问他这面包用的是什么材料，面粉和水的比例，要烘焙几分钟等。

Boon礼貌地，真诚地一一作答。这样的面包只有拳头大小，中间夹的是酒店自己制作的杧果酱。如果喜欢，还有酸辣酱以及榴梿酱之类的。特别是这个面包的松软度，从出炉到送到食客嘴里，一定要在三分钟之内，否则会影响口感。所以，一般情况下，这种面包不会摆放在餐厅里售卖，除非有住客事先预订。

"我给这个面包取了个名字，叫新之心语。"Boon说，"新代表了用料必须是新鲜的，心代表了不仅仅是我们用心做出来的东西，还说明了客人要有心品尝，才能发现它的奥妙。"

艾茉莉听得眼睛都瞪大了，而我却走了神，总是看清迈小哥，猜测着他和Boon的关系。

清迈小哥安静地低头吃东西，未受半点的影响。

艾茉莉结束了话题，目送Boon离去的背影，对我说："珊珊，这小子显然是你的菜。"

不能让艾茉莉知道我怀疑Boon是同性恋的事，就算他俊朗阳光的外表是一个假象，那就继续假下去！反正女人爱浪漫、爱幻想，所以女人总爱在一些其实原本很现实无奈的事情上加上一个虚假的光环，以满足女人幻想的需求。

就像富二代易晓天并没有打算娶我，却被我幻想成我压根没看上他，拒绝了他死皮赖脸的求婚。

既然如此，我同样可以幻想Boon对我青睐有加，一直到我离开，他泪水涟涟，深情款款地送我到机场，在悲伤中结束了我们的暧昧之情。

一想到这儿，我就忍不住地笑，完全无视Boon和清迈小哥在对面交头接耳。

“这男人虽然比不上易晓天，但在清迈也算小富了。”艾茉莉的声音还在我耳边嗡嗡作响。

这是什么意思？看这小酒店的投资不算太大，至少在飞速发展的中国算不上什么。暂且不说成都，在北京，在上海，在广州，仅仅在三环边儿的一套两百来平方米的房子价值也超过了这儿。我不知道清迈的富豪是个什么概念，也许在中国的有钱人眼里，Boon充其量是一个做小生意的人。

“幸好他不是土豪，你看看他多有礼貌多有教养，拿钱都买不到。”我回过神来，顺着她的话说下去。

艾茉莉要参加清迈什么俱乐部的自行车一日游。很明显，她深入了解清迈悠闲生活是虚词，能在一天的时间里发现对眼儿的人才是真。这比在酒吧里遇到谁靠谱多了。

她对这一套驾轻就熟。我呢？我要去烧烧香，可清迈三百多座寺庙，比曼谷还多。我是去左边还是右边的，是去城中心的还是山上的？是去有大师坐镇的还是随便逛一逛的？如果我想把寺庙全部逛个遍，简直是不可能的事情，累就不说了，审美疲劳总是有的吧。

艾茉莉依旧一脸淡定从容，手指Boon的方向："问他去。"

第一，Boon大小也是酒店老板的公子，他愿意吗？第二，就算他愿意，我三番五次地给别人提要求，他会认为我是花痴吗？

综上所述，三个字代表：不可能。

我只能记下寺庙地址，提起包包孤独地上路。

中国的深山古刹，青城山就不说了，我对峨眉山就是两个字：崇拜。中国所有佛教寺庙远离世俗高高在上，隐于尘世。可等我把清迈的帕龙寺、契迪龙寺等几个距离古城最近的寺庙逛了一圈下来，我完全找不着北了。

如果我把游客带到清迈来，能说些什么？这里寺庙连张门票都不收，更没有人兜售什么旅游产品。这种寺庙，或许传道授业的僧侣有，占卜问卦是真的没有。

寺庙旁边一个像夜市之类的市场，正在拍戏。女主角要买什么东西，但是男主角不让。两个人叽叽呱呱地吵了起来，女主角一脸气愤地扭头就跑，被男主角一把拽住，然后深深地吻了下去。

或许经常有演员在寺庙周围拍戏，本地人大多漠视之，只有我和同样无聊的几个游客站在那儿，饶有兴趣地看。

“好，好……”我拍起了巴掌。

无人理会，旁边游客还给我一个白眼，鄙视我没见过世面。

我相当绝望地找一地儿，一屁股坐了下去。

前面空地上，一群小僧侣踢足球踢得欢。据说泰国男人每个人都要出一次家，接受佛祖的教诲和洗礼。

一中年清迈大哥向我走了过来，手上拿了一堆旅游资料。看来，也不是中国才有野导。他向我介绍了丛林飞索，骑大象，当然还有逛寺庙……

我想要甩掉绝望，最狠的招数是购物。

易晓天说，男人愿意为女人花钱。前提是，这女人值得他深爱。

什么屁话。

花自个儿的钱还不行吗？

我把花里胡哨的图片还给清迈中年大哥，剩下一张购买清迈各种特产的展示图，高举着对他说：“带我去。”

100泰铢，等于20元人民币，连司机的汽车油费都不够。我还能不知道其中的奥妙？这些远在郊外的购物工厂就是导游们拿回扣的地方。

黄昏日暮，我回到酒店。大哥热情地把我买的所有东西一一搬了下来。估计像我这么大手笔的买主并不多见，连一尊两尺多高，不知道是铜还是铁的佛像都搬了回来。

正好碰上Boon把清迈小哥送上出租车。

“Boon，”我叫他，“拜托你叫一个服务员把这些东西搬到我的房间里。”

Boon往返无数趟，汗流浃背，终于把这堆东西都搬上了楼。

我嘚瑟地展示忙活了小半天收获的战利品。

“这个是司机大哥拉我到丝绸厂买的围巾和布料……”

“还不错。”Boon好脾气地点头。

“那个，是我在路边小店看中的刺绣民族包包。”其实这种包在大理、丽江很多，纳西族的图案、西藏唐卡的图案，还有苗族的图案。我没搞明白的是那家店主从来都没有去过中国，是怎么把这些具有中国特色的包包弄到清迈来售卖的。

“还是不错。”Boon继续点头。

“还有，还有，看看这个，是清迈特有名的油纸伞。”其实中国大大小小的古镇也在卖诸如此类的东西。

Boon有点坐立不安了。

最后，我把佛像搬了起来，走到Boon面前晃了晃：“瞧瞧，这玩意儿怎么样，店主说是古董哦。”其实我知道这就是个赝品。

Boon指着佛像，问我：“这个……你怎么带回中国？”

我也没指望带这个沉重的家伙回去，笑嘻嘻地说：“要不，送给你？”

Boon目瞪口呆，也许想说我疯了，但他的教养让他不能把这话说出口。看他艰难地吞了口唾沫，换成另外一句：“珊珊，我明白……你失恋了，心情不好……但……”

我恋都没有恋，何来失恋？

我指着自己疲惫不堪的脸，对他说：“我想找个算命的。”我顿了顿，重新调整词句：“灵修大师。”

（5）灵修大师

当一个女人用了种种方法还是空虚绝望和失意的时候，真正能够解决她们问题的方法只有一种，那就是——心灵修行。

人能常清静，天地悉皆归。

我们每个人刚出生的时候都有灵性，只是我们生活在这个世界上，社会污染了我们，使我们逐渐远离了自己的心灵，被一个圈一个圈的圆给隔离了，让我们难以靠近圆心，也就是我们的灵性。真我，不是未知，是已有，但是却被很多东西阻碍、蒙蔽，所以需要重新抵达我们原有的本性，让你更觉醒，更有觉知。

你看我理解灵修的层面不浅吧，我都是从武侠电影《功夫熊猫》里领悟出来的。

只是到了泰国，总得干点儿什么。否则，太对不住乔建民和易晓天对我的寡情薄义了。

第二天，Boon开着车如约把我带到古城旁边，七弯八拐才找到地方。

比起泰国其他寺庙，这座确实是太小了。一个小木门，进去是一块小的空地，空地的尽头立着个小屋子。外墙刷了黄漆，年久失修，漆色掉得七零八落，并不金碧辉煌。

我心里腾地蹿起了希望的火苗。

几乎所有得道高僧都住这种地方，苦修之地必然是“小隐隐于野，大隐隐于市”。

Boon一到寺庙的门口，神情就变得庄严肃穆。他抬起一指放唇间，“嘘”，示意我不要说话。

Boon轻轻地敲了敲门。

“吱呀”，木门发出沉闷的响声，一个小僧侣出现在门后。

Boon双手合十，用泰语对他说了几句。

小僧侣鞠躬，把门开得更大了一些，让我们进去。

我赶紧往里看了几眼，幽暗的屋子里竖了一尊佛像，除了几盏蜡烛跳跃着火花星子，什么都没有。

小僧侣引领我们，穿过正堂，经过一个长而狭小的甬道。同样，敲门、鞠躬，打开另外一间屋子的门。

屋中间，放着一排蒲团，一个穿着红黄相间袈裟的老头坐在正前方，闭着眼睛，嘴里念念有词。房间周围垂着白纱，每个蒲团旁边都放着一盏蜡烛，火苗一闪一闪地飘忽着。简直太神秘了，和《功夫熊猫》里的场景一模一样，人家熊猫都能练成九阴真经，我能不能在大师这里点开我的天眼，看到我美好的未来啊？

Boon一脸虔诚地坐在一个蒲团上，我赶紧学他的样儿，盘着腿坐在他的旁边。

老头睁开眼睛，看了一眼Boon，微微一笑。然后，又看我，我赶紧低下头，不敢与他对视。

老头说了几句泰语，口气低沉严肃。Boon双手合十回答他。

我当然听不懂，看两人的表情，好像是说我遇到一些什么问题，需要大师给我开解一下。

老头微微点了点头，开始对我发问。

Boon低声给我翻译："大师问你，为什么来到泰国这个精神国度？"

从踏进曼谷机场开始，好像每个人都在问这个问题。就像问自己为什么生，为什么死一样。我有苦难言，看着大师的眼睛，不确定神灵在上，自己该不该撒谎，前后思量，决定顾左右而言它："因为我活得不快乐，所以来了。"

"人之所以不快乐，是因为看不到自己的内心。"大师说。

废话，我要能把鲜血淋漓的心挖出来瞄上一眼，我还找你干吗？

大师又叽叽咕咕地说了一大串，Boon听得入了神。

我忍不住了，灵修这种事情太深奥了，不是一天半天就能得道升仙，好不容易见到一个真正的大师，解决眼前烦恼才是最重要的。我扯扯Boon的衣角，小声地说："你让大师帮我看看生辰八字，算算我能不能嫁给易晓天。如果我俩不合的话，什么种桃花施魔法降小鬼，让大师帮我化解一下转转运。"

Boon的脸一阵红，一阵白。最后，他装作没听懂我的话，继续他的聆听。

是不是没给供奉？我连忙从包里掏出几百泰铢，毕恭毕敬地递给大师。

大师摇头，表示不会接纳。

出家人也得吃饭穿衣，还跟我客气什么嘛。我相当热情，相当虔诚地要把钱硬塞到大师的手里。

"珊，不要这样。"Boon站了起来，想拦住我。

我诚心想算个姻缘怎么啦？不管你再好强，再优秀，再多的人劝你要活出自我，没有一段良缘佳话的人生就是失败。

大师闭上眼睛，嘴里念念有词，不再理我。

"珊……"Boon有点为难地说，"在我们这里，女人不能碰触僧侣，这是忌讳。"

我愣住了，拿钱的手停在半空中，不知道是继续递上去，还是若无其事地收回来。

Boon满脸歉疚，双手合十给大师说了几句话，然后跪倒，接连磕头，缓慢，用力。

出来后，Boon一路开着车，不肯跟我说话。

他生气了？他生什么气？本来是让他陪我去做一场心灵的洗礼，结果反倒成了我陪他听了一堂泰文的佛课。

Boon并没有拉我回酒店，而是把我带到了素贴山之巅。

据说这里有清迈最高的寺庙，双龙寺。两条长龙修建而成的百步阶梯，让人们在拾阶而上的时候，看到自己过往的错误而真心忏悔。在山顶，金光闪闪的佛塔，也为人们提供虔诚膜拜的机会。

此时大约下午五点左右，阳光正好。一群来自不同国家的男男女女盘腿坐在地上，仿佛在等待着什么。

“每天这个时候，这里的僧侣都要出来做法事。”Boon对我说。

我似懂未懂，也找了一个地方坐了下来。不一会儿，穿着黄色袈裟的僧侣陆续走了出来，整整齐齐地排在一个大钟的前面。一个大法师模样的人口中高声念着经语，敲钟，洪亮的钟声回荡在山谷间。

“珊，你爱过没有？”Boon拉着我的手，俯望苍翠的清迈城。

“什么？”我一愣，不明白Boon何出此言。

“你爱过你的父母吗？”

我低头，沉默不语。

“爱过你的工作吗？”他继续问我。

我没有从工作中发现过一点乐趣，只将其当成一种维持生存的工具。

“你爱过你的朋友吗？”

没有。她们，他们，高兴了在一起买个醉，不高兴了一年半载都不见个面，这算爱吗？再说了，你相信所谓称兄道弟的人是你真正的朋友吗？说不定有一天，他，她，会拿着刀刺在你的胸口上，让你死不瞑目。这种事儿都不用举例，闺密抢老公，商业伙伴背信弃义的事儿还少吗？

“爱过你的男人吗？”

初恋算不算？不是有人说过吗，初恋不懂爱情。

“那，你……爱过自己吗？”

爱自己？我啼笑皆非，还是那句大实话，为了一日三餐辛苦奔波的人，有资格说爱自己吗？这都是吃饱了撑的人，或者说是无病呻吟的小资专利。

我想起来了，我爱过一只猫。小时候乔建民给我买过一只小土猫。当乔建民离开我和我妈的时候，我抱着那只猫整整哭了一晚上，它也呜咽地陪着我哭。

我还记得每天放学，它都在家门口等着我。一看到我，就晃着尾巴扑到我的怀里。我做作业的时候，它也蹲在我身边打瞌睡。还有一次，居然叼了一条鱼放在我床上，我妈说："瞧小猫多爱你，把自己最心爱的食物拿来和你分享。"

我长大，它也陪着我成长。日日夜夜。只有它对我全心全意地付出，可惜好猫命不长，它不小心吃了耗子药，永远地离开了我。

我懂，Boon想要表达的意思是，我们的幸福之路，不在天堂，不在寺庙，不在桃花源。唯一的领悟之路，不在《道德经》，不在《金刚经》，不在《论语》。唯一可以让我们幸福，让我们得道，让我们通往心灵的路径，只有爱。

「穷途末路」

Part 3

（1）说错话了

第一次，站在山顶。

Boon伫立在我的旁边，仿佛一面镜子，我看到了一个真实的自己——物质为上，矫情虚无，自甘平庸，随波逐流。

他说的一点儿都没错，我什么都不爱，不爱父母，不爱朋友，不爱工作，甚至连自己都不爱。

连自己都不爱的人，还会有人爱我吗？

静默了片刻，我有些颓然："陪我去吃饭吧，最好还能喝上两杯。"

本来还有很多理由，那些应该爱我的人，却没有好好地爱我。比如娶了个年龄大不了我多少的小妈的乔建民，过着锦衣玉食、荣华富贵的生活，我和我妈却不得不节衣缩食、起早贪黑。我的初恋男友，为了让自己过上好的生活对我说再见，他顾及过我的感受吗？还有易晓天，他不就是一个富二代吗，随意拿张信用卡就把我打发到泰国来……

我讨厌他们——挫败了我的自信心，但他们真的是我不爱自己的理由吗？真的是因为他们，我成了一个不讨人喜欢的人吗？

人有时候无法看清楚的是自己。我应该去问问弗洛伊德，如果大家都有病，我很正常，这算不算一种精神病？或者说大家其实都没病，但我却有病了，这算不算是一种正常的行为？

比起我自己，我仿佛更了解Boon一些。他平静，宽容，乐于助人，过着自己想要的生活。他过着自由自在，不用左思右想的生活。

我似乎了解泰国一点了，没有人拿自己的标准要求别人，当然也不会拿别人的标准要求自己。

可惜我做不到。

Mag Ping（美萍）河沿岸全是酒吧和餐厅，Boon带我到了River Side。

我仿佛又回到了原来的生活。昏暗暧昧的灯光，震耳欲聋的音乐，来来往往的客人，灯红酒绿，让人忘记姓甚名谁。

我不喜欢买醉，但如果买醉可以让人忘记不快乐，喝一点又何妨。

吧台边上坐着无数个浓妆艳抹，打扮精致的女郎。她们脸上写着“孤独”两个字，身体却现出渴望。她们想得到什么？一段艳遇，一段爱情，还是像我一样希望忘记不快乐的过去？

我跳进了舞池中央，一个金发碧眼的男人很快就来到了我的身边。

“你太漂亮了！”

我没听清：“什么？”

金发碧眼的男人重复道：“我说你太漂亮了！”

我得意了：“我知道！”

但是这种得意持续的时间不长，很快就觉得累了。因为这个陌生男人不过是个过路客，而通常一个过路客的有心赞美，对我来说意义不大。

兴味索然地折回，还是Boon的安全指数高。至少不管怎么喝，喝得烂醉如泥都有人把我安全地送回去，还彬彬有礼地在门口对我说再见。

“Two more。”我对酒保说道。

Boon的回答超出了我的料想：“我不喝酒。”

我记得Boon在Sky Bar喝得也不少。

“我很少喝酒……”Boon好脾气地解释，“那天是去曼谷考察酒店，正好碰到你，所以喝了几杯。”

那会儿还把他误会成了一个富家公子。第一次见他的时候他穿着阿玛尼的西服，散发着不知道来头的香水，举止大方得体彬彬有礼，分明显示出只有皇家贵族才有的气质。

“那么，你可以陪我喝啊。”我试图劝他。

“不行，我要开车。”Boon固执地摇头。

以我对泰国交通的了解，禁酒令并不见得比中国严。

“对了，Boon，你对我说过，好像泰国人不爱炫富。可是我看曼谷商场里也在卖名牌，什么名牌都有。”我端起酒杯，一饮而尽。

“这有什么问题？”Boon不太明白我想表达什么。

“你说过泰国人不拿这些作为自己生活的参照物。”我想说的是，泰国人并不见得生活就是这么简单，要不，他也不会穿阿玛尼的西服出入类似于莲花酒店那样的高档场合了吧。

Boon嘴角一扯，露了个真逗的笑容。他完全理解不到我的脑子里为什么总是有些异于常人的想法。既然世人为我们提供了好的物质享受，为什么要拒绝它？难道一个简单的生活就要远离这些吗？好的东西人人都想拥有，泰国人也不例外。只不过，人们不是为了这些所谓的奢侈品或者是名牌而存在。可能也不会刻意地，怀着巨大的功利心去获取它，把它们当成生活的目标。

“好吧，很简单。”Boon解释，“或许我们更应该享受这些东西带给我们的优雅感，品质感，而不是将它炫耀或者炫富的一种手段。”

我讪讪地笑了一下，有些人从脚底武装到牙齿的一身行头，很明显属于后者。不光是我，国内几乎所有疯狂追逐名牌的男男女女也是为了后者吧。天天为挣钱劳心劳力，谈什么优雅感、品质感，说说优越感还差不多。

算了，这个讨论太形而上了。我叫来服务生，让他再给我倒一杯酒。

“你少喝一点。”Boon劝我。

一个想喝醉的女人，遇到一个清醒的男人，可见他们两个人待在一起是多么的无趣。何况他还要扫你的兴，尽说些女孩子喝酒不好，尤其是醉了之后丑态百出，没有男人喜欢之类的话。

“钱有那么重要吗？”Boon不明白。

“怎么会不重要？你在公司当一个小白领，做着毫无成就感的工作，天天被老板大骂被同事耍心计，为了买房子省吃俭用也存不了几个钱。”

“难道就没想过和你的男人一起努力奋斗，过上属于自己的生活？”Boon问我。

“那不可能了。好不容易等到与你相濡以沫的男人运气大发了，你也老了，折腾不起了。而且，你也不能保证你的老公会不变心。”

我的言论让Boon感到不可思议，他觉得，如果一个女人辛辛苦苦陪着男人创业，即使没有钱也愿意和他过着平淡的生活。这样的女人，就算她变成了黄脸婆，又怎么能抛弃她呢？

我妈和乔建民就是一个很好的例子。当初乔建民没钱的时候，还当我妈是个宝贝。后来从小城镇到了大城市，乔建民见多识广看不起我妈没文化了，毫不犹豫地一脚踢了她。

想当初，我妈还是他们那儿数一数二的美女呢。

“我不会，我要找到一个相爱的人。”Boon很肯定地说，他无法想象只为了物质利益的男娶女嫁，这样的生活到底能有多稳固。

“Boon，我知道……”第一，他还年轻，不知道现实有多残酷。二来呢，他爱上的也许不是女人。

Boon不知道我接下来的话题有多么的无厘头，还问我：“什么?”

我看着Boon的一副呆傻相，说道：“你和……”

话还没说完，艾茉莉和一个黑肤色的男人手拉手摇摇晃晃地走了进来。

什么状况?

艾茉莉看到了坐在吧台上的我，朝我扑过来：“亲爱的，我想死你了。”

才一天没见，至于这么夸张啊!

拥抱了我，吻了我的脸颊，艾茉莉想起介绍身边的男人了：“对了，亲爱的，这是Fiend。”

我机械地说：“Nice to meet you.”

四人同座，艾茉莉和Fiend聊得热火朝天，我和Boon却是相敬如宾，这太尴尬了。

没话找话，我继续说：“你和你的女友……”

Boon抬手，打断我的话题：“我没有女友。”

“那么，是男友?”

Boon吃惊的表情让我终生难忘：“珊，你在说什么!?”

“她说……她喜欢你!”艾米莉突然转过头对着我们说。

我和Boon同时张大了嘴巴：“什么!?”

“怎么可能?茉莉，他是一个同性恋……”我指着他，条件反射性地解释。

这下换艾茉莉张大了嘴巴：“什么!?”

足足一分钟，没看手表也知道Boon看我的时间。我无处可逃，只有仓皇地望向Fiend人，但他显然并不明白到底发生了什么，对我耸耸肩，无奈地表示帮不上我的忙。

然后，Boon把我拉出了酒吧。

昨天在寺庙看到的泰剧，恼羞成怒的男主角强吻对方，以此惩罚她那张毫无遮拦的嘴巴。

如果Boon这样，我当然要拒绝。但是会高兴，至少证明了他是Man的事实。

谁知道Boon只是把我拖上了车，启动了发动机。

艾茉莉跌跌撞撞地跟了过来，叫我们顺便把她也给捎回去。

一路上大家都很安静，Boon一直看着前方的路，连从后视镜里瞄我们一眼都没有。艾茉莉朝我使眼色，让我开口说点什么打破沉闷。我使劲摇头，我能说什么啊？说，对不起，Boon，其实你不是同性恋？或者说，对不起，Boon，就算你是个同性恋，我们也愿意和你做朋友？

傻一次还不够啊！

（2）男人生气了很麻烦

如果女人生气了，大吵大闹，骂男人骂得祖宗十八代都不得善终，还要寻死觅活的。但实际上，只要搂住她多叫几声“宝贝”，或者把银行卡直接给她，让她去商场里买几件衣服。大多数女人立即会破涕而笑，就算还摆起一张臭脸把男人的卡刷得当当响，心里却犯嘀咕，还是买便宜一点儿的吧，节约点，刷他的钱等于是刷自己的钱。

早把之前你男人作孽不可活的样子给忘光了。

男人生气就不一样了。他或许还是对女人很客气，不跟女人吵不跟女人闹，只是把自己关在房间里不出来，最多“砰”一声摔门而出。但是，他的心却在一点点地冰冻，他也绝对不会告诉你，这冰有多冷多冻，一直到有一天他再也不回来的时候，女人们才恍然大悟，哎呀，他真的生我的气了！

女人生气，后悔的是女人。

男人生气，后悔的还是女人。

所以千万不要伤害男人的面子和自尊，否则，他会让你这一辈子都想着他，念着他，记着他，甚至恨他。

第二天一大早，我跑到餐厅里。

Boon在，照例对我微微一笑打招呼。

等了很久，没有新鲜出炉的面包送给我了。

我落寞地回到房间和艾茉莉商量，由她出面向Boon提出租车的请求，让他当导游带我们逛清迈，在友好合作的气氛中，借机解释。

不幸的消息传来，Boon说没空。潜台词是，他不愿意。

Fiend打电话来，邀请艾茉莉和他一起去玩丛林飞索。

其实，男人有一百个生气的理由，女人就有一百种应对方式。

比如，撒娇，千娇百媚的撒娇。

这招好像更适合中国男人。中国女人拿“撒娇”当生存法则，而在西方文化中，“撒娇”是情绪化、任性等的贬义词，在男人那里没有市场。艾茉莉曾和一个德国人约会时，发了下嗲，德国人说：“打住，我不喜欢女人撒娇。”她恼羞成怒：“那撒泼试试。”不知道泰国男人喜不喜欢娇柔的女人，就算喜欢，撒娇也只适合情侣间，而非朋友。

但显然，我既非倾城绝世之貌，也非招风引蝶之徒。

讨好他，送礼物，请他吃饭。在中国，还有一种办法既让别人彻底原谅你，也让自己倍儿有面子的事情，就是给他一单生意做。夸下海口，说自己认识某某旅行社的老总，每年可带多少旅行团来清迈，当然，这些人下榻的地方都在此酒店。Boon会不会马上笑逐颜开？看小酒店每天三三两两的游客出入，生意并不见得很好。

可惜，我一个小导游，再混上个三五年也不见得能实现承诺。富家女的传说忽悠艾茉莉没问题，她也不见得就此少了一块肉。但是，对于

Boon来说，这个玩笑就开得大了一点。到时候，我不是招人嫌，而是招人恨了。

直接道歉吧，虽然连说对不起都不知道怎么开口。但，说了总比不说强，至少看得到你的诚意。人家原谅不原谅你，其实和你已经没多大关系了。

里里外外找了酒店一圈，人影儿都没有。问餐厅的小黑服务生，告知Boon接了个电话就急急忙忙地出去了。

坐在车上，一路上我沉闷不语，只看着窗外发呆。

“……有一年，我在巴黎的凯旋门随便瞎逛，有个法国人给我递纸条，我打开一看，他说我很有东方女人的魅力，希望和我交个朋友……”

“Oh，My princess！”

“还有一次，我在希腊的海边儿散步……一个长得倍儿帅的希腊男人悄悄地给我拍了一张照片儿，他说我比景色还美……”

“Oh，Proud of you！”

艾茉莉漫无边际地吹牛又开始登场，还边吹边给我翻译。Fiend一次又一次地表示赞叹，彻底跪倒在她的石榴裙下。

看，这又是文化差异。在中国的古代，哪个女人要敢夸自己有男人无数，得挂着两只破鞋游大街，让别人扔石头和鸡蛋；在今天，这种女人也好不到哪儿去，也是过街老鼠人人喊打。

我的空虚症又上来了，还增添了妒忌的调味料在里面。

为什么所有的爱情都在别处？

当一个寂寞孤单的人，遇到另外一个寂寞孤单的人，他们擦出的火花比流星还迅速，还耀眼。

照亮了彼此，却灰暗了看客。

“师傅，请停下车。”突然，我开口说道。

坚决挡住艾茉莉苦口婆心地劝阻，说什么我也不去丛林飞索了，我恐高不说，看着他俩成双成对的会让我变成个傻子。

艾茉莉关车门的时候，我听到Fiend问她："怎么了？"

"谁知道，大小姐脾气又犯了。"艾茉莉混杂着灰尘的一句话飘到了我的耳边。

大小姐，我是什么大小姐？我冷笑，这一路艾茉莉演绎追逐大戏，天知道是不是真的有巴黎、希腊帅哥看上了她，眼见为实的只有这个毫不起眼的Fiend在鞍前马后。而我呢，上演了豪门小姐逃婚记，结果自己最清楚，不过是演给别人看的而已。

就是这样，在我和艾茉莉亲密无间又互相妒忌的友谊里，我炫耀着莫须有的荣华富贵，艾茉莉炫耀如流星一般的男人。

看我们把谁先给抵到死胡同里去。

就算艾茉莉不把我抵到胡同里去，我也无路可走。工作没了，婚也没结成，回去还得低三下四地向乔建民道歉。留在清迈更没用，我本身就是一个过客，短暂停留在不属于我的生活里。

我给前同事兼好友小美打了个电话。

"小美，你最近工作忙不忙啊？"

小美的尖叫声差点刺破了我的耳膜："天啊，珊珊，你跑哪儿去了啊？"

"我在泰国啊。"

"天啊，你这么快就度蜜月去了，都不告诉我一声。看来你过上豪门富太太的生活了，把老朋友都忘了啊。"

"泰国有什么好啊？"我内心凄惶，面上装强，"还没成都的一半儿好呢。"

"珊珊啊，你还想怎么样？有这么好的一个老爸让你嫁入豪门。哪儿像我啊，天天起得比鸡早、吃得比猪少、干得比牛多、拿得比人少的生活才叫惨绝人寰啊。”

如果没有乔建民的出现，我应该和小美过着同样凄风苦雨的小白领的命运。如今在她的心里，当我对某些地方、某些事、某些人有些挑剔的时候，不过是在炫耀自己正在享受着太多好的东西。我无力地挂掉电话，本来想让小美帮我在老板面前说说好话，答应让我继续回到旅行社上班。我能想象得到的是，一旦我真的把这个请求说出口，小美一定会高兴得整晚睡不着觉，灰姑娘永远是灰姑娘，连穿一次水晶鞋的机会没有。像我这种还做着遥不可及的美梦，根本就是一个傻大姐。

一想到这里，我心里发慌，很快就蔓延成一望无际的荒原，任凭我怎么跑也逃离不了这种无力回天的空虚。

终于还是忍不住，我拨了那一串其实还很陌生的电话号码。

“Boon，我是珊珊，我迷路了。”我开始撒谎。

“你在哪儿？”

我左看右看，一个十字路口，有一处喷泉，有泰文的路标。结论是，不知道。

“要不，我把路标拍给你看？”

“不要急，珊珊。你等一下，我过去接你。”

Boon大可以把酒店的地址发给我，让我打个车回去。

好脾气的Boon，有求必应的Boon，经久耐用的Boon，他就算生你的气了，当你有事的时候，他还是会毫不犹豫地帮助你。

我坐在马路边的花台上，百思不得其解，他为什么这么好？为什么这么好的男人是一个同性恋呢？

（3）异国他乡的爱情

我向上天保证，Boon是我遇到的第一个在我需要帮助，而他即使在生我的气也不会以任何借口拒绝我的男人。

很快Boon出现了。“你不是和艾茉莉一起去玩溜索了吗？”

“我恐高。”我瘪嘴。

“怎么了，不高兴呢？”Boon看了我两眼。

“你都生我的气了，我还能高兴到哪儿去啊。”我说。

“生气？”Boon有点摸不着头脑，“我为什么要生你的气？”

他是装疯还是卖傻啊，明明昨天晚上我说他是同性恋，他很不开心。今天早上不仅连面包都没送我，还拒绝了我出游的请求。

Boon笑了起来：“我家里突然出了点事，赶着要去处理……”Boon仿佛是怕我问下去，也许是怕我担心，很快又继续说道：“不过没关系，现在已经没事了。”

有度量，对女人的小心眼既往不咎。但既然对此不介意，我就应该乘胜追击：“我闷得慌，想去你的朋友家里做客。”

不知道Boon会把我带到什么地方去，清迈就这么一点大。酒店的位置算是荒郊野外了，到古城开车也就二十多分钟，走路不超过一个小时。其实，我很想去见见清迈小哥。

女人的好奇心就是这么不可思议。明明知道做了这件事之后会绝望，还是要做。只有绝望的女人才不会有希望，不会有幻想，不会有期待。就像易晓天当着我的面在车上公然打电话给各种女人，彻底地摧毁了我嫁入豪门的天真美梦。

显然Boon并不打算让我了解他的隐私，他把我带到了大象家园。

喜欢旅行的人都有这样的感受，在三亚、贵州、西双版纳等地，都有类似于大象家园这样的民俗村。不同的是，这里的是被人类驯服了用来表演杂技的大象，而在国内则是人用各种搞笑的噱头来赚取人民币。

不用大脑，用脚趾头动一动都知道这是索然无味的行程。

Boon丝毫没有察觉到我的失望，带我穿过芭蕉丛林，从泥泞的小路一直走到尽头。

一片小小的湖，有好几头大象正在欢快地洗澡。还有几头大象站在岸上，一个穿着泰式裙子的女孩子背对着我们，给其中一只大象搓背。

“Ray。”Boon叫她。

女孩子转过身来，同样的巧克力皮肤，洁白的牙齿，明亮的大眼睛，挺漂亮的。

Ray出生在离清迈不远的山村里，从小爱大象，慢慢地开始照顾一些原来在山里拉锯木的大象。这些象原来是野象，被当地人驯服成重劳力，帮助工人们从无路的原始山林中运出锯下的木头。后来泰国为保护林业禁止在原始山林中锯木，这些大象失去了生存的来源，同时也回不去原来的丛林，有的惨遭遗弃四处流浪，受尽伤痛饥饿；有的被人拉到繁华的大城市，在车来人往的大街上招揽游人，变成赚钱的工具。Ray收养她所能找到的，所有被遗弃、被虐待受伤濒死的大象，让它们在这片自然的环境中生活、嬉戏、治疗、恢复、生长、养老。

几句寒暄后，Boon脱掉了上衣，跳进小湖和群象玩了起来。一开始，象还用鼻子吸水，优雅地往他身上洒。但很快，Boon爬到了一只小象的背上，小象背着他一会儿沉在水中，一会儿又“昂昂”叫着把他托了起来，让其他象对着他喷水。不一会儿，Boon成了泥人，几乎分不清楚哪是象，哪是象背上坐着的人。我有些惊呆了，Boon一扫在我印象里的沉稳安静，回到了他真正狂野的本心。我只在电影上看过这种大自然与人合二为一的景象，像田园诗歌那般质朴和美好。

等他上岸，Ray早就准备好了白毛巾，满脸温柔地替他擦掉头上和脸上的水珠。Boon同样用微笑来对她表示感谢。他们看上去就像一对配合默契、两小无猜的璧人。

我却有说一种不出来的滋味，到底是怎么了？他和清迈小哥在一起，我觉得不好受。换成了Ray，也不见得我高兴到哪儿去。我这是妒忌，还是占有欲？因为这个人对你太好，就觉得他不能对别人好，别人也不能对他好。

Boon去洗澡，Ray目送他离去的背影，对我说道："Boon是一个很好的人。在我们这里，不管男人女人，都非常喜欢他。"

Ray的话，再一次非常精准地扎到了我的痛处。

虽然在接下来的时间里，园子里大大小小的工作人员确实如Ray所说，见到Boon非常的亲热和开心，但"男男女女"都喜欢这句话，始终萦绕在我耳边，挥之不去。

Ray带着我去看大象，逐个介绍。Jokia是头母象，山里运木头的活没有了以后，四处流浪，给人干活时惨遭虐待，双眼都瞎了，初来园里的时候Ray为她担心，怕别的象不接受她。然而第一天，就有另外一头母象慢慢走过来，温柔地接受了Jokia，并且从此担负起了为她引路的责任。现在的Jokia当上了妈妈。而Malai Tong在北部山里干活的时候，踩上了泰缅边界常有的地雷。一条腿短了一节，被前主人带到曼谷的大街上以乞讨为生，它可怜的样子能引起游人的同情心，为主人带来更多的收益。直到有一天，Ray看到了站在街上极度痛苦不安的Malai Tong，便把它带了回来。现在Malai Tong有了自己的大家庭，得到了很多人的关心和照顾。

"这一只，是我们园里的象王。"Ray充满爱怜地抚摸着一头个子最高的大象，"它在路上被一辆十八轮大卡车撞上，拖了五米多远。我在Boon的帮助下买下了它。"

"所以，Ray为了感谢我，把这头大象的名字取成了Boon。"Boon的声音从我们背后传了过来。

Ray笑意盎然地回头看他，点头说道："是啊，如果没有你的帮助，我也不会有信心一直坚持照顾它们。"

Boon微笑走近，用自己的鼻子去碰大象："Boon，你还好吗？Ray阿姨有没有欺负你，不给你东西吃啊？"

大象“昂昂”地叫着，似乎对Boon的到来感到非常的高兴，用鼻子把他卷了起来，要把他放在自己的背上。

Ray站在旁边清脆地笑了起来：“Boon，不要调皮啊。”

多么相亲相爱的小伙伴，他们有共同的语言和成长背景，也有相同的喜好。而我显然是一个外来客，不仅来自另外一个完全不同的国家，也无法融入他们的生活，成为他们真正的朋友。

我也是有着残缺过往的人，漂泊到清迈，无人收留。

有一刻，我希望自己是一头象，可以在这里无忧无虑地生活下去。

我和Ray、Boon还有清迈小哥是如此的不同。他们过着自己想过的生活，而我却只能像一只蚯蚓，在黑暗的永不见光的泥地里蜿蜒爬行，渐渐地，我远离了他们的视线，越走越远，在茂密的芭蕉林里停了下来。短暂的几秒，我回顾了一下过往的人生，以及未来，没有什么让我感到更委屈的事情了。然后，我蹲在地上，开始哭。本来只是啜泣，后来一路飚高，变成了号啕大哭。

我说过，上一次毫无顾忌地哭是乔建民离开我的时候。我抱着我的猫痛哭流涕，结果被我妈打了一记耳光，说我不争气。我就为了“争气”这两个字，初恋男友娶了别人，我祝他幸福；乔建民让我嫁给易晓天，我也笑嘻嘻地接受，甚至还一门心思地真想嫁给他；还有当艾茉莉对我富豪女的身份表示羡慕的时候也万分得意。我并不老，我还年轻，可是我好像早忘记了自己是谁。

那些不堪的前尘往事，全都回来了。

芭蕉林发出窸窸窣窣的声响，我连忙收住哭声。

Boon离我不到一米，然而他这次没有显出一副不可思议的表情。

Ray站在他的身边，也没有表示惊奇、可怜和同情。

难道他们都觉得我这样很正常。

我抱着一只猫哭没什么大不了，猫也不懂我到底哪根神经出了问题。但是，在异国他乡的人眼前……

Boon似乎在想着什么，半晌，他对Ray耳语了几句，Ray点头。

我感到莫名其妙。

Boon走过来，拉起我的手。不知道从什么时候开始，他开始拉我的手了。是今天从大象园的门口，或者是更早……我不记得了。

他一直拉着我的手上车，松开，启动了发动机。

一路上，一如往常，他没有再多的话对我说。也许，又因为我今天反常的表现，令他不开心了。

这个，真不是我的本意。

离开大象家园大约是早上十点左右，四个多小时以后，Boon把我带到了清莱。花园式的小洋房，十多平方米的绿色草地。从房间里走出来一个人，他迎着Boon给了一个拥抱。我认出来了，是清迈小哥。

“珊珊，欢迎你来做客。”清迈小哥明朗地对我笑，伸出手给我。

该来的始终会来，我不怕，哭过之后还是一颗蟑螂小强的心。

清迈小哥忙前忙后，做好了一顿丰盛的家宴款待我。我想他不是为我，是为Boon。席间他们交头接耳，亲密无间地说着泰语。

我什么表示都没有，所谓的妒火中烧、伤心失意，可能要待日后慢慢地品味二三。或许，在我的生活中，除了有时候哭哭，已经慢慢学会如何面对生活的不堪和失败。

一个女人脱了鞋进门，看到Boon非常惊喜和开心，对他再三拥抱，松开了双臂却亲吻了站在旁边的清迈小哥。

我立即像猎狗一样嗅到了不一样的味儿，兴奋得不知所以，汪汪大叫。

“她叫蔓青，是leo的妻子，也是我遇到的最温柔的中国女人。”

Boon向我挤挤眼睛，半是认真半是开玩笑地向我介绍。

原来清迈小哥的名字叫leo，他和Boon不是“相亲相爱”的“一家人”吗？他们是发小，相亲相爱绝对没错，但，他们不是情侣。让人感动的爱情故事慢慢上场。由于清迈小哥的“不善言辞”，还是让蔓青发言。蔓青一边和我们喝着酒，一边打开了话匣子。

一个爱情故事，大家最关心的就是两个人是怎么相遇的，谁先看上谁。可以肯定的是，清迈小哥首先对蔓青动了心。

那是在三年前的一天，蔓青独自来到清迈，在公交车上不懂英语和泰文的她向清迈小哥问路。就这样，阳光开朗的小哥遇到了满怀心事的蔓青，两眼顿时放出光芒，一段颇有点曲折的爱情故事就在老天的安排下上演了。

最开始，蔓青根本没有看上清迈小哥，或许是无心谈恋爱。那时候她刚刚失恋，痛苦得不得了。清迈小哥自告奋勇当导游，带着她四处游玩散心。最后，清迈小哥的战术由“正面进攻”变成了全民总动员，发动了全家的力量。不仅清迈小哥的姐姐给他出主意，就连清迈小哥求婚送的花也是爷爷奶奶亲手做的。但是，当清迈小哥抱着全家人做的花见到蔓青后，被她很客气地打发了回去。花呢，当然是留下了。一直到蔓青踏上了回中国的路途，变得依依不舍和有所牵挂。清迈小哥知道这个消息后，一路飞车赶到机场，买了一张机票跟着蔓青回到中国，彻底感动了她，大功告成。

蔓青还讲，在她怀孕的时候得了忧郁症，觉得生活没有意义，未来没有前途。清迈小哥把手上的生意全部停掉，和她去海边散步，看日出日落，只要母子安康，就算舍弃一切他都愿意。

伴随着孩子的出生，蔓青的病情逐渐好转，是清迈小哥的日夜陪伴和安慰起了作用。现在，蔓青在清迈的一所大学里教中文养家糊口，清迈小哥则在家里带孩子。

连这么甜的酒，都是清迈小哥亲手酿造的。

这就是说，我用女人天生无厘头的假设，彻底误会了Boon。

图 / 李启友

「重新开始」

Part 4

（1）什么时候重来一次

也许对所有的男人来说，最头痛的事情就是女人的善变。

敏感，情绪化，喜好幻想，不切实际，通常是男人们对女人下的定义。他们实在是搞不懂女人为什么前一分钟还梨花带雨，后一分钟变成了晴空万里。

这会儿，我好了伤疤忘了痛，忘记了易晓天带给我的气愤，Boon带给我的失意。想起的第一件事情就是，今天早上出门没化妆，又在大象家园哭得眼红脸肿……我逃命一样地冲进清迈小哥家里的卫生间。粉是要擦的，这样看起来白净一些；睫毛膏一定是要涂的，这样看起来眼睛明媚动人；还有口红，抹上去整张脸马上有了立体感。

我想说，这一点都不夸张。当一个女人想要

取悦一个男人的时候，什么愚蠢的事儿都干得出，智商为零不说，还得意扬扬。

有一次，我去菜市场买了一只老母鸡，经过八小时的精心熬炖，盛在保温桶里坐上火车去苏州看初恋男友。一看到他，非逼着他把鸡汤给喝下去。分手以后，这也成了我的罪状之一。他说最不喜欢吃的就是鸡，还在大冬天喝冰冷的鸡汤，胃不舒服了好几天。他说，珊珊，你总是以满腔的热血等待男人的回报。如果回报不了，就是责任和错误。他承担不起。

虚伪的男人，永远为自己的不爱找借口。

但是，女人，也永远为无法实现的期待在埋怨。

打开水龙头，掬了一捧水，把刚刚一张还算漂亮的脸恢复成了素颜。

女人的善变，有时候连女人自己都不懂，更不要说男人了。

我出来，看见他们都在对我笑。怎么了，我下意识地摸摸自己的脸，难道是没洗干净，一团白，一团红的？

“珊，来，过来。”Boon拍拍他旁边的位置，让我坐到他的身边。

小蔓把酒杯端过来，和我碰杯。笑意盎然，“刚刚Boon给我们讲，你以为他喜欢的是男人。”

“不是，不是，”我拼命解释，“这个，你们都知道，也许在泰国会比较常见……”我的话戛然而止，我要是继续说下去，得罪的人不止Boon。

他们笑得前仰后合，小蔓开始揉自己的肚子。

我相当地懊恼，我的智商和情商都这么低吗？

Boon的手拦上了我的腰，让我靠近了他，往我的唇上蜻蜓点水般吻了一下：“珊，我很正常……”

我不敢相信他吻了我，又看了看清迈小哥和小蔓，两张笑脸刺激到了我的神经。这是什么意思！？是在为我们祝福，还是习惯了Boon随意的轻吻？我不相信这远在天边，近在眼前的爱情。要换成艾茉莉，早就抱着他，靠近他，回吻他。虽然我对Boon有好感，可现实是我想嫁给易晓天，是因为他能给我荣耀，给我富贵，给我衣食无忧，Boon能给我什么？

我推开Boon，站了起来，“不要以为我喝醉了，就可以逢场作戏，不要以为我喜欢上你了，你就可以这么肆无忌惮地对我。”

“对不起，”Boon慌忙道歉，“珊，我没有想过要冒犯你。”

打住，我抬手做了一个停止的手势。什么是冒犯，我不远千里而来把他当成值得信任的人，他却在毫无防备的情况下占了我的便宜。一个男人对一个女人起了猥亵之心，这比冒犯还严重。

可怕的女人的自尊，让所有的人都陷入了一阵沉默。

Boon的笑容黯然了下去，或许不想面对这样的尴尬，他对蔓青和清迈小哥说道：“你们吃，我出去走走。”

我对蔓青和清迈小哥扯出一丝儿笑容：“我……很快就要回中国了。”

流落在异国的人，是因为没有爱上那座城市，以及那座城市里的人。这是人们选择一次又一次地远离故土，热衷旅行的理由。或许蔓青是幸运的，最终有人承载了她的离别哀愁。

所有结局完美的爱情固然令人感动，可我不是蔓青，Boon也不是清迈小哥。一旦我回到中国，他就幻化成带不走的天边云彩，只能挥一挥衣袖。每个女人都在期待这一段美好的爱情出现，可真的出现了，她又开始犹豫，开始害怕，担心把握不住。

纳兰容若说，人生若只如初见。就是见到对方第一眼时刚刚好，然后，千万不要有然后。很多爱情开始的时候看上去都很美好，结局却有着不堪言说的凄凉和悲伤。

同为女人，小蔓了解我的感受。她深爱过一个中国男人，比她小6岁，整天只知道在网吧玩游戏。她天天陪着他玩，一直到怀孕了，男人还是不肯离开网吧。她一次次地选择原谅、包容，最后还是失望地远走异国他乡。后来遇到了清迈小哥，她很害怕，很担忧。可是如果不亲身去体验一下，不愿意相信爱情的来临，也许不会得到伤害，同时也失去了爱的机会。

“珊珊，你是Boon唯一带到我们家里来的中国女孩，我们看得出来，他可能爱上你了。”蔓青话锋一转，对我说道。

我茫然地告别了蔓青和清迈小哥，毫无意识地走着，左张右望地看Boon是不是在等我。

四下寻觅，终于看见Boon坐在一棵大树下，低着头。他还是那么好，明明是我伤害了他，但他还是没有舍我而去。但是看他的样子，沮丧、失望、不快乐，很多不美好的词语出现在我的脑海里。

我一步一步地走过去，酝酿着把讨厌的话儿丢在一边，换成一种善意的解释。其实我还是喜欢他的，当我误会他是同性恋的时候，不知道有多伤心失意，完全无法用语言来描述。当我知道他不是同性恋的时候，又是多么的喜出望外——我之所以拒绝他，是因为我们之间太不现实了。

“Boon……”我嗫嚅着开口。

“嘘！”Boon把左手食指放在嘴边。

“什么？”

“你看。”Boon左手一指。

不远处，一只犹如手臂粗细的绿色小蜥蜴正仰着头，目不转睛地盯着Boon。敢情，刚刚，他们是在含情脉脉地凝望对方。

我大声地咳嗽，小蜥蜴才回过神来，慌慌张张地拖着尾巴一溜烟儿地跑了。

“你吓跑它了。”Boon有点懊恼地说，“这只蜥蜴说爱上了我。”

我翻白眼。人兽相爱是要遭天谴的，更何况，要爱也应该爱只大象什么的，那么小一只蜥蜴，想听听它激动的心跳都听不到。

“总之，我失恋了。”Boon站起身来，拍拍屁股上的泥土，“这事儿你得负一半的责任。”

“大不了我躺在草地上扮蜥蜴，和你深情对视？”

算了吧，Boon笑嘻嘻地往回走：“我还是更喜欢美女。”

从何时起，木讷的Boon变得如此风趣幽默，似乎刚刚那一幕不愉快没有发生过。难道是因为我根本就不了解他，想起小蔓给我说的那些故事……或许他是中泰语言混杂的一本书，读起来有点费劲，但读懂之后会让人受益匪浅吗？

(2) 不食人间烟火的男人

通常被女人拒绝了求爱的男人，要不当即拂袖而去，要不阴沉着个脸打破砂锅问到底，是不是以前受过伤害，或者是那方面没需求？有时候女人明明只是装腔作势一下，以考验对方对爱情的忠诚度。结果被男人这么一说，唯有的一点爱意也烟消云散了。她们搞不懂男人的脑子里到底是在想什么，想的是爱情，还是她的肉体。

还有一种男人像Boon，当这件事儿没发生。大概是他不想让自己难堪，也不想让对方难堪。

或许，这是男女之间最好的处理方式。

如果Boon是一个中国人该多么好，也许我会爱上他。

“我是混血儿，也算半个中国人。”回程的路上，Boon说道。

对了，Boon的妈妈是一个中国女人，她和Boon的爸爸之间又有一个怎么样的爱情故事呢？

“我的妈妈是一个漂亮、温柔贤惠的女人，来清迈旅游时遇到了我的爸爸。然后，他们一起开了现在的这家酒店。”

Boon沉浸在回忆当中。小时候每当他放学回家，妈妈总是会跑到大门口去迎接他，取下他的小书包，递给他一个绿色的或者红色的苹果。当然，每天晚上睡觉之前的一个小时，妈妈会拿出书教他学中文，给他讲中国的故宫，长城以及历朝历代的皇家故事和民间传统。

“妈妈最喜欢屈原，觉得他刚正不阿，敢于和旧时的不公平做对抗。所以每年中国端午节，我都能吃到妈妈包的粽子。不过我更喜欢纳兰容若，他温柔善良，写的诗词清丽婉约，哀感顽艳，格高韵远，独具特色，直指本心……比如人生若只如初见，何事秋风悲画扇。”

我发出啧啧声，这家伙比我还了解中国的历史文化。像我这等人，说起可口可乐，星巴克的咖啡，钢铁侠之类的玩意儿倒是如数家珍，要让我说说中国的旧事儿基本就是一问三不知。就算要说，大多也是从什么清宫剧啊，穿越剧里了解的。

不过，为什么在酒店里一直没有看到他的爸爸和妈妈呢？

Boon神色有些黯然神伤：“我妈妈在我十几岁的时候就去世了，我爸爸年纪也大了，没有精力照顾酒店的生意，就交给了我。我很爱我的妈妈，去世之前她对我说，让我千万不要辜负爱我的女人。”

怪不得Boon对来自中国的女孩子都非常好，包括我在内。

“那你有辜负过吗？”我问他。

Boon沉吟了一下，说道：“我以前爱过一个泰国女孩，差一点结婚了。”

“然后呢？”

“她很漂亮，但很要强。她不喜欢留在泰国，觉得这里太落后，选择了去欧洲读书。”

“这种人生才是人生，想去欧洲读书就可以去读书，想实现自己的梦想就可以实现。也许梦想的专属者本来就是有钱人。”

“不，她不算很富有，只想依靠读书改变自己。”

哦，我明白了，这女孩多半是嫁给了一个有钱的外国人。

“你是不是特看不起这种女人?”

Boon不置可否地笑笑，把车停在了路边，说道：“我们吃饭吧。”

我跟在他身后下了车，走进了一家路边餐厅，却并不打算结束这个话题：“我知道你可能打心眼里瞧不起这样的女人，但你也要明白，这个世界上除了钱什么都把握不住，更不要说虚无缥缈的爱情了。”张小娴不是说过吗，女人最想要得到的就是钱，然后是健康。尤其像我这种，在对爱情还有一些幻想和期待的年龄就遭遇了金钱的考验，越发觉得钱更重要。

“珊，你后悔没有嫁给易晓天，是吗?”Boon把正在低头看菜单的头抬了起来，看着我。

我顿住了，如果让我说真话，确实是。如果时光倒流回去，我发誓不管易晓天怎么在外面搞三搞四，我一定当没看见。尽管我明白，为此要付出巨大的代价，用自己的美貌、青春、身体、梦想、家庭、事业和心性去换取没有爱的婚姻，但至少可以做一个衣食无忧的豪门阔太太。我后悔自己输在了年轻气盛上。

Boon眼中瞬间闪过一点失望。

可能有点残忍，但这就是现实。

“也许你说得对。”Boon苦涩地一笑，点头道：“钱可能不需要爱情，但是爱情里却不能没有钱。”

换成以前，我可能要跟着Boon自嘲一下。只有穷人才如此渴望变成有钱人。但现在，我笑不出来。两个人陷入了沉默，然后我又打破了沉默：“你是一个好人，会遇上一个好女孩的。”

“也许吧。”Boon愣了一下，不知道该怎么回答我。想了半天，他说道：“如果一个女孩愿意待在清迈这样安静的城镇里，和我一起打理酒店，天天吃我自己亲手烤制的面包……或许可以谈一场一辈子简单的恋爱。只是，这种单调枯燥的生活对于大多数女孩子来说，一时半会儿可以，待久了也要厌倦，最终也会离开。”

我不禁叹气，哪个王八蛋说的，高大上的生活里没有爱情的位置。

“我没有什么远大的志向，满足不了女孩奢侈的梦想和生活。我并不打算把酒店做到一个什么目标，获得多么丰厚的回报，只想坚持把酒店开下去，这是我爸爸和妈妈爱情的见证。当然，也希望成为我自己爱情的见证。”Boon说。

这种美好的故事不是不会发生。只是，谈一辈子简单的恋爱，这女孩不仅要像他妈妈那样温柔贤惠，还必须得抱着爱情至上的态度。显然，我不符合这个要求。

Boon也不符合中国女人的求偶标准。尽管他又高又帅、气质优雅还会做甜点，为人善良诚恳并且体贴细心，但是他致命的缺点是没有“上进心”，或者按照中国的说法是没有功利心。这意味着他不能成为一个成功的商人，要知道成功才是衡量一个优秀男人的最佳标准，哪怕他天天应酬不归家，也不愿意他是个一事无成的人。

“可是，你说过女人到最后还是希望男人天天陪着她。”Boon发现了，我前一分钟在蔓青家里说的，和后一分钟在这里说的话自相矛盾。

“那是男人满足了她们物质需求之后的愿望。”我强词夺理。

大概Boon早已经对我没来由的无厘头习惯了，只是无奈地笑了笑，并不打算反驳我。

我突然想起了Ray，不仅长得漂亮，还和Boon有着共同的追求。

Boon笑了起来：“我一直当她是妹妹。”

爱是一瞬间的事情，但命中率并不高，所以爱情才显得像钻石一样珍贵。或许钻石都有价值可言，爱情却永远无法在付出和回报之间有一个衡量。

或许，这是属于相爱两个人之间的秘密语言。他们不计较得失，只是享受彼此的给予，充满了让人愉悦的快乐元素。我没拥有过这种不食人间烟火的爱情，大多数时候都在讥笑那些把爱情当成梦想和空气的人。现在想起来反倒有点羡慕Boon，尽管他的想法看上去显得有点幼稚。还有艾茉莉，每每她遇到的爱情都以失败告终，却没有打算过放弃，一直天真地以为路上有真爱。

即使是做白日梦，也好过我这种过得没心没肺，甚至连生活目标都找不到的人。

“珊，其实你有。”

“我有吗?”我愣住了。

Boon点点头，“你不仅有梦想，还是一个善良柔弱的女孩。”

我盯着Boon，我所了解的自己不是他口中的样子，拜金主义、愤世嫉俗、虚伪造作，还常常出口伤人才是我。

“可能过去一些不好的生活带给了你不好的影响，害怕失败和受到伤害，所以你把柔软的内心包裹了起来，扮成了一只到处扎人的刺猬。”Boon一脸的诚恳，不像一个企图说谎安慰我的人。

我低下了头，觉得眼睛有一点点湿润了。

“我在Sky Bar遇见你的时候，你喝醉了以后又笑又闹的样子让人心痛。”Boon伸出手握住我的手，“珊，其实你是一个非常需要被爱的女孩。”

连我都不明白的伪装，被一个出生、文化背景和生活环境完全不同的男人看穿。我是应该庆幸遇到了这样一个了解我的人，还是觉得最好不要遇到这样洞察人心的男人。

对不起，我在心里对Boon说，或许这一辈子都遇不到像你这么好的男人了。我和大多数女人一样，比起平静枯燥的生活来，更渴望得到爱马仕限量款的皮包，山顶超五星级酒店的一夜住宿以及高雅又做作的红酒派对。这一切正如你说，150元人民币的住宿费，要住多少客人才能到欧洲去住上一晚啊。对于从来没有享受过这些东西带来满足感的人来说，比起爱情来，更需要这一切所谓的虚无。这不能怪他，也不能怪我。

当我回到中国，我所要做的就是利用乔建民和易晓天爸爸的权威，睁只眼闭只眼嫁给玩世不恭的易晓天。我和他之间不就是玩了一场赌气的游戏？当然，我也明白，如果心里还有一点气息尚存的爱情，只有Boon这样的男人才能承担。

Boon默默地松开了我的手，天黑了，该回酒店了。

到了房间门口，Boon对我说："珊，晚安。"

我拿出房卡，开门，不敢看他，说："晚安。"

Boon转身要离开，我叫住他："Boon，你……不想抱抱我吗？"

他回过身，对着我微微一笑，说："你早点睡。"

如果他此时抱住我，亲吻我，说他是这辈子最爱我的男人，也许我会动摇。他不知道吗，易晓天并非坚硬不可动摇的基石，Boon或许最应该做的事情就是松土，动摇那尚未构建起来的高楼大厦，让它摇摇欲坠或者轰然倒地。

可是，他只把背影留给了我。

又回到了现实中了，即使我和他之间有了好感，但也没有足够多的时间爱上彼此，从而可以不顾一切地在一起。

(3) 不可预料的未来

我开始收拾行李，不能继续待在Boon的酒店里了。

艾茉莉认为我小题大做，"你知道我们在这个世界上要爱多少人才算数？洪晃都说了，只爱一个是划不来，爱上十个人叫够本，爱上五十个人才算不靠谱。为什么当爱情发生了我们要拒绝？珊珊，你不会这么幼稚地认为我们爱上了一个人，就一定要开花结果吧？有些面临着分离抑或分离之后的爱情才叫人一生难忘。什么叫现实，现实明摆着的是，明明两个人睡在一张床上却互相埋怨，貌合神离。或者左手牵右手，一点感觉都没有。”

更傻的是当一个女人本该享受爱情的年龄却想结婚，结了婚又埋怨婚姻生活的无味，希望得到一段美好的爱情，这女人到底得有多傻才搞不清自己想要什么啊？何况像我这样，爱情发生的时候不及时抓住它，却在担惊受怕分离后的痛苦。这样前怕狼后怕虎，注定一辈子都品尝不到爱情的甜蜜。

艾莱莉说得没错。作为一个享乐主义者，爱情不是用来考验和开花结果的，是用来享受过程的愉悦的。只有当我们享受过灿烂如花的爱情，才懂得如何去过平淡如水的婚姻生活。

我承认，我也是一个享乐主义者。但艾莱莉是爱情享乐主义者，我是一个物质享乐主义者。我们有着本质的区别。

“怪不得人家说，有钱人穷得只剩下钱了。爱情作为精神生活中最值得追求的领域，却在你们这种人的眼里显得毫无价值。”艾莱莉毫不留情地指责我。

对我来说，也许更重要的是把金钱当成物质生活中最值得追求的领域。她不会明白，如果我真的是富豪大小姐，我愿意和Boon在一起。天天衣食不愁，一辈子只谈爱情也无妨。

“你就是嫁给易晓天也不会有好日子过。”艾莱莉泼冷水的技巧远比Boon来得狠。

我不再反驳她的话，提起我的行李关门而去。

离开酒店，沿着人行道一步一步走着。现在正是清迈的三月，繁花盛开。一路上种植着三角梅，还有不知名的其他花朵。一阵风吹来，花朵飘零，连地面上都铺上了五颜六色的花。清迈的确是不需要花太多钱就能够得到诸多小资情调的地方，而我却没有资格享受这一切，就算我不能嫁给易晓天，也始终要回去面对雾霾天和朝九晚五的工作。不能因为认识了Boon，我的生活就被改变了。

可是当我越走越远，心却越来越犹豫。无数暗示明示不能停留在这里的理由转化成了一些依依不舍和留恋。我感受到了蔓青离开清迈时的心情，似乎有一个人在这里，他留住了你的脚步。

徘徊一个多小时，我给Boon发了一条短信，感谢这么多天来他对我的照顾，很高兴和他相遇，希望他有机会来中国做客之类的客套话。

几秒钟之后，Boon的电话打了过来："珊，为什么？"

我不知道怎么回答他。

"如果你真的想走，那么请你答应我，让我送你到机场。"

"不用了。"我说，"我怕会哭。"

"可是我想抱你一次，也许这是最后一次，可以吗？"Boon在电话那头，一个字一个字地慢慢地把话吐了出来。

我不忍心再次拒绝他。

没过多久，远远地，我看见Boon蓝色的小轿车遇到红灯停在了马路的对面。不知道为什么，当我一看见他，万分沮丧的心情变得晴空万里，我欢欣雀跃地向他走去。等一下，等我上了他的车，我要告诉他，我真的很喜欢他，其实不想离开他。

突然，我感觉自己的手提挎包被扯住了，我以为是行人不小心挂住了，尖叫了一声。接下来，我看清楚了，两个飞车党骑在摩托车上，拽住了我的包，我条件反射式地往回拉，结果他们加速，后座的那个人使劲地一拽，我跌倒在地面上……幸好我反应快，及时松了手，看着两个越来越小的身影，摩托车的车牌上印着数字"34"，其余的都是泰文，看不懂也不可能记得住。那一刻我有点不知所措，大脑一片空白，三月的骄阳在一瞬间被冰冻了起来。

汽车从我的身边一闪而过，同样快速地消失在视野当中。

我大声叫着Boon不要去追。幸运的是行李箱还在我的手上，爱马仕皮包以及护照、信用卡等重要的东西放在箱子里，丢失的只是一个在清迈买的不值钱的包，除了有点泰铢之外什么都没有。

可是，Boon怎么会听得到？

手机还在手上，我赶紧拨通清迈警察局的电话，听筒里传来一串英语："您好，请问有什么可以帮助您。"

我结结巴巴地说："啊，啊，My bag……my……bag……"

天啊，被抢了怎么说啊？

电话里听出了我的十万火急，问我："请问，女士，你到底出什么事儿了？"

对，对，Wrong，这个词我听明白了，跺脚大叫："Yes，yes，wrong with me！"我把刚刚拍给Boon的路标图发了过去。

这时候，我才发现提挎包的那只手疼痛得厉害，青紫红肿，鲜血淋漓。

我更担忧Boon的安全，警匪片里，好人英勇地把劫匪一个一个打倒，现实生活中，几乎所有好汉都非死即伤。

眨眼间，警察就到了，看来清迈警察局的办事效率还不错。

我如获救星，大声对警察说："Help me。"

不对，不是帮我，是帮我去救救Boon。我被抢了，然后Boon去追抢匪，现在不知道是死是活，请求他们带我一起去找。要快，要快，我自认为中文说得相当流畅，警察却频频摇头，叽里呱啦地说了一堆英文。

完全是鸡同鸭讲。

我拨了Boon的电话号码，给其中的一位警察。

他还是摇头。

我抢过来，Boon的电话关机了。

"Two，"我伸出两个手指，比画着，"People。"一个躺在地上，一个拼命地跑，我顾不上手痛，说得汗流浃背，卖命地演示。

"Ok，I see……"警察终于恍然大悟，点了点头。

警车呼啸着往Boon追劫匪的方向驶去，我如释重负。

然而，警车停在了一家医院的门口。

我不需要包扎，我受伤不严重，我几乎要歇斯底里了。

没有人听我的，血顺着手臂滴了下来，警察半是强迫半是搀扶地把我送了进去。

一群医生像潮水一样拥了过来，真的是十几个医生围着我，检查、拍片、包扎、开药，然后警察继续开车把我载回了警察局。

喜从天降，Boon坐在问讯室里。

我激动万分地要冲过去，被警察一把拉了回来，让我乖乖地坐着不要动。

Boon也透过玻璃看到了我，对我露出白牙微笑。看上去他一点事儿都没有，这太好了。

但是为什么不准我们见面，为什么问讯室里的警察一脸严肃？

一位华裔女警拿来一大堆英文资料，让我把出事的经过填写出来。

她会说中文，我噼里啪啦把前因后果迅速地讲了一遍。

女警迟疑地看我一眼，又望向问讯室："是他救了你？"

我使劲地点头。

女警进去，和另外一位警察交谈，又问Boon的话。

我紧张地在外面走来走去。

问讯室的门打开了，女警把我带到了另外一间房。

"你怎么认识他的？"女警头都不抬地问我。

我开始说，在曼谷莲花酒店的Sky Bar，我第一次遇见Boon。穿着蓝色阿玛尼的西服，干净清爽的平头，巧克力的肤色和泰式招牌笑容，冥冥之中，他将成为我的朋友……讲到这儿，我顿住，应不应该说我喝醉了和他亲吻的细节。如果我不说，万一Boon说了，我们对不上号，警察会不会认为我在说假话，做伪证？

“然后呢？”

“然后……我喝醉了，他把我送回了房间。”

女警这才抬头看我，我觉得她的眼神有些意味深长。

我继续讲，我如何到了清迈，如何住到Boon的酒店里，如何在高山之巅发现自己是一个没有爱的人……说到最后，泪水在眼眶里打转儿，如果换在大海边，夕阳西下，我一定会大声哭出来，一定要哭个够。Boon在酒吧里为了不违反交通规则，连一滴酒都不肯喝，却为了我那毫不值钱的包奋不顾身、英勇追敌。

女警似乎完全被我的讲述感动，忘了这是在公事公办。她有点神往地打断了我，问了一句：“你爱上他了吗？”

“不知道。”我暗地里叹气。

“不过他真的是好人，他是我遇到的最好的泰国人。”我赶紧在不知道之后，补充了一句。

女警点头，笑了，表示认可。

看到女警的笑，我小心翼翼地问了最关心的问题：“到底出了什么事儿？”

原来Boon驱车追到了两个劫匪的前面，本来想挡住他们的去路，结果劫匪来不及刹住摩托车，两车相撞。一个撞晕了过去，至今昏迷未醒，另外一个拎着我的包逃之夭夭。

见义勇为的故事立即变成了交通事故。

“这……事儿严重吗？”

女警同样叹气：“要等劫匪醒过来证实你和他所言非虚，当然，如果劫匪永远醒不过来的话……”

不用她说，我都知道，后果不堪设想。

我的泪水滴在了要按手印的纸上。

两间问询室的门同时打开了，我和Boon同时从两扇门里走了出来。Boon对我一笑，脸色沉静，仿佛什么事儿都没有发生过，只是到邻居家串了个门儿。

“我包里根本什么值钱的东西都没有，你去追什么追啊，你不要命了，你知道不知道这有多危险啊……”我又是悔又是忧，顾不上这儿是警察局，一味地埋怨他。

Boon没把我的话听进去，看着我吊起白色纱布绑带的手，说了很简短的三个字：“痛不痛?”

痛，肯定是痛，划拉开一大条口子，整整缝了二十几针。但是，如果劫匪能安全无恙醒来，我宁愿摔成骨折，卧床半年。

“珊，是我不好。”Boon说。包没追回来。

为什么他不骂我，哪怕是埋怨一句?

为什么每次都要让他为我自己的不开心而买单?

最后，道歉的人还是他。

Boon伸出手臂拥抱我：“珊，你早点回去休息，我很快就没事儿了。”

又是在安慰我。

“如果你不走，我真的生气不理你了。”Boon像在哄小孩子，其实他也没多大啊。

女警看不下去了，插话了：“小姐，你最好先走，否则只会让他更担心。”

我就是一个不红颜但祸水的主儿，走到哪儿带来的都是麻烦。

低下头，默不作声地转身。

“珊……”Boon叫住了我。我喜出望外地回头，也许他又舍不得我了，想留住我了。

Boon把身上的钱全部掏了出来，塞到了我的口袋里，再次叮嘱：“不要担心我。”

他身处劣境，但依然细心周到。

我们不肯承认现实生活中有这么好的男人，因为在现实中真的没有。

他是韩剧、日剧、泰剧的男主角有没有？来自地球之外的怪物有没有？

中国剧里就更没有了。中国火热的电视剧里面，大都是为了房子的矛盾，金钱的矛盾，当官和不当官的矛盾，婚姻和情人的矛盾，婆媳的矛盾，种种闹种种吵，到最后都是一个大团圆，其实我们都知道，那是假的。

可Boon是真的，他对我这么好。

这个世界上，难道我们是因为爱上某人才肯为对方付出吗？我望着天上繁星，想，也许Boon不是。

我靠在警察局门外的墙角，像是一个划火柴的小姑娘。前一根划走了悔恨，后一根划走了感动，最后一根，我什么都想不起来了，我又累，又饿，又痛，坐在地上睡着了。

不知道什么时候，有人轻轻地把我抱了起来。然后，把我放在了车上。

你们还记得那首诗吗，顾城的。

从明天起，做个幸福的人

喂马，劈柴，周游世界

从明天起，关心粮食和蔬菜

我有一所房子

面朝大海，春暖花开

从明天起，和每一个亲人通信

告诉他们我的幸福

那幸福的闪电告诉我的

我将告诉每一个人

给每一条河每一座山取个温暖的名字

陌生人，我也为你祝福

愿你有一个灿烂的前程

愿你有情人终成眷属

愿你在尘世获得幸福

我只愿面朝大海，春暖花开

结果，这么浪漫的人，自杀而亡了。

只有失败的人才会渴望某种想要但得不到的爱情，你们能明白吗？

（4）女人幻想的爱情

爱情是我们灰色生活里最明亮的一抹色彩。我曾经想嫁给一无所有的初恋男友，安安稳稳地过着平凡枯燥但相濡以沫的生活；或者嫁给易晓天，养在金丝鸟笼里吃穿不愁；甚至，想象过如艾茉莉那样露水夫妻一日欢，然后相忘于江湖。

可是，如果不是到了清迈，如果不是遇到了Boon，我从来没有想过会和一个来自不同国家的人相爱。昨天晚上，一路装睡，他把我从酒店的大门口抱回房间，放在床上，替我盖好被子。我承认我有些矫揉造作，躺在他坚实的臂弯中就像躺在外婆的摇篮里，感觉到了他的温暖和安全。

艾茉莉向我告别，她已经买好了去pai（拜县）的车票，单独一个人。

可怜的Fiend只侍候了两三天就被艾茉莉抛弃了，前方还有更多风流倜傥、金发碧眼的老外在等着她的到来。

那儿是全世界万分热爱艳遇的人的朝圣天堂，不管男女老少。

艾茉莉依依不舍地叫着我宝贝儿，我祝福她能够带回一个真命天子。当然这是假惺惺地，正如艾茉莉说回来以后会照顾我一样。

如果在路上都能捡到最爱的人，女人会什么都不干，只专心地往路上跑，或站在路边翘首期盼。但是，这本身就显得异常可笑，你以为遇见的男人就能够满足你的一切梦想，殊不知只是一场毫无结果的男欢女爱。

艾茉莉眨眨眼睛："那……Boon算不算你捡到的宝贝？"

一连几天，Boon都把我照顾得比以前还要好。早上9点钟准时来敲门，给我洗脸，帮我挤牙膏，递漱口水；饭端到我的房间里，还要一口一口地喂我吃；我要洗澡什么的，他把水盆端到我的身边，湿毛巾递给我，我自己擦，然后他出去。擦完以后，又回来，继续递清洗干净的毛巾给我，他又出去。反反复复地折腾。与其说是他细心周到，不如说是我装模作样。

一个从小被骂大的孩子，极其渴望来自父亲的关心和爱护。小时候调皮得不得了，和男同学打架斗殴，逃学上山捉鸟下河摸鱼，频频被老师请家长，本意不过就是渴望得到父亲的注意。他只喜欢钱，对我漠不关心，我想我这一辈子都不可能原谅他。

现在我受伤了，换来了另外一个男人的关爱。这是值得的。虽然差点把Boon拖下了水，但是有惊无险，劫匪只是受了点皮外伤，当天就醒了过来。这是Boon后来告诉我的。

我可以继续地恃宠生娇，享受Boon对我的好。

今天，Boon又来了，还带来他亲手烘焙的面包。新之心语，这名字取得多好，是他用心做出来的，同样得有心人来品尝。我吃掉了一个，又一个，一直撑到胃开始反抗。

"难受。"我说。

“那就少吃一点。”他回答我。

“可是……太好吃了。”我塞了一口面包，快要把我哽死了。

Boon劈手夺了我手上的面包，“你要想吃，天天都有。”

帮我洗脸，挤好牙膏递给我。我明显好了很多，手也不怎么痛了，看他专注地把一件一件的事情做妥帖，我哈哈笑了起来。

以前带团的时候，一个40几岁的单身中年大妈和我吹牛，说她最喜欢的就是去尼泊尔和泰国。这些旅游国家服务特别好，尤其是男人。当时我没明白为什么是男人，后来想起她神秘兮兮和艾莱莉有得一拼的笑容，我就懂了，这里的“男服务员”真的是每天侍候你吃喝拉撒睡，殷勤到把牙膏都给你挤好，还双膝跪地地递到你面前。

“我是吗？”Boon的手指到自己的鼻子上。

如果是的话，我倒乐意花钱。

Boon感到害羞和尴尬，摇头：“我真的不是。”

他稍显木讷、认真，不太幽默的调调和帅气的面孔一点都不搭配，但是见惯了国内那些油腔滑调永远不着边际的男人，Boon的朴实、安静和善良让人相处起来非常轻松，一点压力都没有。

我笑起来，拉过Boon的手，小心翼翼地伸出两根手指，在他的手心划了两圈，见他没有拒绝，我握住了他的手。

Boon看我，笑着把我的手放到他的唇边，轻吻了一下。

房间里荡漾着一种微妙的味道，空间太狭小了，来得尤为强烈。当春天来的时候，盛开的花朵散发出迷人的香味，有些花朵的气味甚至传出千里之外，让小蜜蜂们头晕目眩，扇动着小翅膀不辞辛苦地前来采撷。人们通常把这称之为爱情。

也许更多人认为是激情，尤其当一对年轻男女风华正茂，干柴烈火时，或许并不能真正地了解什么是爱情，只是一味地被感觉指引着方向，想见他，想和他说话，想和他亲吻，甚至肌肤相亲。

我又想起纳兰容若说的话来了，最美好的时刻就是一对陌生男女最初的相见，散发出彼此才能嗅到的气味吸引彼此的到来，互相沉醉于此。后来，我回到了中国，每每在深夜里想起Boon那一刻的笑容，犹如温暖在心。他很爱笑，见到每一个人都保持着微笑，几乎不发脾气，包括我最初认识他的时候。但是，只有那天，我们在房间里相视而笑，我深深地体会到，那一刻，他为我而笑，他的笑容属于我，并且只属于我。

是的，那一刻我们才刚刚开始。我和Boon都没有意识到，之前的种种误会尽管背离了我们的初衷，但发展的方向却是在促使我们更快速地靠近对方。我们距离真正的困惑和痛苦还很遥远，也许那时候它们还没有开始出发，或者是步履太沉重，还在半路上，我们没有办法发现。

更快的，我见到了艾茉莉的痛苦。

她在去拜县的汽车上，认识了一个法国男人。两人相谈甚欢，一路结伴而行，这个法国男人比Fiend还更懂浪漫。这一点我深信不疑，罗曼蒂克一词不就来源于中世纪的法语吗？但是艾茉莉忘记了，在更早的时候，浪漫意味着的是幻想、不真实，明显包含着贬义的否定性的内涵。

我丝毫不否定拜县是一个迷人的小城镇。所有生活失败，对爱情失望的人在这里都能找到梦想所在。年轻的时候，没有几个人能懂爱情，也没有几个人能懂爱的付出，他们挥霍自己的青春，待换回年老时带着遗憾的记忆，或者换回对不再复返的日子的追念。我想拜县就是这些年轻人的精神领地。

艾茉莉说，她看到很多人在这里生活，无忧无虑，也无所求。

可是，到了最后一天，法国男人趁艾茉莉午睡的时候偷走了她的钱包。艾茉莉坐在酒店的大厅里骂骂咧咧，把钱包里泰铢拿走就算了，还把信用卡一并端走，只剩下衣服口袋里够买一张回程车票的钱。在我看来，这人还算有点良心，没把她的提包全拿走，否则她的护照、手机什么的丢失了更严重。

由此可见，再穷的国家也有善良的人，再发达的欧洲也有盗贼。还有一句，梦想和现实总是两条不同的路径，梦想抵达不了现实的片片凋零，现实也无法理解梦想的种种自慰方式。

艾茉莉悲痛的心情，难以表述。

尤其看到我和Boon手牵着手走过来，她想死的心都有了。

Boon帮艾茉莉开好房间，她垂头丧气，提着行李上了楼。

第二天一大早，我起床打了个出租车去了市中心。Boon的手机在追抢匪的时候摔坏了，我应该买个新的送他。茉莉心情不好，也应该买一条泰式项链安慰一下她。

不知从何时开始，我变得替别人着想了，也许是Boon把我带到山顶时意识到无爱之人的荒芜。这种荒芜让人恐慌、没有安全感、没有自信，也让人变得尖酸刻薄。或者是当女警问我有没有爱上Boon的时候，或者是听蔓青和清迈小哥讲的爱情故事的时候，或者是一起去看大象的时候……如今，一步一步地走来，Boon用温暖的心一点一滴地感动了我。最后，我不得不承认，是爱情，让一只到处扎人的刺猬变成了温柔听话的小猫。

这样的变化是无意识的，也是巨大的，我从未感受过的。即使和我的初恋男友在一起，那时候我们天天愁着如何挣更多的钱，如何买得起房子，如何买得起车子，如何才能举行一场盛大的婚礼。爱情早被物质和现实的枷锁挤出了本应占据的一席之地。

还有一个原因，是我踏上了一片陌生却平和的土地，逃离了原本沉重的生活，使我更容易去接纳一些简单、快乐的事物。没有人喜欢活在痛苦之中，人和飞蛾一样有趋光性，本能地希望飞向太阳升起的方向。只是，在黑暗里待久了的人，适应了，忘记了光源对我们的重要。

我发现了旅行的第三大好处，减负，顺便也陶冶了情操。

第四个好处，幸运的话，还可以遇上一个与你相爱的人。

艾茉莉除外，这姑娘流浪了三五年了，遭遇的情况一次比一次不堪。

回到酒店，我把项链拿给艾茉莉。

头不梳，脸不洗，灯不开，话也不想说，呆坐在房间里，失去了刚刚遇到她时的流光溢彩。

在曼谷，她对我说，女人每天必须打扮得漂漂亮亮的，因为不知道相爱的人什么时候出现。她还对我说，艳遇的最高技巧就在多方观察，然后下手稳、准、狠。如此聪明，情商智商都一等一的女人，终于在命运面前低下了头。

“也许，我是应该想想，哪儿出了问题。”艾茉莉幽幽地叹气。

实在想不出来，干脆都去拜一拜清迈的寺庙，不磕得鼻青脸肿的不回中国去。天天磕下来，说不定哪天突然地就醒悟了。

“拿去。”艾茉莉从行李箱里拿出一个小盒子，递给我。

保险套！

居然没有拆封，不是吧。艾茉莉风情万种地到处勾三搭四，难道一个都没用，还是力拔山兮地用完了一盒？

“没人值得。”艾茉莉瘪嘴。

我对此深表怀疑，在那些又强又壮的男人面前，她是怎么站在危险的边缘溜的钢丝索？

艾米莉不想多解释，好像有点累：“反正我都要出家了，送给你算了。”

可怜的单身女人，冯唐说出路只有四条，孤寡、后妈、拉拉、出家。其实还有一条，就是艳遇。

她出家，我艳遇，所以，我一定有用得着的时候。但在我的潜意识里不应该是这样，我只觉得我邂逅了一个喜欢的人，这是一段让人难以忘记的美好时光。艾茉莉说，管它艳遇还是爱情，起码我有一个相对稳定的定向物，慢慢发展说不定真能变成长期伴侣。

我也要好好考虑，艾茉莉的这个建议。

「节外生枝」

Part 5

（1）四千分之一的机率

有时候，爱情并非我们想象的来得那么容易。尤其是，当你爱上对方，对方也恰恰爱上了你。一个来自地球，一个来自火星上的不同种群，频率达到一致可能只有百分之一的机会。如果爱上的还不是相同文化背景下成长起来的人，能够成功的概率更低。根据2010年人口调查，全球25岁到39岁的异国鸳鸯有一千两百万对，尽管不包括日本、澳洲和加拿大，但和全球约五个亿的婚姻比较，就是四千分之一的比率。所以，很快我就发现，或者是从美梦中惊醒过来，并且深刻意识到一个我早已经洞悉的事实——跨国爱情并不容易得到诸神的祝福。

你可以说这是现实的残酷，也可以说是无知者无畏的美好幻想，如果你再老一点，比如到了四五十岁，当人们说起爱情，上帝都会发笑。总之，就算身边天天都有人在深情地拥抱和亲吻，我们也不会感动得掉眼泪，甚至会想，在下一分钟，拥抱和亲吻的对象早已换作了他人，有什么好值得祝福的？

我天真地想过，也许靠着我和Boon之间的真挚，我们能够得到如蔓青那样的爱情好运。

可是当这个美好的愿望历经了现实的敲打，才会发现这一切原来像鸡蛋一样，轻轻的碰触都能让之粉身碎骨。

一直到我见过Boon的父亲以后都还没有想明白，为什么这个曾经爱上中国女人的男人会反对我们在一起？想来想去，只有一个理由解释，我们是来自不同国度，真正可以在一起的概率是四千分之一。

在我把项链送给艾茉莉的那天晚上，Boon来房间找我。

我化了漂亮的妆，喷了一屋子的香水，灯也关上了，点了熏香蜡烛。浪漫，优雅，充满了情调。也许之前觉得爱情完全是扯淡，但是当你真正遇到了这么一个人，这一切就来得自然而然，一点都不清醒。我不得不叹气，遇上爱情女人的情商……确实有问题。

Boon的情商也不够我高，在我精心营造的氛围里有点手足无措。他站在门口，不敢进来。

女人更应该矜持，我装模作样地招手让他进屋。

Boon不好意思地笑：“珊，你今天好漂亮。”

我仰起头，微笑，两眼放光地看着他，心里在暗示：“吻我。”

没有反应，他继续说：“明天一早，我来接你一起回家。”

失望，我靠近他：“好啊，你爸爸有什么喜欢，或者不喜欢的，你先告诉我。”

Boon摇头：“他是一个很和善的人。”

“那我就放心了。”我盯着他，继续犯嘀咕。

如果不吻我，至少应该拥抱我一下吧。

还是没有。

难道Boon没谈过恋爱，还是处男？不是真的吧，他都28岁了，再说了，之前我们也算亲吻过，在这么浪漫的环境里，不是应该更热烈更投入一点吗。

“闭上眼睛……”我让Boon坐在床边，下了命令。

他倒是一点都不含糊地闭了双眼。

铛，铛，铛，我拿出了买给他的手机，递到他的眼前。

“睁开。”我说。

Boon还是闭着眼睛，深深呼吸了一口气，说道：“珊，你好香，有茉莉花的味道。”他一把揽住我的腰，把我放在床上，开始从我的头发，嗅到我的脸颊，然后，到我的唇边，停住。

这小子终于上路了，但这明明是香奈儿的绿茶嘛。

“不是香水，是你的味道。”他的嘴在我的唇边闻。

调情的语言太美妙了，为什么从小到大没有人给我说过，我是一个带有茉莉花香味的女人？我嗅了嗅自己，不是一身的铜臭吗？

Boon睁开了眼睛，有点坏坏地笑：“第一次，你吻我的时候就有这样的味道，我没忘。”

原来他比我还会装模作样。我不说话了，感觉到自己的呼吸都急促起来。

Boon擒住了我的唇，抵开了我的舌尖，啊，啊，我叫了起来。

我还记得初恋的时候，我的男友在大学宿舍顶楼上的露天阳台上吻我，他都不懂怎么吻一个女人，笨手笨脚的把舌头伸进我的嘴里一阵乱搅，然后心满意足地放开我，觉得他已经征服了这个女人。

与其说我是被他征服，不如说我是被传统观念所束缚。我应该交一个男朋友，和他结婚，以逃脱我不被人爱的命运。

我到底爱他多少？后来我一直问自己，得到的答案是我真的不知道爱情是什么。从来没有人告诉我过这个答案，我的母亲不能，乔建民就更不能了。在现实中，爱和生活不是一回事。

但，现在的我如此心醉神迷，Boon的吻温柔又体贴，仿佛所有身心都投入于此。我知道这是女人的失误，把一切本身并不美好的事物幻化成让人头晕的真实，但是，我愿意，我就是愿意。

手机“啪”一声掉在了地上，这个道具已经完成了它的使命，不重要了。

我和Boon在床上翻过来，覆过去。

突然Boon停下了动作，从身后拿出一样东西：“这是什么？”

就着昏暗的蜡烛，我们都看清楚了，保险套！

我的天，艾茉莉给我的，装在衣服口袋里就忘了这玩意儿。现在，它不合时宜地掉了出来。

这，这……我尴尬万分，想从Boon的手上抢过来，最好是把这东西丢出去，越远越好。

Boon一跃而起，离我一尺之外：“珊，你想干什么？”

矫情，简直矫情，你说带着这个东西还能干什么。你是男人，我是女人，你说我们孤男寡女地在一起还能干什么？

我还能说什么，我只能说，这和我一毛钱关系都没有，这是艾茉莉的。

但是你对男人解释这个，你说他能相信吗？

Boon把盒子撕开，从里面拿出一个递到我眼前，笑：“你想……”

轮到我闭上眼睛；“不想。”

“那就好。”Boon的声音好像从遥远星球传递过来，“珊，当我可以娶你的时候，我们……想什么都没问题。”

我不知道是欣喜，还是失望。如果他的父亲同意，我的母亲同意，我们就可以结婚。至于乔建民，不在我的考虑范围之内，易晓天，就更靠边站了。就像茉莉说的，可都什么年代了？爱情，很少有从一而终的了吧。她还说，两个人在两性生活上百分之百的合，怎么吵架都不会分开。要是不合，迟早要出事。

作为一个好男人，觉得和一个女人上了床而不娶她，是对她的不负责任。他难道没有想过，女人爱上了男人有时候是不管不顾的吗，也许一直等到她清醒，才会发现自己当时的样子是多么的愚蠢。

这种事情，需要怎么样的毅力才能够控制得住。

我对Boon眨眼睛：“嗯，这也是我希望的。”

抑制不住的心酸，Boon在他爱的女人面前还能讲责任，到底是他不够爱我，还是我太急功近利。如果我和他上了床，我就是他的女人，一辈子的烙印。

不管以后能不能在一起，不就是希望成为他一辈子忘不掉的女人吗？跟结婚毫无关系，不就是希望他好好地爱你一次吗？

为什么他不肯迈出一步，男人不都是征服性的动物吗？

后来我才想明白，当一个男人真正地爱上你，或许，他已经不打算征服你了。只想和你在一起度过一分一秒的时光，快乐的，或者平凡的；美好的，或者枯燥的。

你有爱过吗？你知道真正的爱情是什么吗？

我和Boon去见他的爸爸。我手上提着早早准备好的一个小小的精致的礼品袋钻进了车里，Boon看了一眼，没说话，把蓝色的汽车开进清迈不算拥挤的车潮里。

沿着湄南河行驶，再绕过清迈古老城墙的遗址，便进入了清迈的老城区。不同于新城区的优雅宁静，老城区有着经历过岁月洗礼之后的嘈杂和喧嚣，但在这种闹哄哄的感觉中不由地生出一丝老迈和迟缓来。搭着简陋雨棚的杂货店，门口摆着木椅子的小小的冰室，路边停成排的橘色和红色的嘟嘟车，我透过车窗把这一切印在心里，心里一下子暖起来，觉得在这里有一种难得的人情味。车停在一座普通平房前面，和所有的清迈民居一样，质朴而又妥帖。

“珊珊，到了。我们走吧！”Boon温暖的声音踏踏实实地落在我的心上。他伸出手揉揉我的头发，好像是为了安慰我紧张的情绪：“傻瓜，我们走吧！”

Boon推开门，屋子里面有一个小小的花园。Boon的爸爸正在花园里拿着剪子修剪花草，整个人埋在花丛中，只露出半白的华发。

Boon用泰语对他打招呼。

他抬起头，看到了Boon，露出了微笑。

黝黑的一张脸，正如Boon所说，平静慈祥。

我从Boon的背后闪了出来，郑重地做着合手礼，怯怯地用英语叫了声“Uncle”。

他一愣，大概没有想到Boon会带着一个陌生女人出现，但依然有礼貌的双手合十回应我，把我们带进了屋。

Boon和他的爸爸用泰语交流着，也许是Boon在向他爸爸介绍我和他认识的过程，以及我是他的女朋友之类的话题。

我好奇地打量着房间，客厅里放着沙发、茶几、电视柜，墙上是古旧的摆钟，这是Boon出生成长的地方，我应该觉得无限的亲近。但是，厚重的窗帘挡住了在清迈不花一分钱就可以获得的阳光，显得屋子有些黑暗。这个房间太冷清了，怎么说好呢，尽管一切看上去并没有不妥，但缺乏……对，比起清迈明媚的天气和正在盛开的鲜花，这个地方确实太没有生气了。整个房间投射出来的映像，如果房间会说话，它一定会说，这里太孤独，太寂寞了。

Boon的爸爸进到厨房，端着茶壶、茶具慢慢走近，我伸手去接，没有接到，茶盘被静静地摆放在距离我的手5厘米的地方。我的手僵在半空中，像是一个被拒绝的拥抱。Boon从沙发上站起来，很迅速地端过那杯茶递给我。

他爸用泰语说了什么，Boon应了一声，往厨房走去，偏了下头，可最终还是没有转过来。我的视线跟着他穿过客厅，绕过小餐厅，直至厨房的拉门被合上，视线才又转了回来，根本没注意到他的爸爸已在我身边坐下。

“你叫乔珊珊?”他爸爸换成了用中文问我。

“是的，伯父！登门拜访，打扰您了。”我忙从礼品袋里取出一个小小的礼物盒子，放在桌子上，“不知道您喜不喜欢，这是晚辈的一点心意。”瞥见他没有丝毫变化的表情，还是决定自己打开礼物盒子。是做工精细的一套茶壶茶杯。我想他的爸爸应该了解一些中国的生活，或者，他还有些中国的习惯。比如不喝咖啡，喜欢喝茶。

“珊珊，谢谢你这份心意了。”他轻轻合上礼物的盖子，缓缓地推到一边。

“我很喜欢清迈，这里的空气很好，风景又漂亮。”我已经感觉到了他爸爸不太欢迎我的到来，没话找话。

Boon的爸爸并没有顺着我的话题继续下去，他仿佛在思考着什么。最后，他才说道：“我没去过中国。”

这显然是话题的终结者，我并不打算聊中国，而是聊清迈。他的爸爸完全可以给我介绍清迈有什么好玩的好吃的，让Boon带我一一去游玩。我敢保证，如果他这样说，我们可以聊上好几个钟头。我觉得有块大石压在胸口，需要一点空间去让自己松口气。同时又觉得异常地无助，需要什么去稳定自己的心情。我把目光望向厨房，紧闭的拉门让我失去了求助的最后一丝希望。我使劲捏了捏自己的左手，眼光停在墙上挂着的一副Boon儿时的照片上。六七岁的光景，留着西瓜头的他正兴高采烈地高举着自己的右手，一副调皮捣蛋的模样。我的嘴角牵起了一个不易察觉的弧度。

“Boon这孩子从小到大都很单纯，都是我和他妈妈把他宠坏了。”Boon的爸爸顺着我的目光，也看着那张照片。

说真的，这是我喜欢Boon的地方。

“Boon以前有一个女朋友，他们的感情非常好。”Boon的爸爸拿着茶杯喝了一口，慢慢地放在桌上，继续说道，“这个女孩温柔孝顺，对我非常地照顾……”

我只有乖乖地点头：“是的，伯父，我听Boon说起过。”

“后来不知道为什么他们分手了。他很固执，也很任性，总是不听大人的劝，非要尝试一些不现实的事情。有一次，他不顾我的阻拦要去爬树，结果从树上摔了下来，腿都折断了，在医院里躺了一个多月。你知道吗？珊珊，Boon很容易受伤，但他又很坚强，受伤之后会很痛，但是一定会自己一个人扛下来，默默承受。”

这是在给我说Boon的过往经历吗？显然不是。我的笑容一下固定在脸上了，不明白Boon的爸爸何出此言。

“珊珊，吃饭了！”Boon端着菜从厨房走出来，脸上看不出任何表情，不知道厨房的那道拉门能不能阻隔这场应该不算愉快的谈话。

Boon的爸爸收起方才的严肃，熟练地和儿子一起摆放菜肴和餐具，我几次想要帮忙的举动都被遏制在“客人”的名义下，对于这个只有父亲和儿子的家庭来说，我只是一个客人，一个“局外人”。

晚餐就这样开始了，一张圆桌三个人，Boon坐在中间，一边是父亲，一边是我。他没有看父亲的神色，也没有给我夹菜，眼睛只盯着自己面前的餐盘。而我更是沉默，叉子拿在手上，菜没动一口，目光落在手边的果汁杯上。

“珊珊，什么时候带你的男朋友来清迈玩吧，到时候让Boon做你们的向导！”Boon的爸爸打破了餐桌上的死寂。

我吃了一惊，握在手里的叉子掉下来砸在餐盘边上，发出一阵脆响。我不敢抬头，偷偷地瞟了一眼Boon。

“爸爸……”Boon微蹙着眉，把目光转向他的爸爸。然后和他的爸爸说了些什么，令他的眉头越来越紧。或许他不知道自己此刻是什么表情，只知道脑袋里最不能触碰的一根神经被挑了起来，挑起来之后，还被重重地电击了一下。后来他给我说，他不敢相信做出这一系列举动的人是自己的父亲。少年时期他曾这样形容自己和父亲的关系，“我们是彼此唯一的可以依靠的人”，后来看见中国人的翻译——“相依为命”。他觉得那四个字更加深刻，也更加疼痛。

餐桌上的谈话有时就是这样让人进退两难，没人说话的时候沉闷得让人吃不下去，说了话，气氛糟糕的情况下则让人有一种想吐的感觉。胃是一个人心情的晴雨表。

一顿饭结束之后没多久，Boon便借口酒店有事要走。Boon、他的爸爸和我三个人挤在逼仄的玄关里。Boon的父亲轻轻地把我送的礼物塞到Boon的手里。

他的父亲和乔建民不一样，没有一巴掌挥舞到不听话的子女的脸上。但是，这比打我一巴掌还难受。

等到Boon把我拖出屋外，我才问他：“你和你爸爸到底说了些什么？”

Boon摇头，很难过的样子。

“到底怎么了啊?”

“我爸爸不希望我娶一个中国女人。”

我不可置信：“你爸爸不是爱上一个中国女人吗?”

“我也不知道。”Boon把我抱在他的怀里，“珊，不要担心，我会问清楚的。”

我失望地摇头：“Boon，你爸爸不喜欢我。”

两个人相爱有什么用，我们的生活又不是真空，只要你爱，我爱，互相亲吻就可以解决一切问题。爱情小说里才有可能，现实里大家都是站在不同的立场，自说自话。

我回到酒店，敲开艾莱莉的门。

“吱呀”一声门打开，她一脸的不自然，问我有什么事。

我越过艾莱莉的身体往里看，沙发上坐着一个西装革履、衣冠楚楚的男人。

我退后，把她拖出了屋外：“你是狗改不了吃屎，吃了亏还是要上当，这次又把乱七八糟的男人带了回来。”

不过这次有进步，她这次不是把老外带回酒店，而是一个中国人。

“你不了解的事情，不要乱说话。”艾莱莉摆出一张冷面孔。

“什么叫不要乱说话，艾莱莉，你知道什么是爱情吗?”

“什么?”艾米莉双手抱肩，问我。

我也不知道，我泄气。总是有些人觉得爱情至高无上，可它到底是什么，没人准确地解释这个答案。

“那是你脑子缺根筋，犯糊涂。”艾莱莉不以为然。想和这个男人在一起，头脑发晕也好，荷尔蒙冲动也好，肾上激素发泄也好，不就是一瞬间的事情吗？过了以后就什么都没有了。爱情就是，你能把这种感觉保持多久？

我问她："你房间里那个男人呢，不就是一天两天的事儿，也算爱情?"

"不。"艾茉莉摇头，"三年零一个月。"

这完全颠覆了之前她传递给我的所有信息。她不是乐于在路上寻找艳遇的人吗？不是贪恋于一时一刻的感觉吗？三年零一个月，这是一个什么概念?

此时此刻，艾茉莉说我是糊涂的一个人，但是她和我同样迷茫，我们都不知道爱情到底是什么?

（2）爱情到底是什么

"乔珊珊，我的好朋友。"

"这是郑国华。"

我讪讪地笑，伸出手去。对方并没有伸手和我交握，眉头轻轻地皱了一下，随即露出微笑，算是打招呼了。

"我听茉莉说起过你，谢谢你在她遇到困难的时候帮助了她。"郑国华从沙发上站了起来，在行李箱里取出一瓶香水送给我。

出手真够大方，好歹把艾茉莉之前丢掉的颜面挣了一点回来。看来这才是她真正喜欢的类型，一身的名牌和满脸的倨傲，整个人就是乔建民的年轻版本，懂得物质安全胜过一切，打上了"精致利己主义，世故老到，善于表演，懂得配合"的标准标志。这种男人在国内并不少见，利用成功、世故和金钱砸晕了不少年轻少女的脑袋，迷惑了她们尚幼稚的心灵。我不解地望向艾茉莉，难道这就是她想要的爱情?

出乎我的意料，艾茉莉并没有在我面前显示以往的嘚瑟，眼神里透出了无法隐藏的无奈与痛苦。

我相当识趣地离开了，郑国华和她的故事不再是露水鸳鸯的拙劣剧本了。我也没工夫去研究艾茉莉，我此刻一头雾水，脑海里总是翻出Boon爸爸一脸平静下蕴藏的恼怒。

去见他的路上，我都还在想，他会拿出他们一家人的照片，一张一张地说故事——他和Boon妈妈如何相遇，如何结婚，如何度过一段又一段的困难日子后换来美好的幸福生活。还有Boon小时候的调皮，不听话……凡是得到长辈喜欢的媳妇儿，不都有这样一段经历吗？我第一次去易晓天家里做客的时候，他爸爸把易晓天的相册拿出来给我看，讲他所疼爱所了解的易晓天是什么样儿。那时候，易晓天还在英国读书呢。

结果，易晓天的爸爸非常喜欢我，易晓天却视我为草芥。现在，Boon喜欢上了我，他的爸爸却对我不屑一顾。

到底命运要捉弄我到什么时候？

屋漏偏逢连夜雨，乔建民给我打电话了。

"乔珊珊，出什么事儿了？"乔建民在电话那头问我，声音还挺平静。

"没，没什么事儿啊。"我回答，他终于想起来关心一下我了。

"没出什么事儿，那你还不给我滚回来！"咆哮的前兆开始了。

一个可恶的人，永远不可能如你希望的那般和气。

"我，我，在清迈被人抢了包，护照丢掉了，暂时回不去。"我不想和他吵。

那头一声长叹。

"珊珊，不是我故意想害你整你，咱们打着灯笼哪儿去找易晓天条件这么好的人？我也是希望你有一个好的生活。贫贱夫妻百日哀，珊珊啊，这个道理我不和你多讲，我也是苦日子过过来的人……"我想得出来的是，乔建民正在努力地忍住火气，换成苦口婆心的语气企图说服我。

“爸。”我开口，打断了他的话，“易晓天不想娶我。”

“晓天想不想娶你不重要。”乔建民皮笑肉不笑，“易老板第一次看到你，就觉得你是贤妻良母的长相，他还把你俩的生辰八字找人算了，说你旺夫旺财将来享不尽的荣华富贵。只要你同意，晓天再怎么牛也得听他爸的。”

“可是……”

“珊珊，你老老实实地给爸说一句，这婚你到底想不想结?”

婚，我肯定是想结。但对象不是易晓天，是Boon。

乔建民不可能喜欢Boon，他的乘龙快婿易晓天才是双方利益最大化的男人，我不嫁他，选择一个异国他乡的人……

我和易晓天不适合，给不了彼此想要的爱情。

乔建民在电话里气急败坏：“你懂什么爱情，一年两年是爱情，三五年能不能过在一起才重要。乔珊珊，你还太小，你不知道……”

我挂掉乔建民的电话，我是不懂爱情，也没人能够懂。

再次来到清迈River Side河边餐厅。这是Boon带我来的地方，算得上比较热闹的地方了，什么样的餐厅、酒吧和咖啡馆都有。本地客、欧美游客、日韩游客、中国人混在一起组成了这里的非同凡响。这样的一幕景象只能告诉我，这里是旅行地，来这里只是为了寻欢作乐，待不了多久就会离开。或许在这些地方要学会的不是珍惜，而是忘记。

这样的嘈杂，和我的落寞形成强烈的对比。想融入其中，却始终是个外来客，与他们格格不入。

我噌的从座位上站了起来，很快从餐厅越过大门来到河岸。一排排河灯悬挂在树上，显得高高在上又遗世独立，把河水照成一片幽暗的鹅黄色。

如果什么都可以忘记，这里明显就是一个世外桃源。可是灯光照射到我的眼里，只看到我自己的可笑和愚蠢。餐厅里酒醉人笑，只有我形单影只。

这一切并不如人们想象的那么浪漫。待在清迈的河边，恰好又穿了条露大腿的裙子，凶猛的蚊子毫不客气地咬了一个红肿又一个红肿的胞，痒得要死。

念头只有一个，自作孽，不可活。

你到底想要什么，乔珊珊？当你想要钱的时候别人在嘲笑你，当你想要爱情也不见得能心想事成。

不知道为什么，我突然有点痛恨清迈。为什么要在这里遇见Boon？他告诉你，他爱上了你。而你，也爱上了他。

“珊珊。”恍惚听到身后有人叫我。

我扭头，不是Boon，是艾茉莉。

“你怎么在这里？”我问。

“我有点闷，出来走走。”艾茉莉说。

我也是，快乐的女人都在家里相夫教子，谁会闲着无事待在陌生的河边，无故地左思右想。

“在清迈，每年的12月，人们都会放河灯祈祷自己来年有好运，那场面可壮观了。珊珊，你见过没有？”

“没有。”我摇头，“来得不是时候。”

“有时候人也是，你遇到一个爱的人。可是时间不对，地点不对，环境不对，心情不对，你就没有办法和他在一起。”艾茉莉蹲在我的旁边，啪的一声，估计她是拍死了一只蚊子。

那能怎么样？或许我们应该等到时间地点环境和心情都好了，再去发现可以爱的人？有时候你什么都准备好了，但是发现根本无人可爱。然后继续等待，荒废掉自己，一年又一年。

艾茉莉同样笑自己的愚蠢："珊珊，郑国华结婚了。"

Boon是单身，他爸爸反对。郑国华是结了婚的，当然他的老婆会反对。好吧，我想说的是，家家都有本难念的经。

"我很少用他的钱，接受他给我买的礼物，不希望别人把我当成他的小三。"

昏暗河灯下我看了艾茉莉一眼，也许在她的潜意识中，只要不用男人的钱就是一种真的感情。然而只要这段感情见不得光，违背常理，在世人的眼中已经带着复杂，不那么纯粹的意味了。

"其实我跟他在这一起这么久了，就希望他能有更多的时间陪我。今年过生日说好了和我一起出来走走的，可他家里突然有事，我只好一个人来了。"

要知道所有已婚的人都失去了自由，至少失去了不是和原配待在一起的自由。但是，所有已经结婚的人又极度地渴望自由，渴望拥有爱上另外一个人的权利。是婚姻生活太枯燥，还是外面的诱惑太多？艾茉莉不明白郑国华为什么会爱上她，她却知道爱上他的原因。不是因为他有钱、有家室，而是他有才华。按艾茉莉的话来说，郑国华是国内首屈一指、赫赫有名的酒店室内设计师。她崇拜他，就像月亮崇拜太阳、小草崇拜大树、凡人崇拜英雄。付出的代价就是不管艾茉莉怎么爱他，他还是把自己排第一，家庭第二，艾茉莉第三。他只有抽点空谈个情说个爱什么的，悲哀的艾茉莉不得不跑到异国他乡，把大把时间还给了自己。

"其实，以前说的那些什么艳遇的东西，都是我瞎编出来的。我从来没有去过意大利也没有去过日本，甚至连西藏的事情都是假的。我最大的愿望就是他能陪着我一步一步地走完这些地方，成为我们日后美好的回忆。如果这样的心愿能够实现，也不枉我爱他一场。"

我吃惊到说不出话来，不仅仅是因为艾茉莉撒了谎，还因为就算郑国华有着无限的才华，但他也是一个只能满足女人的物质需求，却不能给予女人梦想的男人。她找了一个有钱人，却希望这个男人给她实现另外一个梦想的机会。而我遇到了一个可以实现我美梦的Boon，却一度希望他是有钱人。

艾茉莉还在嘲笑自己："我知道是在做梦，如果不是被法国男人偷了包，或许他还不会飞过来看我。"

原来她是知道这段感情不会有结果的，所以总是幻想或者企图实现旅途中有艳遇，忘记郑国华，或者说是麻痹自己。

"还有，我想报复他，让他知道失去我的滋味。可惜……不管我怎么做，还是离不开他。"

我没来由地突然想笑，原来爱情就是这么回事。你爱上了这么一个人，你为他烦恼，为他痛苦，为他做尽种种愚蠢的事情，折腾来折腾去不管靠谱还是不靠谱，到了最后发现还是离不开他。

"说实话，珊珊，我挺羡慕你，真的。你一出生就含着金钥匙，想嫁豪门可以选择易晓天，想要爱情就能遇到Boon。有时候我觉得一点都不公平，为什么好运总是留给你们这些娇生惯养的大小姐，却把反复挣扎无可选择的生活赠予了像我这样什么都没有的人。"

"茉莉，或许你有点误会。"我干咳两声，这个话题令我有些尴尬。

"我爸是很有钱， 但他和我妈离婚的时候还是一个穷光蛋。"

"不明白。"艾茉莉摇头。

"呃，就是说，我从来没有拿过他的一分钱。茉莉，我和你一样就是个天天朝九晚五，只能靠点稀饭钱打发日子的小白领。"

"那……易晓天呢？"

"易晓天是真的，但不是我不愿意嫁给他，是他不愿意娶我。"

艾茉莉目瞪口呆地看了我半晌，然后脸上笑开了花。我也笑了。或许，我们都被自己制造出来的假象逗笑了。到底是生活戏弄了我们，还是我们戏弄了生活。

“走，走，我们去干一杯，这太值得庆贺了。”艾莱莉拉了我的手。

没错，还要好好吃上一顿。把所有该死的、伤神的问题丢给男人们去冥思苦想吧。

（3）各自等待的归宿

我从来没有仔细思考，或者明白人们为什么喜欢旅行。我问过很多人，他们有的回答是为了看遍世界的不同美景和了解迥异的风土人情；有的人说是涤荡心灵，换一种活法。之前艾莱莉告诉我的是希望在路上遇到一种与众不同的爱，那时候我给出的解释是男欢女爱的爱。

我也从来没有思考或者明白过，男人的喜欢什么时候变成了女人的爱情。就这个词而言，为什么男人几秒钟的快感换走了女人不可割舍的爱情？

但我现在仿佛喜欢上了人在旅途的感觉了。逃离、放松、减负，还能交上同是天涯沦落人的朋友。和她一起泡吧，一起喝酒，一起说男人种种好，又大骂男人的不是，惹得彼此莫名其妙地哭笑。

尽管我们知道忘不掉过去的种种，未来的种种始终要发生，但生活给了我们一个机会，就是把过去的不堪和对未来的惧怕换成今时今日的无所顾忌。尽情地跳舞吧，就像从来没跳过一样；尽情地去爱吧，就像从来没有爱过一样；尽情地折腾吧，就像你从来没有折腾过一样。

最后，我们都累了，趴在酒吧的桌子上像死狗一样。

没有人打电话，也没有人来接，我们的男人都上哪儿去了？

“可能，他们觉得应该让我们冷静一下，想想要不要继续和他们在一起？”我喘着一口的酒气，说道。

“也有可能他们在忙手头上的事儿，一点都不关心我们的死活。”艾茉莉接腔。

“还有一种可能，就是像我们一样，泡个吧找个妞过得比我们还快活。”我依然大放厥词。

艾茉莉直起了身，眼睛像猫头鹰一样射出阴冷的光芒：“他敢！”

我和艾茉莉不约而同地站起来，提起包，一前一后走出门，上了出租车。

两个男人坐在酒店门口的台阶上，脚边放了好几罐啤酒。

“珊珊。”Boon叫我。

“茉莉。”郑国华叫艾茉莉。

我和艾茉莉互相对看一眼，看到底谁先扑进自己的男人怀中。

我们都没动，一个低头扯裙子，一个伸手抓被蚊子咬红的大腿。

“我这不都来了吗，你还想怎么样？”郑国华显然忍住了脾气。

Boon把双臂张开，“来，珊，让我抱抱你。”

我终于忍不住，一头扎进了他的怀抱。我把头埋在他的怀中，我听到了他的心跳。是的，Boon，哪怕我离开你只有几个小时，我依然忍不住地想你，期待和你在一起。

郑国华待在原地，艾茉莉也待在原地。换他们成了我们的看客。

大概郑国华觉得在此时此境下未免太过生硬，走过去拉住艾茉莉的手，说道：“茉莉，不要闹了行不？”

艾茉莉甩开他的手，大声说道：“郑国华，不要再端着你是一个堂堂设计师的架子了。这不是在国内，也不是在你的家，我就想你现在亲亲我，抱抱我，叫我一声宝贝。”

“行，行。”郑国华连连点头，一副对方吃错药了的神情，“有什么事，我们回房间再说。”

艾茉莉指着我们，跺脚大叫道：“你懂不懂啊，他们那样儿的才是爱情，他们那样儿的才是我想要的爱情，你到底懂不懂啊?”

我离开Boon，过去抱住艾茉莉：“不要再说了，茉莉，我懂。”

艾茉莉一把推开我：“他签合同的时候不在我的身边，节假日的时候不在我的身边，他老婆孩子父亲母亲生病的时候统统不在我的身边，只有他需要的时候、烦恼的时候才会打电话给我，我就是一个招之即来挥之即去的女人……”

“但是，茉莉，我真的是很爱你。”郑国华面色难看，嘴唇颤动。

我想这么一个在人前人后都很风光的主儿，要他说这么一句话相当的不容易。

“这有什么用，有什么用?”艾茉莉像个疯子一样反复地说，蹲在地上哭了起来。

“不好意思，她喝醉了。”郑国华还在企图打圆场。

我不语，Boon默默地站在我身边。一个女人现在有多么的不堪，多么的丢人现眼，只能证明她过去有多失望，有多委屈，有多压抑。艾茉莉没有去他的公司大吵大闹，没有去找他老婆论个一二三四，没有要他一分一厘的钱来满足自己的需求。只有在这陌生的地方，只是选择在我们这些陌生人面前，她才可以毫无顾忌地把过去隐藏起来的不满通通倒出来。她终究是爱这个男人的。

回到房间，Boon没有开灯，抱住了我。

黑暗中，他亲吻我的额头，脸颊，嘴唇。“珊，我不会再让你伤心了。”

从他爸爸家里出来回到酒店，我还强颜欢笑对他说再见，不希望他担心，可能也是我不想让他碰触到我敏感又柔软的内心。但一个晚上的失踪和满身的酒味儿，足以让他明白我内心的疼痛。Boon，对不起，我不想失去这短暂而又难以获得的爱情。这分明是一杯入口甘甜的美酒，却偏偏有毒。

他什么都不再说，只是紧紧抱住我不让我离开他。这是真的吗？Boon，不管发生任何事情，我们都可以扛过去？我们可以在一起吗？

「波澜再起」

Part 6

（1）这叫什么事儿

第二天一早，艾茉莉戴着个墨镜出现在餐厅里。

我叉一口面包放进嘴里，斜眼看她："怎么，他打你了？"

"没有。"

"那你干吗大清早戴副墨镜？"

"昨晚哭太凶，把眼睛给哭肿了。"艾茉莉戴着副墨镜显得神情不自然，好像全世界的人都在看着她，关心她似的，难道她是明星吗？

我环顾四周，这里除了服务生就没别人，便伸出手去摘她的墨镜："取下来，取下来，别给我丢人现眼的。"

一看，眼睛是有点红，但也不至于肿得跟水蜜桃似的见不得人。何况她画上了精致的妆容，还有点梨花带雨我见犹怜的味道。

“你别取笑我了。你倒是爱情美满如意，就不能站在我的立场替我着想……”

“完全自找的。”我哧哧冷笑，“这么一个漂亮的姑娘，什么男人找不到，偏偏喜欢一个已婚的男人。”

艾茉莉双手抬到自己的头顶，做投降状：“我就爱上他了怎么办？”

“你的意思是？”我指着她的鼻子，“你流着无比悲伤的眼泪和他在床上运动了一晚上？”

不争气的艾茉莉，居然很无辜地对着我点了头。

还有更贱的事情在后头，艾茉莉拿了几个面包和水果，一瓶酸奶放在包里，拿回去给郑国华吃，因为这人还躺在床上没起来。然后，还问我：“要不你让厨师煎个蛋，他最喜欢吃的就是这个。”

我咬牙切齿，瞪着眼睛看她：“你瞧瞧你的素质，不知道酒店只准客人到餐厅来吃饭，房间点餐要加收15%的服务费吗？”

“瞧你，还没成酒店的老板娘就先管起闲事来了。”艾茉莉的嘴巴也不饶人。

“走，走，走……”我挥手赶她像赶无头苍蝇，都是为了该死的男人，一作二贱不被收拾才怪。

按理说Boon应该早早地就来餐厅工作了，今天这么晚了，还没见到他的踪影。我伸长了脖子左顾右盼，一直等到一个多小时以后，熟悉的人才出现。他巡视了菜品一番，走到我面前，低下头，轻吻了我的脸。

“早安。”他说。

“早安。”我回吻他。

“怎么，今天珊珊小姐好像不太高兴，是不是我们的服务不到位？”Boon今天穿得很休闲，浅蓝色的体恤、藏蓝色的多包裤、脚下踏着一双柔软的运动鞋。这样的他少了穿西服时的成熟稳重，年轻了许多。

我开始叽叽喳喳地抱怨，说什么我们女人很优秀，很漂亮，很温柔，但总是被男人欺负。像艾茉莉这么好的女孩却被一个已婚男人牵着鼻子走，他说东就东，他说西就西，凭什么？

"我也被一个女人的喜怒哀乐牵着鼻子走，不知道是为什么？你能告诉我原因吗？"Boon被我夸张的语气给逗笑了。

终于找到不开心的理由了。昨天晚上他哄我睡着以后，又离开我了。

我还想问他，这是为什么？

我当然不会继续追问这个问题，Boon不但能把以前的那一套搬出来说，更要笑话我说这种事情历来是男人积极而女人要吊尽对方的胃口，哪有自己迫不及待宽衣解带的。我好奇的是，莫非他练就了金刚不坏之身，守着香气可人的国产煎饼宁愿挨饿？

回头这件事儿，还得多多向艾茉莉讨教。

对了，昨天晚上郑国华怎么会和他在一起？

原因很简单，郑国华坐在大厅里喝咖啡，Boon作为酒店老板自然要走过去攀谈。一来二往知道了双方都在等自己的女人回来。当然，郑国华和艾茉莉住的是一个房间，Boon早就明白他们俩的关系。

郑国华说他蛮爱艾茉莉的，如今像她这样不贪钱还希望有一份纯真感情的女孩子很少见了。确实如艾茉莉所说，她对郑国华没有什么过多的物质要求，即使在感情上也没什么过分的提法，比如心怀叵测地让他离婚之类的。唯一的希望就是陪她到泰国来，结果他都没有满足她。"他说，他对艾茉莉挺歉疚的。"Boon说。

"虚伪！"我不屑，老男人的话也只能欺骗艾茉莉这种迷途的小羔羊。

"我的珊珊小姐还是什么都不信吗？"

说实话，清迈是一个很适合产生爱情的地方。明媚的阳光，盛开的鲜花，清新的空气，还有低廉的物价但并不低廉的生活品质……这里每一寸土地衍生的万物和气息都是为了有情人而准备，不谈场纯净的恋爱，似乎也太对不起这里花开的季节了。我相信没有任何地方能比得上这里，如果形单影只地来形单影只地去，只能说遗憾。

好像圣经里描绘的伊甸园，亚当和夏娃一定会毫无意外地偷吃了禁果。

如果错手失去了Boon，等于失去了在清迈的所有感受，只能成为一个上车睡觉，下车拍照的过路旅客，再美的风景也成为过眼云烟。但煮熟的鸭子嘴巴还是硬的，我说："你看相信爱情的女人下场就和艾莱莉一样，跟个神经病一样不是哭就是笑，不知道自己一天都干了些什么。"

Boon皱了眉头想了想，然后点头说道："有道理，男人天生就朝三暮四，相信他们实在没什么意思。"

"Boon……"我不满意地叫了起来。

Boon把双手往椅子扶手一伸，整个人也随之靠向了椅子后背，笑了起来。

那样子分明在说，只有渴望得到爱情的女人才患得患失。

你还在这里装模作样地干什么？

我的脸红了，是缴械投降扑到他的怀中，还是站起身来若无其事地离开？

"我建议你马上回房间去收拾行李。"Boon继续保持着原来的姿势，仿佛知道我在想什么。

只要每天支付房钱，哪有酒店老板主动逐客的道理。

"我只想带你去一个地方。"Boon收回了笑容，有些严肃地给我说道。

"去哪儿？"

"不要问，跟我走就行了。"Boon说。

一瞬间，我的表情实在是有些微妙。有个段子说，认识一个人很简单，忘记一个人很困难。你曾经心满意足地闭上眼睛，让另外一个人带你去任何地方，最后却差点回不来。

（2）我们去海边

等走到酒店的门口，发现车上不只他一个人，还有郑国华和艾茉莉。

我把所有的家当收拾完毕，万一不高兴了还可以提起行李神不知鬼不觉地走人。不过也许Boon想着我怕他骗财骗色，便叫上让我放心的人一起同行吧。

路上，我扭头问艾茉莉："我们是去哪儿？"

坐在汽车后座的艾茉莉一问三不知。

奇了怪了，Boon不告诉我就算了，连艾茉莉都按捺得住好奇心不问他？

郑国华显然是不能问的，他一直低头忙碌着看自己的手提电脑。

我疑惑地转回身，Boon正在专心地开车。清晨的阳光射向他，连脸上的绒毛都清晰可见，如果不是有旁人在场，都忍不住想亲他了。

艾茉莉尽职尽责地敷上了一片面膜，又拍我后背递给了我一张。

我和她相视一笑，各自坐好。

随即手机丁零的一声响，她给我发微信："宝贝儿，记得晚上穿一件低胸蕾丝吊带裙。"

"我没有这种迷死人的小东西。"

艾茉莉发过来一个怒气冲天的表情，下面附上一句："穿我的。"

除了牙刷和老公概不外借之外，女人还是很大方的。

"男人都是孤魂野鬼，我们得让自己变得丰盈润泽犹如大海，接纳他们日渐干枯的身体和心灵。"

昨天还在要死要活的，今天泪痕未消老毛病就又犯了。

"你别不信，就算郑国华是一个结了婚的男人，还不知道有多少女人对他有觊觎之心。如果不是我有点手段，他怎么可能躺在我的怀抱里？"

"什么手段？"

“第一，足够性感漂亮。第二，他有钱的时候不要图他的钱，有权有地位的时候不要图他权利地位，英俊帅气的时候不要对他虎视眈眈。总之，就是他缺什么，你给什么。他有什么，给他没有的。第三，给他糖吃的同时要给他一巴掌。”

我再次回头看她，她若无其事地握着手机假寐。郑国华还在低头看电脑，完全不在意Boon的七弯八拐。这两个人，到底谁为刀俎，谁为鱼肉？

爱情变得这么复杂，Boon简单幼稚的大脑怎么接受得了。我想我不会这么对待他，如果真的有一天我和他不得不面临分离，我会微笑着告诉他，Boon，谢谢你对我那么好。哪怕转过头就泪如雨下，我也愿意他过得比我好一百倍，一千倍。

还有，我和艾莱莉在某个时刻有难得的默契，却始终不会站在同一个角度保持高度的一致，因为即使我们面临的共同课题是男人，但遇到的总是不同的男人。所以互相黑对方的情况在所难免，又总是喜欢在对方出现疑难杂症的时候出一些馊主意。这可能就是对闺密的准确定义。

此时阳光正好，佳侣在旁。以后的日子或许不会比现在更好，还有什么好埋怨的呢？我心满意足地闭上了眼睛。

数个小时的长途颠簸，在黄昏日暮时，我们赶到了华欣。

四川多出大山大河，却无海边的极致美景。如果说我这一生还算有梦想，就是希望有个爱的人牵着我的手在海边散步。曾经希望初恋男友带我去希腊，在白色的小城堡面前许下一段浪漫的诺言。我想，如今的他可能已经牵人家的手去过。

幸好不是我，原来有更好的恋人来帮助我完成未竟的事业。

待我一身疲倦，一直睡到自然醒。打开门，门口放着一个大大的礼盒。

这么说吧，电影电视里的情节有时候也会变成真的。但除非这一幕真实地在你身边上演，否则女人永远都会说，这是假的。

就好像现在，还是不相信卑微渺小的我可以美梦成真。Boon的礼盒里装着一件精致的白色长尾礼服裙，一双镶满珠钻的高跟鞋。

我有这双鞋就够了，谁稀罕那被人穿过的水晶鞋。

艾茉莉是我的化妆师，不够专业，却依然认真仔细地想让我变成仙女。

“这算不算爱情？”我一动不动地等艾茉莉给我画眉毛，一边问她。

“算。”艾茉莉点头。

“怎么觉得更像幻觉？”

“幻觉也是爱情，只有美好没有残酷。”艾茉莉下了一个结论。

不对，幻觉再美好也来无影去无踪，留不住。

“别动。”艾茉莉出声，“如果把爱情留在身边一辈子，你会发现这事儿更恐怖。”

最终有一天，人们会发现自己亲手杀死了爱情，最理想的结局也不过是转换成了枯燥平庸的婚姻。当初那个爱你爱得要死要活的人，在某一天宁愿守着电视机也不会把视线转移到你新买的衣服上，宁愿和不相干的人喝酒吃饭，也不愿意陪你去逛街购物。更可怕的是，他还会爱上其他女人，让你不得不追东逐西、奋不顾身地当一个足球守门员。

对于成年女人来说，爱情就是幻觉。所以爱看韩剧，样子帅，身材好，多金多智慧细心体贴还拥有超能力的男主角足以把现实的无奈杀得片甲不留。

Boon在海边酒店的沙滩边等我，他穿着我第一次看到他时的蓝色阿玛尼西服，周围簇拥着白色红色粉红色的玫瑰，香槟红酒与海鲜自助冷餐摆放在白色蕾丝布铺就的桌子上，郑国华也西装革履地站在旁边。我和艾茉莉手拉着手，一步一步地走向他们。

他那么俊朗，在落日的余晖下仿佛是我心中的神。我从来没有想过有一天运气好到可以嫁给一个心地善良又貌若潘安的男人。这种幸福大概是每一个女人都梦寐以求的吧，就像贪婪的女人看到橱窗里的爱马仕包包，咂咂嘴发誓说，总有一天，你是我的。虽然最后的结局是充满了遗憾地离开，但那幻觉始终是成了午夜梦回时的快乐和开心。

“Boon。”我叫他。在Sky Bar，我这样叫过他。在泳池旁边，我这样叫过他，在山顶，在警局，在无数次遇到困难，无数次彻夜难眠的时候，我总是这样叫他，Boon。

这样一叫他，心里便有无限的安全感和欣慰之心。

Boon仿佛也早早地做好了准备，像以前无数次那样，当我一叫他，就伸出双手接纳我的到来。

“我爱你，珊，请你嫁给我。”无数矫情的电影里总是男主角单膝跪地，把戒指捧上浪漫地求婚。

艾茉莉的眼泪都挂在脸上了，她靠着郑国华，双手交握。就算这个男人不会向她求婚，至少她也见证过，有爱情曾经停驻在她心里过。

我点头，我同意。就算爱情是幻觉，但女人还是渴望得到这样的幻觉，尤其是这样浪漫，感人肺腑，令人嫉妒并且向往的幻觉。

甚至渴望它长驻在自己的生命里，像永不消失的电波。

从这一点来说，女人是自私的。

Boon帮我戴上戒指的刹那间周围出现了很多人。有祝福我们的牧师，有拉着浪漫小曲的小提琴师，还有酒店的客人，他们都是陌生人，却毫无妨碍地分享我们的幸福。我踢掉高跟鞋抱住Boon，我要跳一支可能这一辈子都没有跳过的舞蹈。不是一支，是无数支，一直跳到累死为止。

我看过一个电影，林肯的《红舞鞋》。主角为了让世人知道什么是完美，垫着脚尖从红磨坊跳到美国的皇家大舞台。我当然没有那惊世的炫动之律，可就算是一只小蚂蚁也有属于她的激情。我们所能够做的就是记住这一刻，永远地记住。

因为爱情是幻觉。当你还陶醉在自以为完美的一幕之时，总有人冷面无情地劈手打破。

一个身穿黑衣服，披头散发的女人操着尖厉的嗓音直冲上来，后面还跟了三五个跟班。不是冲我，而是冲艾茉莉。“你这个狐狸精，勾引我老公，看我怎么收拾你！”呼呼生风的手掌转眼间已到她的眼前。

现世报，完全是现世报。如果不记得借来的东西要完璧归赵，总有一天别人凶神恶煞地跑来找你要。书也好，钱也好，人也好。

艾茉莉用手遮住红了的半边脸，诧异地看着对方。

“我就知道你不是个好东西，仗着自己长得年轻漂亮勾引我老公，我告诉你，你小心点，早晚会有报应！”女人又甩出一记响亮的耳光。

我的头都不由得侧了一下，赶紧上前挡住了艾茉莉。很重的耳光落在我的头上，然后她抓着我头发把我甩倒在沙滩上。

“你少管闲事，这女人抢了我老公。谁再挡我，我见人杀人，见神杀神。”女人暴跳如雷，失去了理智。

艾茉莉不知道是没清醒过来，还是自知理亏，任由这个女人对她拳打脚踢，不还手。

Boon过来把我抱在他的怀中，不希望我看到这不堪的一幕。

其他人纷纷散去，没有人愿意管这件事情，大概也没人觉得这很稀奇。

女人又伸出九阴白骨爪抓向了郑国华，“你这个忘恩负义的东西，没有我，你能有今天？”

出乎意料，郑国华双腿一跪，向她道歉：“对不起。”

艾茉莉倒在沙尘里，就像死了一样。

“是我不对，看在我们女儿的面子上，原谅我。”

是不是所有男人出轨被抓了现形，都立马承认犯了世界上所有男人都会犯的错？他们好像忘记了当初如何厚颜无耻地追求不是老婆的女人，在人家面前带着一脸苦相倾诉老婆的种种不是。事情暴露之后，又开始痛哭流涕地说别的女人的种种罪状。他们同样忘记了，下跪道歉的不仅仅只有老婆，也欠另一个女人一个交代。

女人走到艾茉莉的面前，说道："你看清楚了，这就是你喜欢的男人。他当初就是一个从美院毕业没人看得起的小混混，是我出钱帮他起家……"

艾茉莉终于放声哭了出来。

女人还在说："他有名望有成就了，女人看到他头上的光环爱上了他，只有我清楚他就是个窝囊废。我今天打了你，算是出了口恶气。你要很爱他，我就成全你。不过你不要忘了，这种男人不可能喜欢任何女人，他爱的就是自己，就算得到他最后下场也跟我一样。"

女人随后扬长而去。

郑国华可怜巴巴地看了艾茉莉一眼，好像受伤的人是他。我不知道他此时此刻在想什么。几秒钟以后他立起身来，追着女人的脚步消失在我们的视线中。

"茉莉，不要哭了。"我赶忙过去安慰艾茉莉，"这女人又老又丑，如果不是有点钱，郑国华不可能拜倒在她的淫威之下。"

艾茉莉的脸上一团红一团紫，脖子上挂着几道破了皮的红痕，绝望的样子难以形容。被打还不算天塌了下来，是她爱着的这个男人彻底让她明白，让她看到自己在自欺欺人的悬崖边苦苦挣扎的事实。

多少人思慕你那貌美如花的面孔，又有多少人觊觎你年轻的身体，然而这一切并不能换来世人渴望的爱情。只有当你年老时，坐在火炉边上打盹儿，有人与你十指交握你才知道这么多年以来谁与你相依相偎，不离不弃。

求婚典礼被他们搞得这么一团糟，有点可惜。我们把艾茉莉送回房间，这一晚她只有孤独地一个人过了。

艾茉莉想拥有爱，为此她不惜动用心机，动用自己能够付出的一切，可惜那个男人没有用同样的感情回报她。

（3）承认爱的失败

我和Boon回到房间，脑子里一片空白，连日来的种种惊喜和无法预料的种种意外交织在了一起，让人不能对发生的事件作出正确的判断。

“Boon，你说，有一天你会不会离开我？”我紧紧地握住他的手，不舍得放开。

“傻瓜，怎么可能？”Boon捏了捏我的鼻子，说道，“你这么好的姑娘，我打着灯笼都难以找到。我除了能够爱你，宠你，让你过得快乐，我想不出有什么能够离开你的理由。”

我想郑国华也有可能对艾茉莉说过类似的话，否则，她才不会傻到这个男人都结婚了都还要留在他身边。要不是现实击败了她的梦想，她还觉得自己是爱丽丝梦游仙境。

Boon啼笑皆非：“任何地方都有花心的男人，也有专一长情的男人。”

“我只是太担心失去你了。”我抱住Boon，岁月这么漫长，变故随时在发生，我既不绝顶漂亮，也没有钱没有智慧没有任何优势可以把优秀的男人留在我的身边。但我又是这么的贪婪，Boon，既然你已经答应成为我的男人了，我不愿意拱手将你送给他人。

“我也一样，既然你答应做我的女人，我也不愿意今生今世让其他的男人来照顾你。”Boon回答我。

我轻轻地点头。

他双手扶着我的肩膀，表情郑重地说道：“我们要彼此给对方多一点时间和空间，让我们的爱变得更成熟更理智。不要因为害怕失去彼此而紧紧地抓住对方，那样只会让我们变得疲惫不堪。”他把手伸出来，在空中做了一个握沙的动作："就像抓了一把沙在手上，你握得越紧，沙只会漏得越快……答应我，珊，不管发生什么事情，不要怀疑我对你的爱。"

说完，他把放在我肩膀上的手用力按了按，仿佛做了一个承诺，然后俯下头吻我。

我闭上眼睛回应着他的吻。

"好好睡，相信你的Boon。"他放开了我，对我说道。看着我再一次点头，他仿佛放下心来，给了我一个鼓励的微笑，随即转身出了门。

门在我面前，轻轻地合上，门锁发出了微弱响声。

我四仰八叉地倒在了床上，盯着手上的戒指，庆幸遇上的不是郑国华，而是Boon。

不是鸽子蛋大小的钻戒，也没有乔建民，我妈，还有Boon爸爸在场，没有丰厚的物质赠予也没有亲人的祝福。

在没有爱上Boon之前，我和大多数女孩一样，认为爱情对于人生的意义并不大，比起爱情来说房子车子更为重要。通常我们在寻找伴侣的时候，更看重对方的物质条件。

现在的我突然觉得，自己走上了一条另类的爱情道路。

最起码，它不是为了获得未来的安全和保障，仅仅是因为两个人感受到了不可分离的吸引力，心甘情愿地付出。

起初，我也害怕爱上Boon，寻思更应该嫁给易晓天。

但现在，我获得了心灵上的安慰——当你看到艾茉莉爱上了一个不该爱的男人，遭遇欺骗、谎言和打击的时候，才发现美好的爱情可遇不可求。

首先，他得是单身。其次，他还得相信爱情。再次，他还得把自己放在一边，懂得解除你的顾虑，给你想要的爱情。说简单点，人人在爱情面前都可以高谈论阔，可是懂得如何去爱的人，又能有几个？

我不知道有这种想法是不是因为女人在恋爱的时候智商为零。比如艾茉莉明明知道郑国华是一个有家室的男人，但她总是为他找借口。太忙，是因为他热爱工作。回家，是因为对方逼不得已。不能离婚，是他太爱自己的女儿。她甚至埋怨不如自己对方老婆有钱，给不了他想要的生活。一直到最后的残酷逼到了跟前，才发现自己是真正愚蠢的那个人。

也许男人一生中本来就不应该只有一个女人。他应该有老婆，有情人，还得有红颜知己，否则永远不会得到满足。尤其是那些八面玲珑，自以为扛着家中红旗不倒，外面彩旗飘飘的男人。不过就算是这样，在他的心中总有最爱的，最忘不掉的女人吧。

大概女人都心存妄想做男人的最初，或者最后。

Boon为我做了那么多，即使在他的爸爸不同意我们的恋爱关系的情况下，依然向我求婚。显然，他已经下了决心和相依为命的人公开对抗。我回想起Boon说的那些话，如果有一个女人愿意天天吃他亲手烤的面包，愿意和他共同管理酒店，甘心和他过着平淡如水的生活，那么不管发生任何事情他都会站在她的身边一直守护着。即使她随着岁月的流逝变老变丑，也是他心中最爱的女人。

我不是第一个Boon爱上的女人，但要成为他最后的一个。

从床上翻身而起，打开门，我还有很多话想告诉Boon。

差点撞到门口站着的人。她披头散发，穿着长长的白色睡袍，像阴间冤魂。

“珊珊，我睡不着。”艾茉莉有气无力地说。

我扶她进屋，她一屁股窝在沙发上：“有没有酒？”

一瓶红酒，一瓶香槟，是Boon特意准备在房间里待求婚成功用来庆贺的。

艾茉莉一口气喝了一大瓶红酒，才缓过劲来：“我想不明白，为什么那个天杀的男人把我甩了！”

我说：“这有什么稀奇的，你在清迈，满大街都是金发碧眼的外来客，你还愁什么啊？”

艾茉莉完全无视我的安慰，依然无穷无尽地哭诉：“我想不明白，他为什么这么懦弱，还给那女人下跪……”艾茉莉说，郑国华做设计提案时出口成章的演讲，一锤定音的风度气质少有人可比。还有他工作时一个个无人能及的创意从脑子流泻而出，不光光是她，就连掌握生杀大权的甲方业主都不得不低下高贵的头颅，承认他的权威和能力。

艾茉莉也够倒霉的了。一个曾经跟她甜腻到不行的情人到最后选择了回归家庭，用无言的行动告诉她说，他从来没有爱过她。这种感觉实在是糟透了。

“郑国华就是逢场作戏。他老婆是大树，你是小草。偶尔喜欢上了小草的嫩绿，遮荫蔽凉躲大雨还是得找大树。”我假装老练地开导着。

然而艾茉莉不只是输掉了一个男人，还输掉了她的光阴，她的青春，她的感情，甚至输掉了嫁别人的机会。从此以后她就是一个怨妇，不相信男人，不相信爱情。

或许艾茉莉从来都没有想过会成为介入别人婚姻的小三，她也希望和一个正常的男人交往，结婚过平稳的日子。可是慢慢地习惯了这样的生活，甚至在失去之时还心有不甘，那个女人没她漂亮没她年轻就是比她多了点钱，但有婚姻的保障，就可以肆无忌惮地大打出手，逼她的男人回家。

这种认输和失败，比承认所遇非人要难上几百倍。她看到的是自己的渺小、卑微，摧毁的是以往咬着枕头好不容易才建立起来的自信心。

“我要去找他，我要问问他，到底我哪点不好，他要这样对待我。”艾茉莉把剩下的酒一口喝光，蓦地站了起来，打开门一阵轻烟似的飘了出去。

“茉莉，不要去啊……茉莉。”我赶紧追出门，这二货不知道哪儿来的力气，相当迅速地消失在黑暗中。

天啊，这可是要出大事的。

不要说不知道郑国华所住何方，就算找到也是会鼻青脸肿地回来，这是何苦啊！

我找到Boon，简单地把经过说了一下。Boon迅速地穿上了衣服，拿着车钥匙出了门。

“茉莉，茉莉……你在哪儿啊？”我和Boon穿过酒店的大堂，花园，游泳池，餐厅，厕所，到处都找遍了，没有人。

Boon果断地开上车，从酒店冲了出去。

我们睁大了眼睛四处搜寻，突然在路边上看到了一只凉鞋。

“停车，停车。”我尖叫。

下车，跑过去一看，是艾茉莉的鞋子。但是人呢？

我不能想象她是怎样的边哭边跑，鞋子丢了都不知道，一瘸一拐地继续前行，只是为了要讨个说法。

为什么这么傻，郑国华当着她的面给别的女人下跪，找到他又能怎么样？这个人现在不爱你，或者从来就没爱过你。就算掏心掏肺给他，他也权当佐酒小菜。

Boon继续开，另外一只鞋孤零零地躺在马路中间。

离鞋子的百步之遥，艾茉莉俯卧在路边。

我和Boon跑过去，摇她，她已经醉得不省人事了。

(4) 离开不等于回来

一个人在开心快乐的时候，不清楚到底会有什么样的痛苦即将来临，或者得意忘形时忘了痛苦与快乐是如影相伴的双生儿。

但谁都不愿意成为输家，成为最后买单的那个人。

艾茉莉东窗事发，某明星也因为和情人游香港被狗仔队曝光。第一时间对老婆道歉。我一字一句地念给艾茉莉听，你看人家公众人物都难免犯错误，何况我们这些平凡人。

不知她会不会好受一点。

不，艾茉莉摇头。她还是不明白，如果论爱，论付出，她不见得比郑国华的老婆少，为什么舆论和公众同情的是婚姻内的人，而不是她？

只因她是见不得光，看不到希望的小三？

后来，一直等到艾茉莉伤痛痊愈，我才知道郑国华的老婆之所以能够追踪而来，是因为艾茉莉每到一个地方会把照片打印成明信片邮寄到郑国华的公司，还特意在明信片后面写上地址。清迈的，拜县的，Boon的酒店，华欣的海边酒店。

没想到一张张示爱的卡片，本意是让郑国华寻她而来，却成了他们违背道德伦理的证据，也彻底宣告了他们之间是偷鸡摸狗，而不是感人心肺的爱情。

艾茉莉等了一天，也没有等到郑国华的信息。哪怕这个男人说，他是爱她的，只是现实不允许，他不得不离她而去。哪怕廖廖数语，艾茉莉也会好过一点。毕竟，他们一开始就是一个错误。

男人有时候就是这么无情无义，他给艾茉莉带来了什么，难道三年零一个月都只是床上的寻欢作乐，免费享用她的感情？

对女人来说，代价未免太大了。

尽管这里已经恋无可恋，艾茉莉也不愿意回中国。回去除了向郑国华提交辞职报告，什么都干不了。与其面对他时不知所措，还不如面对这里的春暖花开。

Boon把我们带回了清迈。艾茉莉一日三餐叫服务生送，关在房间里不出门。

看到艾茉莉整日整夜以泪洗面，借酒消愁，我也有些焦虑起来。爱情太可怕了，经受不住一点风吹草动，所有的美好都不堪一击。或许我和她都不要做梦了，老老实实地上个班，挣点钱，养活自己才是上上之策。

人人都害怕失去，害怕承担失去之后的痛苦。

转换为现实就是拼命想抓住什么，最好是拿副手铐把我和Boon牢牢地套在一起，钥匙在我的手上，任凭谁也拆散不掉。

最快乐的时光是Boon忙完一天的工作，陪着我吃完晚饭，然后牵着我的手到酒店外面散步。有时候遇到他的熟人，打完招呼，人家会满脸善意地向我微笑，好像在说，Boon，你有女朋友了。

有一天晚餐时分，Boon让我去他的房间。推开门，走到厨房门口，看到他忙得不可开交。切肉片，切蒜苗，打鸡蛋，旁边还放了一堆冲洗干净的番茄，一只鸡。

“Boon，你在干什么啊？”我好奇地问。以往不是在外面就是在酒店里的餐厅吃，今天怎么想起自个儿做饭来了？

Boon不回答我，还在忙。我走到他的身后，看到桌子上摆放的一堆各种川菜调料，郫县豆瓣酱，香辣酱，干辣椒……还放着一本书——《川菜菜谱》。

不错啊，Boon不仅能烤好吃的面包，还会做四川菜。不过做法让人啼笑皆非，做回锅肉应该把肉放在煮沸的锅里煮上十几分钟，不能全熟，要夹着点血丝儿从水里捞上来开切。而显然不是Boon正在切的生肉片。

“让我来。”我说。

Boon讪讪地笑：“小时候我妈妈经常做中国菜给我吃，我也还能做一些。但是，做川菜就不行了。”

我拿起一旁的围裙套上，一边把生肉丢到锅里去煮，一边对Boon说：“来，帮我系上。”Boon很自然地靠近我，伸出手来系好了围裙，顺便在我耳后根轻轻地一吻，痒得我不由回过头亲了他的脸颊。

“在川菜里最经典的要算回锅肉，宫保鸡丁还有麻婆豆腐。当然还有火锅，好吃到舌头都要咬下来，远远是你们想象不到的美味。”我把切好的肉放进油锅，香味立即四散开来。

“是啊，川菜在全世界每一个地方都能找到，证明味道肯定差不到哪儿去。”Boon帮着我打下手，回答我。

“以后要是有机会，你到成都来了我带你到处去吃，小吃、炒菜、蒸菜、烧菜……四川人总是变着花样做好吃的，所以勤劳智慧的美誉并非浪得虚名。”说着说着，我有点动情了。天天在家吃还不觉得川菜到底有多好，换到清迈吃了一段时间的泰菜，首先从饮食上就引发了对家乡的思念。大概正因为这样，Boon才会打算做川菜以抚慰我的味觉吧。

我们在厨房里默契十足地配合着，活脱脱一对老夫老妻，任谁看到也会给予由衷的祝福。实际上，我从未和男人在厨房共同协作过，每次我去初恋男友那儿，都是我买菜做饭，他在客厅里不是打游戏就是看电视，好像我应该为他服务似的。现在这样的感觉还真不赖，有情男女搭配干活儿还真不累，一桌川菜很快出炉，色香味俱全。我和Boon一起坐在餐桌边吃饭，两个人吃饭果然比一个人来得香，很快几个盘子里就只剩下残羹剩饭。我吃得很撑，懒懒地坐在沙发上，一动不想动。Boon在厨房冲咖啡，咖啡的香味很快飘进客厅，不一会儿他端了两个杯子走了过来，一杯给我，然后坐在我的旁边。

Boon说：“没想到你这样娇气的女孩，做饭这么好吃。”

我听着不太受用，Boon还在误会我是一个娇生惯养的富豪女，好像我也从来未对这件事情有过澄清。不是我还在装，是我压根就把这件事儿给忘了。

“其实我不仅会做菜，还会洗衣服打扫卫生，基本上没有不会干的家务事。”我端着咖啡喝了一口，慢条斯理地说道。

“是吗?”大概在Sky Bar我一身白富美的行头给他留下太深刻的印象。

“是啊。”我点头，“我自幼父母离异，是妈妈一手把我带大，我很早就懂得分担她的辛劳。”我给他讲乔建民对我是如何的冷漠和绝情。我记得有一次到他家去要生活费，我小妈让我把家里的卫生全部打扫一遍。我打扫完了以后又累又渴，就把放在茶几上的苹果拿了一个来吃。结果我小妈发脾气了，骂很难听的话，她说那些苹果是外国进口的，贵得要死，不是我这样的小女孩吃得起的，也不够资格吃。我当时就傻了，吃都吃了，总不能让我把苹果还原吧。等乔建民回来，我小妈添油加醋地说我不省心，帮她干点家务都没有一个好脸色还尽想吃好东西之类的话。乔建民本来就不待见我，连每个月那么可怜的一点抚养钱都不想拿出来，现在更是找到了借口，当即就把应该支付的生活费扣掉了一半，还直接把钱丢在地上，让我一张一张地捡起来。

我一路大哭着回家。我妈知道了以后，脸色铁青，闷了好久都不说话。最后，她才说：“珊珊，我们穷也得有骨气，从今往后，他的钱我们再也不要了。”

后来我妈兼职了好几份工，日夜操劳，人变瘦了变憔悴了。我发誓，一定要让我妈过上好日子。乔建民也如他所言，离婚后从来没有主动登门来看望过我们母子俩。一直到有一天在路上碰到他，避不开的我只好叫了他。他当时那吃惊的眼神，不相信我已经出落成了一个还算水灵的大姑娘。之后乔建民开始联络我，也许他早就有预谋让我嫁进易家的门。那天，他请了易晓天的爸爸去他家做客，让易叔叔见上我一面。俗称，替子相亲。

从那以后，乔建民对我的态度是一百八十度的大转变。经常买了水果之类的东西上门来，语重心长地叮嘱我这叮嘱我那的，还道歉说以前生意太忙，照顾我太少，今后一定让我过上好的生活。果不其然，没到一个月，他就把易晓天介绍给了我。

“我就是一个爱钱的人。”我在回忆中有些黯然，有些伤感，“尽管我极为讨厌他的虚伪和做作，还是默认了他为我安排的这桩婚事。”

Boon不说话，默默地递给我削好的苹果。这种苹果在中国叫蛇果，几十元一斤。可以想象，要想过上好的生活，吃上好的苹果，没有钱怎么可能？谁说拜金主义的女孩就叫人厌恶，就不痛苦，不伤心落寞了。在我的成长历程中，早就忘记了什么是快乐，什么是潇洒，什么是理想……我就像是吸大麻一样，把“获取金钱，嫁入豪门”当作了生活目标和麻痹工具。

我咬了一口苹果，看着Boon沉静的样子，不想气氛陷入僵局，便说道：“Boon，你说，像我这样的女孩儿，你会真心地喜欢吗？”

Boon很认真地想了一想，回答我：“怎么不会？爱钱也没什么错。虽然你表面看上去是很爱钱，但其实是一个心地善良的女孩儿。只是……”

我心里一紧，只是什么？

Boon伸出手来揉揉我的头发，继续说道：“珊珊小姐既然那么爱钱，我以后只有更加努力上进一点了。”

我完全没有想到Boon会这样回答我，他的意思是，他要为我改变吗？可是爱钱的女人欲壑难填啊。

“没有关系，男人应该有这个责任和能力去满足心爱女人的要求。”Boon微笑着说道，“可能会有一些压力，不过上天既然安排了一个爱钱的女人到我的身边来，我就得满足她的愿望，让她过上她想要的生活。”

显然，Boon的话是在开玩笑，但又是极为认真的。我的心舒缓了起来，拉过他的手贴在自己的脸颊边，深情款款地看着他说道：“其实，我也没你想的那么糟糕。”

还有十来天，我的签证就到期了，我不得不面临回到中国的问题。

Boon和我商量，让我回去以后办理学习的签证，这样我就能停留在清迈至少一年。泰国是非移民国家，即使我嫁给了他也不能够取得泰国籍。这样折腾的往返，会不会逐渐削减掉我们对爱情的热度？我甚至不能想象，回去以后会面临什么状况，我妈妈会像Boon的爸爸一样反对我们吗？或者，当我离开了Boon，他爸爸会不会继续劝阻他和我在一起。

想得太多，万事皆忧伤。Boon说，要是再这样继续想下去，可能会联想到成都的雾霾都是我造成的，因为每天吃喝拉撒要产生很多垃圾，惹到了天气。

Boon要去曼谷和几家旅行社签重要的酒店住宿合约。“我要给珊珊小姐多准备点聘礼。”他笑着对我说。

清迈小哥开车来接我们，到清莱去住一住，散散心。

这样也好，尤其适合艾茉莉。她窝在房间都快要长青苔了。

清迈小哥和蔓青陪着我们去白庙（White Temple）。艾茉莉不想去，我也不想，除了Boon陪着我，到哪儿都是兴味索然，但显然碍不过他们的情面。

蔓青说话轻轻柔柔的，总是笑。当年邓丽君选择在清迈长住，一定也是觉得这座小城美丽得让人无法拒绝。悠闲自在的生活，每一天都过得轻松如意。这里的人也友善客气，对话的开头和结尾一定是“你好”和“谢谢”。大概每个在清迈待久了的人都会变得好脾气，待人温和。也许是因为他们不太执着于追求财富的原因，总是过着简单快乐的生活。但是Boon的爸爸除外，他是一个倔强顽固的老头。

一路上，蔓青还告诉我们，以前的清迈可以做到夜不闭户，路不拾遗。他们平时骑的自行车都不上锁，去超市，去菜市场，随便扔在那儿都没人骑走。只是现在游客多了，抢劫的事情偶尔会发生。比如我遇到的抢包。但整体来说，治安和环境还是不错的。

我认同，当然是因为我遇到了Boon。

试想着到清迈来，和蔓青过着同样的生活。和相爱的人在一起，不算太富足也不必为了光宗耀祖牺牲掉大把的时间和快乐。

“你也留下来，找个泰国人结婚算了。”我给艾茉莉说。

艾茉莉不置可否地笑笑，我是运气好碰到了Boon，快要绝种的好男人。

缘分的事情说不清楚，风水总是要轮流转的，说不定哪天就遇到了。

如果没有，可能是等待的时间不够长。

白庙，是泰国建筑师Mr Chalermchai建造的艺术作品，据说他的计划是一共建设九座，目前耗尽他毕生心血建造起来的也只是一座。如果全部完成，大概需要用一百年。

他一生的时间和精力就用来做一件事情——修建这些寺庙，没有花政府的一分钱，全是依靠Mr Chalermchai卖画的报酬所得。我不得不再一次相信了泰国人的信仰，真的可以不计回报地做认准了的事儿。

看惯了泰国那些金光闪闪的佛寺，特别是在号称千庙之城的清迈经过了洗礼，说实话我和艾茉莉已经对寺庙产生了严重的审美疲劳。但是我们还是为白庙惊讶。整座寺庙全是白色，纯白的屋顶，纯白的墙壁，纯白的基座，镶嵌在墙面的玻璃时不时反射出耀眼的银光，仿佛一座落入凡间的琼楼玉宇。

访问白庙需要跨过一座廊桥。蔓青说，设计师之所以设计这座桥，大概和中国的孟婆汤的故事有相同之处。每一个在尘世里历经了劫难和痛苦的人，都要走过长长的廊桥来到孟婆跟前喝下一碗忘情水，从此脱离人间的苦海。的确如此，从廊桥走过去的一段路，白色的雕塑大多演绎着一些扬善灭恶的佛教故事。树上挂着各种牛鬼色神的头像，还有如中国金刚大神一般的雕塑，一只手握着宝剑，一只手伸向天穹，誓斩不平事。仔细看白庙的种种雕塑细节，可谓是精美绝伦，每一笔都是用心之作。

走到桥的中央，艾茉莉停下了脚步，双眼发直地看着桥的下面。有千百只手臂在桥下挥动，挣扎、哭喊、忏悔……仿佛地狱里堕落的灵魂等待被救赎。

“可能，真的是我错了。”她喃喃自语。

我不知道别人在游白庙时是什么感受，但是白庙让艾茉莉的灵魂受到了震撼和洗礼，我不得不夸奖Mr Chalermchai为世上的痴男怨女做出了伟大的贡献。同时也为我做出了伟大的贡献，我们走到一座挂了无数串钥匙的小塔前。蔓青说，这是善男信女的许愿牌。

不管灵不灵，这事儿一定值得我去做。我立马跑去买了一块牌子，雕刻师问我，想写上什么心愿？

执子之手，与之偕老。想了一下，这个愿望或许神都觉得太奢侈了，要不走进白庙的这一路上怎么会有诸多展现世间痛苦的演绎。我说，但愿和Boon在一起简单，快乐。

我把许愿牌挂在塔上，双手合十，很认真地跪地磕了一个头。

到了寺庙的里面，除了常见的佛像，壁画中甚至出现了古今中外各种人物和其他宗教的标志，甚至科幻题材的蜘蛛人都可以找到，大概是为了表现泰国佛教的包容之心，似乎也暗示着人们得有退一步海阔天空的胸襟。

艾茉莉仰着头看着这些壁画，发出了声音：“珊珊，我想明白了，我要重新开始。”

“这就对了！”我喜出望外。

艾茉莉长长呼了一口气说道：“我想明白了，你永远不是正妻，不能光明正大地出现在人前；所有的节日都要自己过，所有的快乐都是躲在人后享受。当你需要的时候，他不一定第一时间出现；当你生病的时候，他要找理由去陪你。刚开始觉得刺激有趣，时间长了寂寞空虚之余，还会产生抱怨，痛苦隔阂。到最后爱被磨平了，什么都不在了。”

“就是，就是。”我忙不迭地点头，“天下的单身男人又不是都死绝了，只剩郑国华一个人。他不就是一个有屁大点儿名气的设计师吗，不算什么好鸟。”

失恋的女人，要么瞪着充满血丝的眼睛怒视太阳起起落落而后黯然神伤，要么摔了锅碗瓢盆决心脱胎换骨重新做人。显然艾茉莉选择了后者，她脸上露出了久违的笑容。“你看，像我们这样的人多坚强、多有忍耐力，永远都是打不死的小强。”

如果再歹毒一点，她还可以把自己形容成蚂蟥，活过来了还要吸人鲜血。我一颤，浑身不由起了鸡皮疙瘩。

「面临分离」

Part 7

เสื้อยืด
T-Shirt
โปสการ์ด
Postcard
กระเป๋า
Pai Bag
อื่นๆอีกมาก
Cool Stuff
POST BOX
ไปรษณีย์ไทย
THAILAND POST
12.00 น
เวลาไข
โดยประมาณ

DPC
Doi Pink Fresh Coffee
กาแฟสด

吐了几次终于到拜县了

（1）一个不得已的请求

当天晚上，我和艾茉莉回到清迈小哥的家，坐在花园外面的草坪上和蔓青聊天。我跟她说起Boon爸爸反对我们的事情。蔓青很吃惊，在她的印象中，Boon的爸爸一直是个温良敦厚的人。

他很爱Boon的妈妈。蔓青记得有一次，Boon的妈妈突然生病，他爸爸三更半夜地开车到处找药店，急得满头大汗。尤其是他妈妈病着的那几年，他爸爸不仅要管理酒店，养育Boon，还无微不至地照顾病人，但从来都没有听他抱怨过一句。

“你也不要太担心，让Boon做做他的工作，毕竟他只有一个儿子……只要看到你们是真心真意地在一起，他应该不会继续反对的。”蔓青安慰我。

但愿吧，看着满天繁星的夜空，想起白庙挂

着的心愿牌，但愿我们能继续简单、快乐地恋爱就好。这剩下来的十几天待在清迈，我是幸福的，我将用这十几天的幸福去抵抗日常生活里的烦恼。我相信，Boon也和我一样。

Boon的电话打过来，问我在做什么。

“在想你啊。”我原来也会说甜言蜜语的，但对谁说才是关键。

Boon在电话那头很高兴地笑了：“我已经告诉爸爸向你求婚的事情了。”

“哦，他，什么态度?”一听到这个，我全身立马进入警戒状态。

“他没像上次那样反对了，只是让我回去再说。”Boon说道。

我一听也眉飞色舞地笑了，这至少不是一个坏消息。

“珊珊小姐，乖乖睡觉。后天早上一醒来，就可以得到一个甜蜜的奖励。”

“什么奖励?”

“你猜?”

我歪头想了想，哈哈大笑：“是Boon的亲吻。”

“太聪明了。”Boon用夸张的语气说，“你是我肚子里的蛔虫。”

这有什么好稀奇的，因为我想得到他的亲吻。

艾茉莉在旁边跺脚：“好了，好了，不要再秀恩爱了，让我妒忌得要死!”

蔓青向我伸出手：“祝福你们!”

大多数人虔诚地去寺庙求神拜佛，奉上价值不菲的香火和忠心的三磕九拜，无非是希望得到心想事成、财旺家兴、生活幸福、一生平安之类的保佑。这跟信仰一点关系都没有。大概信仰是为了让自己的心灵得到宁静，带着一颗平常心面对生活吧。

回到酒店，前台的清迈小美女迎了上来。这么多天的相处下来，她已对我非常熟悉，已然当我是未来的老板娘了。

“珊珊姐，有人找你。”小美女没有像以往那样好奇地对我的每次短暂出行问东问西，神态有些凝重。

“谁?”我倒是好奇起来，除了Boon，我在这里没什么朋友。

“……他在餐厅里已经等候你很久了。”小美女欲言又止。

难道是乔建民？不至于吧，以他吝啬的做派，绝对不会花一张机票钱来抓我回去。要不然是易晓天良心发现，飞来道歉？

“你去了不就知道了。”艾茉莉对我这种总是瞻前顾后的性格相当地不习惯。

我忐忑不安地走进餐厅，偏僻的角落里坐着一个人，正拿着当地的报纸在看，遮挡了大半个身子。

大概是听到了脚步声，他把报纸拿了下来，对我说：“你好，珊珊。”

我瞬间成了雕塑，觉得面部的肌肉都僵硬了，不得不努力地挤出一丝笑容：“你好，伯父。”

“过来坐，要不要来杯咖啡?”Boon的爸爸问我。

我摇头。别说是咖啡，现在就是换成山珍海味，我也吃不下去。

“我听Boon说，他向你求婚了。”仿佛经过深思熟虑之后，Boon的爸爸才决定进行这样的开场白。

想说是，又想说不是。害怕说了是之后，他会说出一些反对和劝阻我的话来。但说不是，并非我意愿。

我讨厌自己有这样敏感的神经。在清莱的时候右眼皮总是跳，艾茉莉说是迷信。现在我面对着Boon的爸爸，他一脸的严肃，不是严肃，是忧伤，这股子气息从他的脸上，身体内散发出来，盘旋在这间屋子的上空，简直都要把我逼出忧郁症来了。

一直到Boon的爸爸把我带到了陵园，看到镶嵌在墓碑上的一张微笑的照片，我明白了女人确实有第六感。凡是有不好，不对的事情，女人总是在第一时间就有所察觉。这一招在男人出轨时特别灵，有时候男人挺纳闷，明明伪装得很好，待在家里的神情和语气都很正常，女人是怎么知道他在外面有另外一个女人的？

只是有时候，女人故意忽略掉第六感带来的信息，除非火烧到眉毛了，否则，向往美好的天性总是让女人不肯面对大祸临头。她们更擅长的事情是像乌龟一样缩在自我保护的壳里，下意识地遇事逃避，脱离现实。

Boon的爸爸把带来的鲜花放在墓前，伸出手指抚摸那张照片，喃喃自语："美霞，我来看你了。"

按照中国的节气，这个时间，正好是清明前夕。

我说不出话来，双手交握，把十个手指头交替着扭来扭去。潜意识地希望，Boon的爸爸带我来看她是想对她说，Boon找到了他的人生伴侣。接下来，他会对我说，让我好好地对待Boon，好好地照顾他，让他的妈妈在九泉之下放心。

"大概Boon也告诉过你，我很爱他的妈妈。"Boon的爸爸把目光从墓碑上收了回来，看着我说道。

"是的，我知道。"我忙不迭地点头。

"按理说，Boon喜欢上一个中国女孩，我应该支持才对。可能，我反对你们在一起，你有些困惑。"

"没有。"我恨自己的虚伪，"伯父反对我们不是没有道理的，毕竟我和他不是……"

"这个不重要。"Boon的爸爸抬手打断了我的话，"我们会娶中国的妻子，泰国女孩也会嫁给来自中国、欧美的外国人。异国通婚的人很多，在泰国已经不算什么稀奇的事了。"

"那……"我满脸狐疑地看着他。

"珊珊，你和Boon才刚刚开始，不会清楚漫长的相处中会遇到一些什么问题，经历一些什么事情。尤其是当你离开土生土长的地方、熟悉的环境、人和事，会感到异常的孤独和寂寞。这种孤独和寂寞，有时候仅仅靠一个人的爱是没有办法解决的。”

是的，尽管现在我还没有经历，没有感同身受。但Boon爸爸说的话，一点没有错。

“就像Boon的妈妈，她虽然嫁给了我，但一直忘不掉她在中国的男人。就算我对她再好，她也总是在深更半夜捧着他的照片流眼泪……”

我对这事儿完全无法理解。每一个女人不都希望遇到一个对她好，对她忠诚，对她恩宠有加的男人吗？在我的眼里，Boon就是这样一个完美的男人。现在看来，原来完美也有遗传，他的爸爸同样是一个深情种。只是，我不明白为什么Boon的妈妈舍弃这样完美的男人不顾，念念不忘一个伤害她，抛弃她的男人。同时，她也伤害了一个爱她的男人，剩下他独自过着孤苦伶仃的日子。

如果Boon的妈妈在天有灵，不知道会不会后悔。

“一切都是我的错。有一年他妈妈爱的男人来清迈找她，希望她跟他回到中国去。是我没有同意，不肯放手……也正因为这样，他妈妈这么多年以来没有真正地开心过，抑郁而终。”Boon的爸爸颤抖着嘴唇说出了真相，一行老泪从日渐浑浊的眼睛里流了下来。

我也想哭。这个故事太凄惨了。

我跪在地上，给Boon的妈妈磕头。如果她没有和Boon的爸爸好好地在一起，但愿能保佑今生我和Boon有一个好的结果。

“我从来没有对Boon提起过这些，他妈妈和我一样都希望给他一个幸福的家庭。”

“伯父，你要相信我，我爱Boon……我会对他好的。”我跪在地上，语无伦次，不愿意面对即将到来的事实。

“我看得出来，Boon自从认识你以后，变得很快乐，也许你能给他带来幸福。但是故土难离，你有你的亲人，Boon也有他的亲人。Boon不可能舍弃年迈的我跟你回到中国，而你呢？也许可以来清迈生活，但如果你们感情有了冲突和矛盾，你连一个安慰的人都没有，你会觉得非常的无助。天长日久，你对他的爱会在这样的无助中消耗，一直到消失，最终一无所有地回到中国。你能保证承受得了这一切吗？”

我一时难以回答，我没有他想得那么长远，对于那些还没来得及发生的事情，谁敢信誓旦旦地保证？

Boon的爸爸把我拉起来，握着我的手，继续说道：“所以今天带你来见他的妈妈，是希望你答应我一个请求。”

我紧张到吞口水都困难了。

“离开……Boon。”他终于把我最担心的话说出了口。

一个背负沉重情伤的老人，为了不把这样的伤痛延续到下一代的身上，为了不让他付出全部身心爱着的儿子有一个像他这样不幸福的晚年，不得已提出了这个请求。

我情何以堪？

（2）为代价买单

我和Boon太年轻了，稚嫩的肩膀没有办法承受得起这样沉重的故事。尽管我们都不愿意把自己的人生交给别人，任由他们的事实和经验为我们描绘出一幅幅乱七八糟的地图，将我们带到一个自认为安全的路径中去。

终于明白为什么成年人都有着一张世故、冷漠甚至麻木的面孔，失去了以往的热血和激情。无知者才可以无畏，明明知道是错误还是要撞南墙，只是因为我们不知道一个人到底得有多疼多痛，才能不那么顽固地一条道路走下去。

如果Boon的爸爸没有爱上一个中国女人而是娶了泰国的女人，大概日子不会这么漫长和难熬。这个一开始就错误的爱情，让他付出了无比沉重的代价。每个人都看不到自己的未来，艾茉莉不能，郑国华不能，或许连郑国华的老婆都不能，当然我和Boon也看不到。

有些人还可以在分手后或者离婚后重新来过，寻找第二春。比如艾茉莉经历了郑国华的背信弃义，以及他老婆示威式地大打出手之后仿佛涅槃重生，又开始穿着无比妖娆的衣服，画上流光溢彩的妆容，寻找她的下一个男人。而且，这次不再是惺惺作态的蜻蜓点水了，她咬了牙发了狠，一定得找到一个男人亲自送她回到中国，至少也得送到清迈的机场。她可不想孤零零地来，孤零零地回去。

可是像Boon的爸爸这样曾经沧海难为水，注定无法摆脱过去重新来过的人你无法拒绝他的要求。

换成谁，都害怕这样的错误再次发生，或者成为这种故事里的男女主角。

Boon如约在清晨时分回来了，给了还在沉睡的我一个甜蜜的亲吻。

睁开双眼，Boon还穿着正式的西服，脸颊两边胡须拉碴，依然露着清澈阳光的笑容。他竟然等不及回到房间换装就来见我。我伸出双手搂住他的脖子，用舌头抵开了他的牙齿。

用力之大，连强壮的Boon都无反抗之力。一翻身，我把他压在身体下面，吻他的脸，他的脖子。我的理智在此时全线崩溃，只剩下内心对他无止境的渴望和探索，奔涌而出，势不可挡。

小别胜新婚。艾茉莉事先教过我，穿上薄如蝉翼的性感睡衣，和他喝上一瓶红酒，等他半醉半清醒的时候说："Boon，我想成为你的女人。"

"我比其他任何时候都更需要你，我想和你在一起。"

还得配上一点优雅浪漫的音乐……艾茉莉举手向我保证，最好的催情药是浪漫情话，只要功夫好手段深，就算你长得歪瓜裂枣也没有拿不下的男人！

太肉麻了，情到浓时的青年男女哪儿还需要别人指导，完全无师自通。因为这是人类最原始的本能。

Boon没有像以前那样拒绝我，但显然有些猝不及防。“可以吗？真的可以吗？珊珊，真的可以吗？”他亲吻着我的脖颈，亲吻着我的耳垂，惴惴地问。我用手一颗一颗解开他的衣服扣子，松开他的皮带，他竟然有些羞涩。

也许是等待得太久，两人都倾尽全力，但不知为什么，我却在他的爆发中流下了眼泪，内心的快乐和悲伤在这个时刻同时达到了顶峰，几乎让我无法承受。

Boon惶恐地搂着我说：“珊，我是不是不应该？”

“不关你的事。”我说。

“不要哭，珊，我不喜欢你哭。”Boon温柔地说，用唇吻去我脸上的泪水。

外面应该有太阳了吧，光线从窗帘缝里透进了房间，射在他的脸上，即使有一点疲倦，但还是那么迷人，让我义无反顾。

“我的珊珊小姐不会后悔吧？”他问。

“不！”我轻吻他的眼睛，然后说：“你秀色可餐，是女人都想占为己有。”

“呵呵呵……”他笑出了声。

我把脸埋在他的胸膛里，闷闷地说，“Boon，你太完美了，有时候让女人觉得不真实。”

“是吗？”他合拢双臂拥抱我。

我抬头看他，做思索状：“但还是有一个致命的缺点，就是，你没有钱。”

“我会继续努力，满足珊珊……”Boon伸出手，作势要做出承诺。

我捂住他的嘴巴，已经很感谢神把他降临在我的身边了。

他扳开我的手，喘口气，说："你知道我喜欢你什么吗?"

"喜欢我是个二货。"这次我回答得倒是很干脆。

他又笑，露出洁白整齐的牙齿，凑上来再度与我深吻，说："对，要是我不天天守着你，你可能会到处闯祸。"

好吧，我叹气。我的确需要一个宽容善良和有耐心的男人守护在身边，他会看到我的优点避开我的缺点，让我得以顺利地过完下半辈子，以免独自行走江湖处处挨飞刀，经历太多我不懂的艰难感情。

也许是旅途劳顿，Boon沉沉睡去。俊美的侧脸让人着迷，浓密悠长的睫毛偶尔不经意地颤动，唇角还会露出一丝儿微笑。有我在他的身边，他是满足而懈怠的吧。清醒时候的他总是想做我的保护神，只有入睡了才像小孩子一样有着娇憨的神情。这么多年过去了，自幼丧母的他，要照顾年迈的父亲，还要亲力亲为地打理酒店的生意，过得也并非那么容易。

所以我不想为难他了，我不能这么自私。不能为了自己的安稳和幸福，就让他操碎了心，和生他养他的父亲公开对抗。今天的一切行为，我听从了内心的欲望，我是主动的，心甘情愿的，没有人拿金钱名利和地位对我威逼利诱。我愿意为今天的一切行为买单，今时今日的所有美好注定成为最值得的回忆。我会向我的每一位好朋友提起这段往事，说我遇到了一个完美的男人，他带走了我的全部身心与爱情。

剩下来的时间里，我只是要把这样的幸福延续下去。

我并不想扳着手指头倒数这样的日子还有多久。只是没有人明白，一个天天活在阴沉天气里的人，是多么喜欢明媚阳光。就是这样，每当成都出太阳的时候，所有隐藏在高楼大厦的人全部跑到了街上，翘班的翘班，请假的请假，每个人都把快要发霉的身体和思想拿到阳光里晒一晒，就连见不得光的爱情在这个时候也不管不顾……因为人们在阳光里，总是可以得到某种不可言说的安慰和舒缓。

哪怕只是暂时。

“在想什么？”一直到日上三竿，Boon才醒过来。

“没什么。”我摇头，多么眷恋他睡觉的姿态啊，好像天使。

Boon笑了，又凑过来吻我：“珊珊小姐才是我的天使。”

我抱住他，内心的热度又开始升温。我一直搞不懂两条蛇是怎么交配的，但只要雌蛇发出强烈的求爱气味，雄蛇就会跟踪而来。大概在动物界里，只有蛇的方式更接近于人类，互相拥抱，互相亲吻，互相缠绕在一起。或者说，拥有了爱的人类瞬间也会变成蛇妖，恨不得把对方吃到肚子里方才安心。

大汗淋漓还是不想放开他，即使在这日光高照的亚热带气候里。

“Boon，”我问他，“你想想，这辈子还有什么没能满足的愿望，我们一起实现它。”

他想了又想，摇头：“还真没有。”

“再想想？”我继续启发他。

“只要珊珊小姐在，我没有其他的什么想法了。”不知道他是老实，还是真的已经很满足。

“那你希不希望你爸爸有个得以抚慰的晚年。”

“希望。”他点头。

“那你妈妈呢？”

他恍然大悟：“是的，应该告诉我妈妈，我有一个女朋友了。”

“不对。”我纠正他，“是未婚妻。”

这一幕再熟悉不过。虽然我是个路痴，从东到北，从西向南，我不走过十回八回的绝对找不到目的地。但从酒店到Boon妈妈的墓碑前，我就算闭上眼睛也不会迷路。

Boon在左，他的爸爸在中间，我在右。

逝者已矣，除了祷告，我们再安慰她她也没能感知了。可是，不能再让活着的人无法得到安宁。我和Boon的爸爸四目相对，心照不宣。

Boon带着他的爸爸出现，只是为了证明他爱上我的事实和决心。

我是明白的，所以不得不放手。

“妈妈，我爱上了一个中国女人。”Boon跪在她妈妈的墓前，双手合十，磕了下去。

“但愿能得到您的庇佑和祝福。”他还在继续说。

我仿佛看到他妈妈伸出一只手来，抚摸他的头顶，说道：“儿子，我明白你的愿望，希望你快乐。只是你要明白，你真的扛得住时光的流逝，瞬间万息的变化，永远包容她，爱她，对她不离不弃吗？”

我打了一个冷战，人要经历过多少才明白承诺和誓言抵不过流年的冷漠和现实的残酷啊？

这句话应该换作Boon的爸爸来说，他比我们更有发言权。只见他伸出一只手捂住自己的心脏，一只手伸向Boon，发出沉闷的声响：“Boon……”

Boon眼疾手快，在半跪姿势中抱住了栽倒下来的父亲，然后迅速地从他爸爸的衣服口袋里拿出几粒药丸，让他爸爸服用。

十几分钟以后，他爸爸的脸色渐渐转红，乌青的嘴唇也有了血色。

“Boon，快送医院吧。”我担心之极，给Boon建议道。

“送我回去。”Boon的爸爸不容置疑地摇着头。

（3）现实是，必须离开

没有比这更沉重，更郁闷的打击了。

本来还有一个心愿，在回国之前好好地和Boon待在一起，享受着每一分钟每一秒的快乐，记住我们之间每一个字每一句的对白，甚至把这一切都变成影像永远篆刻在我的脑海里，我的记忆中。这也是我同意

Boon爸爸的请求之时，提出的唯一条件。

但是，当我眼睁睁看着他栽倒在Boon的怀抱中，就已经明白，连这样微小的愿望也是奢侈的。Boon的爸爸患有心脏病，不能生气，不能激动，不能受刺激。

上一次Boon拒绝了当我导游的请求，接了电话匆匆出去，也是因为他的爸爸突然病发。现在的情形好像他爸爸病发的频率越来越高，越来越严重。何况他的爸爸一直以来拒绝看病，拒绝住院，危险的可能性更大了。不能由于我的原因，让他的爸爸再出什么意外，我不能成为让Boon怨恨的罪人。

我离开Boon算什么，他如此年轻，失去了我还会有再爱一次的机会。但是他没有了父亲，就等于没有了一切。

长痛不如短痛。终究是要离开的人，又何必在意短暂时光里留下来的美好呢。更坦白地说，越是美好，回忆起来就越痛苦。就如贪杯的人只是觉得美酒好喝，谁知道大醉之后的难受让人后悔不已，发誓从此以后不沾一滴酒。

这一次真的是不告而别，再无回头之期。

我在房间里一一收拾行李。动作很慢，放一件衣服进箱子都要花上十几分钟，也许我在潜意识里根本就不想走，希望时间咔嚓一声就停滞不前了。我拿起买来的佛像久久出神，那会儿还以为他是一个同性恋呢，开玩笑说要送给他，为他的下半身幸福做个保佑。现在是真的要送他了，但愿能庇护他一生快乐平安。还有洁白的床单，沙发布上还留有他的气息，连他微笑的面容仿佛都在我的背后。要怎么办才好，我还没有离开他呢，思念已经开始蔓延了。不知道回国以后的那些日日夜夜，要怎么才能安然度过啊？

此时的Boon大概守在他父亲的身边吧，他会同样思念我吗？

正在思绪万千，Boon打电话过来了。

“珊，这几天可能没有太多时间陪你了，你要好好照顾自己。”

“我知道，你别担心我。”顿了一顿，又说道，“你爸爸还好吗?”

“不是很好。”他的声音听上去有些干涩，“还是要带他去医院做个全身检查，我太不放心了。”

“对，Boon。你爸爸可能有点固执，不愿意面对自己生病的事实。但身体出了状况，不能不小心一点。”

“我知道。”Boon说，“我会抽空回去看你的。”

我们又闲聊了几句，该挂电话了，不知道为什么突然开口叫他：“Boon……”

那边很迅速地问道：“什么?”

我说不出话来，只听到自己急促的呼吸声。半晌，我才说道：“我爱你。”

“我也爱你，宝贝!”

咸咸的泪水从眼睛里滚了出来，顺着脸颊掉进了嘴里。我赶快挂了他的电话，怕他发现我的异常。

一段分离的爱情，原本是时间不对，地点不对，人不对。艾茉莉和郑国华分开是理所当然，我和Boon明明是正确的，为什么同样面临分手的结局？也许是因为爱着他，不希望他走到左右为难的困境里去。二人世界里永远容不下第三人，对方是女人也好，男人也好，父亲也好，母亲也好，只要站在了对立面，拼到最后终究还是得有人退出。

我们彼此以爱作为告别语，每个相爱的人都会这样来告诉对方自己的感觉。但是，彼方的感觉已经不是此方的感觉，当他们把这个话说出来的时候，不是为了要在一起，只是分离之前的告白。

只为了抓住机会，把该说的话都说出来，不留下遗憾。

过道上传来一阵狂蜂浪蝶的笑声，间杂着听不清楚的男女英语对话。好像是艾茉莉，她难道把我的话当了真，或者把自己的感情当了假，带男人回酒店过夜了？

我打开房门，只见一只芊芊玉手把站在门口的男人一把拖进了房间去，随之砰的一声，门关上了。

管这么多，我连Boon都管不了，连自己的离别愁绪都管不了，我还能管到她的寻欢作乐去？我回到房间，继续收拾东西。可是心情平静不下来，这女人还真以为自己是龙门客栈风情万种的老板娘，人见人爱，花见花开啊！

该死的女人！我一脚踢向行李箱，箱子顺着惯性一溜烟滑到了墙边，一阵钻心的痛也从脚尖传来。不要管啦，乔珊珊，你不是一个冷漠的没有感情的人吗？何况是人家的私生活。

我怒气冲冲地走到艾茉莉房间的门口，按响了门铃。没有人开门，便伏在门上听，里面静悄悄的没有声响。怪了，难道我悲伤过度，产生了幻觉？

"艾茉莉，开门，开门！你再不开我叫服务生了！"我一边大叫，一边疯了似的踢门。

半晌，门才打开。艾茉莉满脸的尴尬，问我："乔珊珊，你干吗干吗！?"

我一把推开她，往里闯。果真一个看到老外坐在沙发上，估计被我的反常行为给搞懵了，裤子皮带都没系好，落了一半在外面儿。

"Why?"老外一脸的不明白。

我把目光转向艾茉莉："告诉他，你爱的人是我，我们才是一对儿。"

艾茉莉咯咯直笑："天啊，珊珊，我第一次发现原来你这么聪明啊。"

我还有更狠的，扑上前去抱住她，狠狠地往她脸上亲了一口，然后看着老外："Are you understand?"

老外当然明白了，连忙站起身来摆手往外走："Sorry，sorry。"

艾茉莉推开我："行了，行了，珊珊，哪有你这样赶人家走的，太没有教养了。"

我斜眼，恨铁不成钢："你要是给我干点靠谱的事儿出来，我比你想象的还要有教养一百倍。"

"好啦，是我不对。"艾茉莉对我做鬼脸，"不要生气了，好不好。"

"懒得管你。"我像个泄气的皮球坐在床上，刚刚的义愤填膺换成了忧伤，"我明天就走了，好歹也等我眼不见心不烦的时候……"

"去哪儿？"艾茉莉还没从刚刚的那一幕回过神来。

"中国啊！"我使出浑身力气，尖声大叫。

快把艾茉莉的耳膜震破了，她迅速离我一米之外，做难受状："回就回呗，反正我们迟早都要回去的。"

"可是我不想回去。"我的眼圈又红了。

"两三个月以后不就可以回来的吗？"艾茉莉意识到我出问题了。

回不来了，有Boon的爸爸在，我就回不来了。

艾茉莉和我一样，一筹莫展。换成其他的难题还好解决一点，偏他爸爸爱上了一个中国女人，偏偏有这样悲凉的爱情故事，偏偏他爸爸反对，偏偏……他爸爸心脏不好。

"我觉得吧，你还是应该好好地给Boon道个别。反正回到了中国，来不来也是你说了算，何必把同样的悲伤留给他呢？"艾茉莉给我建议。

想想也是。

"最好你回国以后告诉他，受父母逼迫，不得不嫁给易晓天。"艾茉莉为这个主意嘚瑟，"既然想让他忘记你，不如下手狠一点。"

再想想也是，我离开他，违背了我们之间的承诺，愧对了那枚戒指……但还是不舍得让Boon忘记我。

"你自私！"轮到艾茉莉教训我了，"你要是真正爱他，就应该希望他拥有快乐的生活，美满的爱情，幸福的家庭。你要舍弃小我，成全大我。”

我实在是受够了艾茉莉，什么样的道理她全懂，但做起事来没一件让人省心的。但是她的话终于成了压倒骆驼的最后一根稻草，彻底断了我的念想。大义灭亲，诸葛亮挥泪斩爱将马谡，包青天砍了驸马爷陈世美。我不过是抽刀断水，又没要人命。

「爱如潮水」

Part 8

（1）有些转机，未必讨人喜欢

整整一个下午，我都坐在清迈古城的咖啡馆里发呆。

直到手机响起，Boon 打来电话，我瞪着那个电话，犹豫不决。

我深深地吸了一口气，接通了电话。

“你在哪儿？”他问我，语气有些疲惫。

“Boon，我在这里也是让你担心，不如提前回去，你好好地照顾你爸爸。”我尽量让自己的语气显得不那么悲伤。

Boon 在电话那头沉默了许久，以至于我以为他挂掉了电话，接连喂了几声。

不需要再说什么理由，我知道他不会阻拦我。

“什么时候走？”他问。

“今天晚上的飞机。”我说，“机票都订好了。”

“那么，这一次是真的要送你到机场了。”Boon在电话那头也是故作轻松。

“不要送了，太麻烦了。”我说，自己有手有脚，怎么来的就该怎么回去。

“不行。”Boon很固执，“我带你去吃饭，然后送你去机场。”

Boon把我带到了Grandma’s Kitchen。这是一家名不见经传的小店，但风格独特，所以吸引了不少顾客。来这里吃饭的顾客大多数是以家庭为单位的，年轻夫妻陪着上了年纪的父母，领着活泼可爱的孩子，选一个大一点的包间，其乐融融地吃一顿饭。像我和Boon这样两个年轻男女结伴吃饭的倒是少数。

选一个临窗的中等大小的包间坐下，和他面面相对，却感觉恍若隔世。Boon细细地阅览着餐牌，我倚在长条软椅上环视周围的环境。清迈民居的风格，朴素中掩不住优雅，餐桌也是居家型的，长条形的木桌，厚实稳妥。壁厢的墙壁上挂着的应该是店主一家的照片吧。有顽皮的小男孩，有正在修剪玫瑰的爸爸，也有正忙碌在灶台前笑得和善的妈妈。家，对于我来说，是一个既遥远又贴近的名词吧。

Boon点好餐，捧着玻璃杯看窗外的景色。从这里看出去，清迈的景色尽收眼底，是他再熟悉不过的，清静中又不失温情，庄重中蕴藏着平易近人的魅力。只是今天，有我在身边，这景色多了一层魔力，说不清的，让他前所未有地放松，平静，他用四个字来说，叫“托付终身”。

我不忍心反驳他，也不忍心破坏他的感觉。尽管他说一句“托付终身”，是为了不让分离的气氛显得那么悲凉。但我也知道，他不见得真的快乐。

菜很快就上来了，是泰国式的法国菜，简单清爽。“珊珊，菜是我随便点的。你吃吃看好了。不知道和川菜的口味是否一样？”Boon把加了朗姆酒的芒果汁倒进我手边的杯子里，“你要赶航班，来不及吃饭的话可能会胃痛。”

我抿起嘴唇轻轻笑了一下，眼睛里水汽氤氲。拿过芝士焗的花蟹，仔细地去壳，把蟹壳下的拌了青豆和海参的蟹黄取出来放进左手边的盘子里。又一鼓作气与蟹钳做斗争，不一会儿，盘子里就堆满了红白相间的蟹肉。Boon喜欢吃花蟹，可是又怕麻烦，没有办法只得把蟹肉取出来送到他嘴边。

Boon用纯棉的餐巾仔细地擦干净双手，面前放着切片的芦荟和三文鱼，配套的是一碟甜辣酱和一盅酸奶。不用问我，他把芦荟摊在面前的盘子里，自然地就把甜辣酱均匀地涂抹在芦荟上，再铺上三文鱼片，最后细细地卷起来，放在盘子里。

墨西哥玉米饼躺在乳白色的瓷盘里，牛奶麦片粥里漂浮着朵朵黑莓粒，在袅袅的热气中我把堆着蟹肉的盘子放到Boon面前，Boon把放着芦荟鱼片卷的盘子缓缓推到我的手边，晚餐开始二十分钟了，我们俩谁都没吃一口。不约而同地意识到这个有些戏谑的场景，两个人忍不住地相视而笑。原来默契是不约而同的事情。

这餐晚饭吃得不紧不慢，快要结束时，胖乎乎的老板来问要什么甜品。我说：“我要一杯水果缤纷冰激凌。”Boon说：“我要一桶香草草莓冰激凌。”

刻意地回避，越是临到关头越是不愿意去提分别的话题。

服务生送来冰激凌的时候，一个小男孩绊倒在包间的门口，我和Boon赶忙跑过去扶。那男孩很可爱，是混血儿吧！粉嘟嘟的小脸上一双褐色的眼睛。Boon蹲下身，柔柔地抚摸小男孩褐色的头发，帮他擦去眼角的泪花。我拿过那杯水果缤纷冰激凌，一小勺一小勺地喂那孩子吃下去。孩子吃着冰激凌，刚才的疼痛早已抛诸脑后，小脸上蹭得到处都是冰激凌。我和Boon用手指为他擦去冰激凌，笑得温柔从容。向侍应打听了孩子所在的包间，送他回去。Boon抱着孩子，我走在旁边，时不时地伸手逗弄小孩，包间里溢出的暖黄色的灯光投射在我们的身上，仿佛如假包换的一家人。

再次回到包间，重新坐回各自的位置，心里感觉到了悲凉的气氛，像是挥手告别金秋的银杏树，等待着严冬的到来。Boon递过冰激凌的勺子，“珊珊，没办法了，只能我们俩吃一份了。”

我尽量笑出如冰激凌一样甜美的笑容，张开了嘴。

不知道以后还能不能再见。或许经历了岁月的洗礼还没有忘记对方，应该是还能见到的吧。然而到那个时候，Boon大概已经为人父，我也为人妻了，对我们年轻时的爱也只能怅然若失了吧？我们隔着千山万水，万水千山，没有人知道将来会发生什么。输是爱情的命定论，幸运的我找到特别的你，只是我们都忘了，爱情本身已经输给了时间，输给了境遇。

清迈的阳光还是那么明亮，大大小小的佛寺依旧金碧辉煌，素贴山安静地躺在那儿，无端地让人安心。还有清迈的古朴民居，朴实无华的颜色在阳光下依然让人心动。

“珊珊，你看，那每一个屋檐下都是一个家。”Boon颇有磁性的声音像精灵一般在夜空中盘旋。

“是啊！有家的感觉真好！”我点头。

Boon偏过脸，正好对上我的眼睛。“珊珊，不要哭。你知道我不喜欢你哭。”

也许，是在你清澈的眼睛里，我看到了湿润的自己。我曾经迷失在清迈微醺的夜风中，曾经彷徨，曾经无奈，曾经退缩，但当我踏上这片土地，遇到了你，我找到了回家的温暖。清迈是一座爱的城市，我在这里找到了生命中最重要的东西。从今天开始，我会把最珍贵的东西都留在这里。

要对清迈说告别了，要对Boon说告别了。

应该说再见，可是，彼时已无法再见。

泪水已然决堤，我不敢看车窗上Boon的脸庞。我把胳膊架在车门边的扶手上，把头深深埋在自己的臂弯里，终于哭得像一个孩子。我不知道为什么眼泪会这样汹涌，只是觉得心疼，疼得想哭。

“你还记得吧？我问过你，知道我喜欢你什么吗？其实早在珊珊刚迈进Sky Bar的时候，我就看到了。你穿着漂亮的小洋裙，有一双很漂亮的大眼睛，还有一张惶然失措的脸……我感觉到了自己的心跳加速，这种感觉从来没有过。后来，你起身去了卫生间，我尾随你，我在背后看着你，我看不到你的表情，不知道你在想什么。可是，我可以感觉到，感觉到你的存在……”Boon的声音有些哽咽，抽鼻子，继续说下去，“后来知道了你的不开心，我想要是能帮到你，能替你分担一点就好了。不过，我可真的没有想到，珊珊也会爱上了我。”

Boon说到这里，伸过手轻轻抚在我的背上。我微微地颤抖了一下，他手心的温度透过薄薄的衣料传过来，一直传到心脏，此时是人生中最动情也最悲伤的时刻。

不管有没有回应，Boon自顾自地往下说：“所以我就有了一个梦想，我想给珊珊一个家。因为珊珊说她从来没有感受过家的温暖，父亲的疼爱。那么，就让我做一个合格的丈夫，给她一个完整的家。如果以后我们有了自己的孩子，我就可以当两个孩子的爸爸了。”

我觉得嘴里咸咸的，涩涩的，手臂上湿了一大片。

“你说，这样好不好？”Boon鼻音更重了，声音也有些颤抖。

我扑进了Boon的怀里。他把车停在了路边上，揽得我更紧：“本来不想告诉你这些，女人都说太爱献媚的男人不靠谱，只要我照着心里想的去做就对了。可是，你今天要走了，我真的舍不得。”

是啊，Boon，你总是做的比说的好。今天你说的话比平时多了那么多，难道你有预感，知道我离开你以后再也不会回来了吗？不管怎么样，你的话像春风，一点一点吹暖了我的心。可是，那字字句句也像针一样，往我的心尖上扎，扎得我痛不欲生。

（2）不离不弃

我不想离开你，更不想跌回那冷漠无情的世界。你知道这有多痛苦多无奈吗？尤其是当我闯祸，当我被人责骂，当我流泪的时候，谁会把手伸给我，说一句：来，珊珊，让我抱抱。谁会把他温暖的肩膀借给我依靠，让我可以安然入眠？

汽车又开始启动，离廊曼机场越来越近，已经看得到圆弧形的机场屋顶了。Boon，你可以开得慢一点，再慢一点吗？

终于还是到了，命运不可能再逆转了。

我拿下行李箱，站在路边，我们应该做最后的告别了。可是纵使有千言万语，再也无法说出口，无法表达了。

我们只是执手相看泪眼地站在机场门口，他期待很快的重逢，我期待时针停滞。

此时，电话铃声响了起来。Boon拿出电话，接听，一瞬间脸色变得灰暗无光，眼里也充满了焦急的神色。

“怎么了，怎么了，Boon？”我连忙问。

“我爸爸的检查报告出来了，医生说……”Boon顿住口，不再继续说下去。

“你说啊，到底怎么了？”我急得想跳脚。

“对不起，珊珊，我不能陪你进去了，我得马上赶回去！”Boon着急得脸上沁出了汗珠。他敏捷地返身回到车上，发动机一声轰鸣，飞驰而去。

还没来得及往唇上来个告别吻，就把孤零零的我剩在路边上了。

机场的英语一遍一遍地在播报着航班信息，我坐在候机室里，觉得不对劲。在电影《罗拉快跑》里，曼尼问罗拉，如果有一天我死了怎么办？罗拉说，不会，我会想办法。可是曼尼伤心地说，也许刚刚开始你很悲伤，但要不了几个星期就有一个绿眼睛的帅哥出现，他日夜陪伴着你，听你倾诉，最后你彻底地爱上了他，忘记了我。

罗拉问曼尼，你爱我吗？

他说，爱。

罗拉问，为什么这么肯定？

他说，我不知道，只是我肯定。

她又问，你说你爱我，那么我可不可以是别人。

他说，不可以，因为你是世界上最好的女孩。

为了曼尼，罗拉开始奔跑。不管结局是A，B，还是C，她选择的都是奔跑，跑到爱的人身边解决难题。这一场奔跑无关功利，无关失败，只是一场烈焰般的生死相许。

他们说一辈子，说永远，说真爱是海誓山盟，同生共死。

世人都渴望得到完美的爱情，把握爱情，总想有一天成为爱情的主人。但是，爱情不是数学，可以通过精密的计算得出准确的结果。当人身处爱情中，越发地觉得不可掌控。不要说面对世界，面对命运，就算是面对眼前的那个人，我们都会感到自己更加的脆弱，更加的无助和绝望。就像罗拉的奔跑，早1秒钟，晚1秒钟，结果居然会如此迥异。

冥冥中，有一只手如此轻易地操纵着我们的一切。

美国作家约翰·巴斯在他的小说《夜海之旅》中，描写一个精子在茫茫的夜海（子宫）中前行的过程。精子前行的时候，突然，精子停了下来。精子开始思考：我从何来，我向何去？我为何而去？后来，精子想明白了：我现在仅仅是半个生命。我最后的辉煌是和卵子结合，这样我们就能变成一个完整的生命。精子想到这里，精子想到自己将来能够成为一个完整的生命后，精子又开始兴高采烈地上路了。

走着走着，突然，精子又停了下来。精子想到了最终的结果。精子想道：此时此刻正有三亿个精子游向卵子，而最后，只有一个精子能够和卵子结合，也就是说：最终自己和卵子结合的概率仅仅是三亿分之一。

精子顿时感到了彻骨的寒冷。

《夜海之旅》中的那个小小的精子的感受，就如同我们每一个人在世界上的处境一样。我们是那样的微小，又是那样的无望。

作为一个人来讲，人生的过程就是奔跑的过程。我们每个人就像那个小小的精子在冲向成功的彼岸。可是，最后的成功，最终我们与卵子结合成为新的生命的概率却是三亿分之一。罗拉在20分钟内拿到10万马克，并把钱送到的可能也是三亿分之一。面对这个三亿分之一，罗拉的选择是“奔跑”，是把自己的头发染得像燃烧的红色火焰，她在钢筋水泥的城市中奔跑，拼命地奔跑。

那么我呢？

不管怎么说，至少现在还跑得动，如果到了30岁，40岁，50岁，60岁……不要说跑，可能走一走都觉得这漫长的道路太累人，而不得不停下来，得过且过。

我拖着自己的行李，一步一步地从候机厅走了出去。我避过迎面而来的人群，冲出安检口，无视安检人员的惊呼，小姐，现在已经是登飞机的时间了。

跑过机场大厅，跑出了大门，一阵热浪席卷了我。如果说当初为了一时之气，从成都跑到了泰国没能成功地嫁给易晓天，是因为我跑错了方向，跑得不够卖力。那么，今天，我也做做罗拉，为自己年轻的爱情冲刺那三亿分之一。

我搭出租车赶到了清迈的医院，左奔右跑找了半天，才看到Boon坐在长廊的椅子上。看到以前始终微笑的他手握着一张诊断书，犹如困兽找不到出路的样子，我心酸得不能自已。

他就坐在那儿，一个小时过去了，两个小时过去了，连姿势都没有改变。

直到一个医生走到他的面前，扶住他的肩膀，用泰语对他说了些什么。最后，医生伸出了紧握的拳头，上下一拉，意思是，加油，还是扛住？

Boon想露出笑容，但显然徒劳。他眼泪掉了出来，然后赶紧用手捂住嘴，害怕忍不住大声哭出来。

当最爱的女人离开了他，最爱的父亲又濒临危险，为什么不可以泪流满面？

我不愿意跟时间和岁月过招。显然，跟它们斗智斗勇只会让我白费力气。尽管时间，岁月是存在的，就像身边的空气一样，让我们赖以生存，可是，你看得见它们吗？眼前看得见的只是Boon和我自己的爱。

我走过去，默默地坐在了他的旁边。

“珊珊！”他发出吃惊的声音。

“你爸爸，怎么样了？”

“医生说……他不仅心脏有问题，还……”Boon很艰难地吐出后面的话，“得了晚期胃癌。”

脆弱的男人需要得到女人的保护。我承认在平安无事的情况下我真的是很二，但现在不是撒娇卖宠的时候。我若无其事地回答他：“没关系，每个人都会生病的，我们要积极面对。”

（3）伤心的困兽

当人生遭遇巨大的困境，意味着爱情也面临着巨大的考验。

但还有一句话，患难夫妻见真情。

中国的文化博大精深，左说左有理，右说右有理。所以要想拿道理来论证事情是对是错，完全看双方事主。

我一步一步地从现实主义走到了非现实环境中。当然，此时此刻我和Boon遭遇了比现实还现实的问题。尤其是我，即使丢掉了现实的骨髓，还套着现实的壳子。就在Boon还沉浸在父亲身患重病，后悔没有好好照顾他的悲伤情绪里拔不出来时，我已经想到治疗费用从哪儿来的严峻性。

要治疗好心脏病，安装一个心脏起搏器之类的东西，至少得花个二三十万人民币吧。那癌症呢，看清迈医院的设施设备似乎并不具备做大型手术让一个癌症重病患者复原的可能。那么要去泰国的首都曼谷，如果曼谷不行，则要考虑去欧美国家了。如果真的是这样，只有上天知道，这笔费用就是一个无底洞，让人倾家荡产都有可能。

更何况，泰国虽然是一个生活悠闲的地方，但不适合挣钱发大财。Boon这么年轻，酒店的生意也不见得好，估计也不会有太多的积蓄能够支撑下去。

一夜之间，Boon从一个虽然没有多少钱但也不缺钱的人，变成了一贫如洗的穷光蛋。而我，理所当然地成为一个以前爱钱，但现在越发觉得“爱情诚可贵，金钱价更高”的拜金女。

我多想劝导Boon放弃对他爸爸的救助。人迟早有一死，他爸爸年纪也不算小了，而我们还年轻，总不可能把人送走，然后让我们背负一辈子累死累活都有可能还不起的债务。那时候，还谈什么爱情，真如乔建民说的，贫贱夫妻百事哀。

太卑鄙了，我都忍不住想扇自己一耳光了。

蔓青和清迈小哥从清莱赶到清迈，帮助Boon照顾他的爸爸。而我和艾茉莉肩负起管理酒店日常事务的责任。或许Boon的爸爸知道时日不多，不肯做手术，现在只能暂时做保守治疗。

我意识到了一个问题，在爱情面前，我不仅得像罗拉那样快速奔跑，还得想办法四处筹钱。罗拉的爸爸是银行家，乔建民是一个富有的包工头。但是，你向有钱人借大笔款项，永远不可能。即使这个人是你的爸爸。

罗拉第一次借钱，被她爸爸赶出了大门。第二次借钱，是用枪逼着他的脑袋。第三次，还没开口，她爸爸就出车祸死掉了。而我呢，始终没办法从乔建民的口袋里掏出一分钱来。

还好，为了不丢乔家的面子，乔建民忍痛割爱地把他老婆的名牌衣服名牌包借给了我，又被命运不可逆转地带到了泰国。看着一件又一件价值不菲的玩意，我禁不住咋舌，有钱人面不改色心不跳地豪掷万金，把钱花在了虚无缥缈的东西上，却不知道这些钱可以在临危之时救人一命。

人和人确实是太不一样了，幸好穷人还有获得爱情的机会。

我小心翼翼，视若珍宝地捧着爱马仕，不忍目睹高档皮料发出的优雅光芒。以前我做梦都想得到一个这样的皮包，这意味着立马让我变得鹤立鸡群，与众不同，过着非同凡响的生活。

我找到了艾茉莉，她正在房间里拿着个牙刷，弓着个背，汗流浃背地刷马桶。我同样庆幸自己在异国他乡居然能碰上一个这么好的朋友，我们从最开始的互相埋怨、鄙视和打击对方，变成了今天的互相体贴、理解和帮忙。

“别刷了，别刷了，休息一下嘛。”我拉她起身，就是把酒店所有马桶刷完也起不了什么用，解决不了Boon的实际困难。

“你看看……”我把爱马仕递到她眼前。

“这什么?”

“爱马仕啊，就是你在飞机上看到的爱马仕啊。”

“我知道。”艾茉莉用毛巾擦干手上的水滴，点头道，“你想干什么?”

我答非所问，拉开包的拉链，继续说道：“你看看，这款爱马仕非同一般，全球一共才发售20个……要想得到这个包，下了订单至少也要等三年。”

艾茉莉明白了：“你想卖给我？”

我充满了期待地点头：“要不，你给个八万十万的拿去算了。”

“我的天啊！”艾茉莉发出一声惊叹，“别说八万十万的了，就是三万五万的也没有。你看看我这张青春稚嫩的小脸，你觉得靠我自己努力奋斗能买得起吗？”

我刚想反驳，艾茉莉眼疾手快地制止了我：“别说了，我真买不起。”

就算她省吃俭用存了个几万元，也不可能耗尽家产买一只中看不中用的爱马仕。

“好了，我看你这包也别卖了。我手头上还有2万多元，除了自己留点儿，剩下的全给你。”艾茉莉把包还给我，无奈地叹气，“我现在才后悔，当初和郑国华谈个狗屁恋爱，还不如拿他的钱稳当一点。”

2万多也只是杯水车薪啊。

我向我妈求救，当然也让人失望。我妈一个月才挣多少钱啊，好不容易存了个小10万元当我的嫁妆，也不可能这样败掉。但如果现在不给我，她的女儿可能一辈子都嫁不掉。“你少威胁我。”我妈在电话里头说。知女莫若母，她从小到大就知道我爱犯神经，说什么都不相信我。“要钱可以，把女婿带上门亲自来拿。”

条条大路通罗马，而我却只有死路一条。

“你少操心了。”艾茉莉劝我，“你能借多少钱给Boon，能做的就是让他尽量开心一点。爱情和爱马仕一样除了起点化学反应让人头晕目眩、心醉神迷，作用并不大，这玩意不就这点魔力吗？”

（4）借钱要铤而走险

两三天没有看见Boon了，不知道他怎么样了？大概吃不好睡不好，还要日夜操劳地守在病人身边。

多想分担他的烦恼和辛苦，可如果他爸爸看见我，估计病情只有加重的份儿。我只有悄悄地前往医院，悄悄地将门开一条缝儿往里瞧，看着他一勺一勺喂他爸爸吃饭，或者给他爸爸洗脸、洗脚的背影。那么一点一滴的亲力亲为，一点都不厌烦。他也曾经这样照顾过我。有时候我也会躲在医院的门口，看他跑上跑下的拿药煎药，和医生讨论病情。

他头发长了，胡子满脸了，神情疲倦了，眼神也黯淡了。

Boon，你不会怪我吧？你提出让我们一起去医院的时候，我打断你的话，借口说酒店太忙，没有时间。你没有再多说什么。也许你认为我不想照顾病人，嫌这个太麻烦。但我只是不想让你爸爸看到我，我的出现只能加重他的病情。

远远地看见Boon和蔓青坐在医院花园里的长椅上。我本能地闪到了椅子背后的一棵树下，躲了起来。不过几天的工夫，我已经练就了一身间谍的本领。

他们的谈话清晰地传了过来。

“不能再耽误病情了，要尽快让伯父去曼谷做手术。”蔓青说。

“我知道，我这几天都在尽力地说服他。”Boon回答她。

“大概要花多少钱?”

Boon沉默。

“钱的事情不要太担心，我和leo会和你一起想办法的。”

Boon摇头，继续道：“你们也不宽裕，上有老下有小的，就不要担心这件事情了。”

轮到蔓青沉默了。这是现实，她也知道自己和清迈小哥帮不上大忙。

几分钟之后，Boon打破了沉静，说道：“我打算把酒店卖掉……我爸爸的病，不是一点钱就能解决的。”

蔓青吃惊的声音飘进了我的耳朵：“Boon，怎么可以！那是你爸爸和你妈妈的心血……更何况，这也是你未来的事业。”

Boon长长地叹了口气：“如果我为了自己放弃了爸爸，这一辈子都不会心安。而且对于现在的我来说，他才是我最值得拥有的人。”

“那……珊珊呢？”蔓青问。

“我相信她会理解我，同意我的决定。”

我感动得眼泪都要掉出来了。虽然我嘴巴上天天说爱钱，没有钱人生就是无趣之类的话。但真正遇到面临金钱和爱情两难选择的时候，我最终还是选择了后者。没有了钱，我们还可以靠自己的努力继续挣。如果没有了爱情，就算有再多的钱生活也会变得空虚苍白。这是我在素贴山上领悟出来的真理。

但是酒店不能卖。酒店不仅是Boon他爸爸和妈妈的爱情见证，也是他和我的爱情见证。他说过的，要让珊珊小姐看到他的努力，要给珊珊小姐准备更多的嫁妆。不知道什么时候开始，Boon也踏上了从一个无为青年变成商业精英的路途。在我们相处的这段时间里，他买了很多关于酒店管理的书，甚至打算去参加一些高级酒店管理的培训课程。这些细微的变化，我其实都知道，都明白。

我一定要想办法，不能让Boon把酒店卖掉。

放低自尊，压下身段。易晓天说要是没钱了，他立马给我打卡上。

“哎呀，居然主动给我打电话，这太阳咋从西边出来了？”易晓天好像还未清醒过来。

“我生病了，很重的病，我需要钱。”我懒得和他闲扯，直入主题。

“什么病？白血病，心脏病，还是晚期胃癌？乔珊珊，别逗了你。你要真病了早哭天抢地地回来了，还会找我借钱？”易晓天有谱到不相信我，顿了顿，又说，“不是吧，乔珊珊，你不是被个小白脸连财带色骗了个光，连回家的路费都没有了吧？”

“是不是你发照片给我的那个？”

什么小白脸，人家是标准的巧克力肤色。

紧要关头，我扯起虎皮做大旗："易晓天，我找你借钱也是人命关天，到了不得不急迫的时候了。我拿我爸爸做保证，只要我一回到中国，立马把钱还给你。"

"说吧，要多少?"易晓天还是漫不经心。

20万元，50万元，还是100万元，我的手心握着电话全是汗："你能借多少?"

"5000元，够买一张机票回来了吧。"

我立马放声大哭，上气不接下气："易晓天，你要是不救我，我就死定了。"

连续哭了五分钟，易晓天终于认真了："你快别哭了，到底出什么事儿了?"

横竖都是死，不如死得干脆一点。我一把鼻涕一把泪把事情的来龙去脉讲了出来。

易晓天在电话那头听得不可思议："乔珊珊你可真了不起啊，简直有节有德可以立烈女牌坊了。怪不得我爸非要让我娶你，说你就是一个重情重义能吃苦的好女孩……"

现在总该信了吧！易晓天的话让我想起当时见到他爸的情形了，煮饭洗衣服打扫卫生，统统包干。这话也不是我多委屈，我小妈总是指示我干这干那，把我当成女佣来使唤。要不是乔建民介绍我是他女儿，易晓天的爸爸还压根不信。不愧是老江湖，一眼就看到了我的本质。

"你说当时要是穿朴素一点儿，我可就信了我爸的话了。偏巧你穿成那样，跟个娇生惯养的富二妹有什么区别……"易晓天好像有点后悔了。

后悔也没有用，我爱上别的男人了。

行，易晓天答应先借20万元，再多暂时也抽不出来。不过有个条件……

难道结婚?

“结婚倒不用。”易晓天嘿嘿笑，指望着我把这钱还上的可能性不大，“白毛女卖身葬父成经典传唱，如今乔珊珊卖身救夫也是天经地义的事了吧?”

犹如晴天霹雳：“易晓天……你……趁火打劫!”

“等会儿把钱打你卡上。”易晓天懒洋洋地挂了电话。

现在都什么年代了，轮不到我犯傻。先把他的钱骗到手再说，反正没写保证书没签字据，到时可以翻脸不认人。我就不信回到中国后，他非要逼良为娼。

「左右为难」

Part 9

（1）遇见困难要拔刀相助

也许爱情面临的考验还远远不止这些。金钱不过是其中之一，还有时间。对方身心疲惫，抽不出空来像以前那样的百般照顾你，你感到被冷漠，被忽略，不够被重视，然后你就开始胡乱地猜想，他不喜欢我了吗，不爱我了吗？接下来你会心生埋怨，对方也会为你的胡搅蛮缠、不理解而大为恼火……于是，感情渐行渐远。

人们讴歌爱情是因为它的美妙，烦恼爱情是因为它的无法掌控。原来美妙和烦恼是爱情火车的两条轨道，缺一不可。也许，烦恼更是推进爱情飞速前进的动力。只是人们太害怕烦恼了，不愿意去面对。

回国的时间开始了倒计时，我相信Boon比我还清楚。他照顾他的爸爸我没意见，甚至打算卖掉酒店我也理解。可是为什么他不肯见我，不发短信不打电话给我，甚至我明显感觉到他的逃避。他即使回到酒店，也是洗漱一下换件衣服就匆匆地离开。

他真的忙到忘记还有一个我在他的身边吗？

前后的差别太大了，我想不出来这是为什么。

就连易晓天也是如此。明明是个不着调的花花公子，却在关键时刻慷慨解囊，除了油腔滑调开几句玩笑，甚至不怀疑我是编造了一个感动人心的爱情故事骗走他的钱。当我去查卡，简直不敢相信自己的眼睛，取款机屏幕上的数字凭空地多了一串零。

房间里的电话响了，前台的清迈小美女说："珊珊姐，Boon少爷回来了。"

"在哪儿？"我赶忙问，小美女如今已被我的爱心收买，成了我的Boon追踪器。

"他回房间了。"

我放下电话，冲到了Boon住的地方。站在门口，只见他默默地在收拾日常衣物和洗漱用品，屋里有瓶瓶罐罐碰撞发出来的声音。

在拿起一张照片时，他停下了动作，看着它出了神。那是我和他在华欣海边的照片，那时的他穿得西装革履，我穿着曳地的礼服靠在他身边微笑，一脸的幸福，手上的戒指在阳光下璀璨生辉。

我知道，这会儿的Boon一定不想多谈，即便想也不知道从何谈起，因为他自己的思绪还未整理清楚，还需要时间沉淀。而和别人分享心事的过程，就是一个发酵的过程，在一个人的情绪完全沉淀以前，是很难发酵的。但是这几天以来，Boon却像是一抹幽灵，让我感受不到他的存在，只是偶尔能嗅到盘旋在酒店的忧伤气息。从这一点来讲，他太像他的爸爸了。当他们不肯面对现实的时候，比哈姆雷特都还要钻牛角尖。可是我不能再继续忍下去了，也没有时间让我再宽容大度地理解下去了，我觉得自己都快要爆炸了。

当Boon挎着大包出了门，发动了汽车准备离开，我以百米冲刺的速度冲了出来，及时地在汽车前方刹住了脚，伸出双手挡住了他的去路。

Boon吓了一跳，从车窗里探出头来："珊珊，你不要命了！"

我比他的声音还大："我快让你逼疯了！你这么多天像个倒霉鬼一句话都不说！走，我要跟你去医院……"

我要亲自对他爸爸说，我爱Boon。比起以前他气宇不凡的样子，我更爱他现在眉头紧锁的忧愁。

Boon下了车，语气却很无奈："珊珊，你知道我很忙。"

忙。所有变心的男人分手前的借口都是，我很忙。

我二话不说坐上车："为什么要躲着我？"

如果换成了牙尖嘴利的人，两个人保准要吵起来。现在的我心烦意乱，找不到出口也找不到方向，就像压在高压锅里的爆米花，一松开口，就会砰的一声飞溅一地，看他怎么收拾。

更生气的是，Boon行尸走肉般的言行让我找不到发泄的出口。

Boon明白我的感受，说道："对不起。"

我还是不爽："每次遇到大事小事，只会说对不起。你到底是不是男人啊，能不能说句真话给我听啊？"

Boon喃喃说了出来："珊珊，有件事儿我想告诉你……"

"说啊，什么事？"

犹豫半晌，他说道："你也知道，我爸爸的病必须得医治，需要很长的时间……还需要，很大一笔钱。"

"嗯。"我点头。

"我……打算把酒店卖出去。"Boon吞吞吐吐地把一句简单的话说完了。

心里一颗大石落地，刚才的怒火瞬间烟消云散。我以为他会说，对不起，珊珊，我们分手吧。

这才是天降大祸，卖酒店算什么大事儿啊！

“我们还没到山穷水尽的地步，”我说，“不是可以筹点钱吗？”

Boon摇头：“这不是小数目，何况我不想拖累别人，让别人为难。”

我把自己的卡和易晓天的卡拿了出来，加起来也近40万元了。虽然这些钱可能最终救不了他的爸爸，但解燃眉之急总是可以的吧。然后，我们再想办法。我不是别人，我是他的未婚妻。

Boon相当吃惊：“你哪儿来这么多钱？”

他不愿意借，只有我开口了。

Boon太了解我：“你找易晓天了，是他给你的？”

我听着这话不舒服，什么是给我的，是我找他借的。当然，就如艾茉莉说的看这年轻稚嫩的小脸蛋，需要多长的时间才能偿还得起？

Boon盯着两张卡，很久不说话。是在思忖如何用更好的措辞来拒绝我的好意吗？还是说想着用什么方式来表达他的感谢。最终，他说：“珊珊，我要把爸爸带去曼谷做手术，这几天不会回酒店了，所以……所以抱歉，不能送你了。”

我展颜一笑：“没关系，你爸爸的病更要紧。”

Boon低下了头，眼角隐约有泪花闪了出来。

我轻轻抹去他的眼泪：“不要担心，我很快就会回来的。答应我，不要卖掉酒店。这是你留给我的唯一坐标，有它在，我就可以找到你了。”

这么煽情，把忧伤无助的Boon感动了。他伸出手臂，抱住了我，紧得几乎让我窒息。

“珊珊，原谅我。”他又开始了道歉。

我相信以往的任何时候，我都没有现在这样有勇气和决心：“Boon，相信我，不管发生什么事情我们一起面对，好吗？”

Boon没有问我，就算一贫如洗你都可以爱我吗，可以和我在一起吗？这件事说到底是和女人无关，和他自己有关。如果这个男人变得一贫如洗什么都给不了你，你猜，他是说1，2，3的理由，还是3，4，5的借口……

(2) 出乎意料的原谅

艾茉莉也被感动了。不是被我大义凛然地对Boon的出手相助，也不是Boon为了医治爸爸的病让自己变得一贫如洗。是易晓天让她感动了。

年轻英俊，多金多智慧，为人还仗义大方。这种男人上哪儿找去？

但易晓天是一个花花公子。

天下哪一个男人不花心？你找个没钱没势没地位的男人，不一样会找理发店的洗头小妹儿？而像Boon这样好的男人，太过于把感情放在女人身上，注定了他们的事业不会太辉煌，也注定了在需要钱财才能解决的问题上，他们会一筹莫展，甚至不得不向女人求助。

这太伤好男人的自尊了。

说起来艾茉莉和易晓天倒是挺配的。她与其尽找些东飘西荡无根的浮萍，不如找易晓天这种虽然有些花心，但也是有根基的男人吧。

“算了吧，像他这种不知道见过多少美女的人，未必能把心思用在我身上。”艾茉莉说。

话题又扯回来了，要想把心思用在你身上，只能找一个好男人。大抵这都是女人的毛病。找到好男人的时候，嫌弃人家没有挣钱的能耐。找到有能力有钱的男人的时候，又怨恨人家没把心思用自个儿身上。古人云，月有阴晴圆缺，人有悲欢离合，此事两难全。

我们要离开清迈了，时间不再倒数，而是近在眼前。就在要离开清迈的前一天晚上，Boon从医院赶了回来，默默地帮我收拾行李。在这近一个月的时间里，我把衣物放进箱子里，拿出来，又放进去，又拿出来。告别也说了，再见也说了，轮到真正要告别和再见的时候，居然不知道说什么才好了。

我只是很贪婪地看着他的一举一动，想着这个人很快就不能触摸了，而是逐渐变成一点一滴的回忆。舍不得离开清迈，舍不得离开

Boon，舍不得丢掉这里的甜蜜与心酸。

不是有人说过吗，思念让一个人变得忧伤和无所适从。

“Boon，以后你会到成都来看我吗？”我试探性地问他。

“现在一时半会儿走不开。”Boon低着头，背对着我继续整理我的衣物。

我有点失望，我知道他现在走不开，我想问的是，他想去中国和我一起生活吗？这才是我想要的答案。

“那……我可以回来看你吗？”我不死心，继续问下去。

Boon抬头看我：“现在不行，我爸爸的病需要我日夜照顾，我担心陪不了你。”

我点头，他说的是对的。

“要是钱不够，你打电话告诉我，我再想想办法。”我说。

Boon脸上闪过一丝忧伤：“珊，你已经尽力了。这件事你不要再管了，相信我会处理好的。”

“我希望你爸爸能够很快好起来，我想让他当我们的证婚人。”我这样说，算是一种期待，也算是一种祝福。

“这个铜像，你是不是要带回去？”Boon把泰国神像举给我看，“太重了，要不我给你找个木箱子装起来，邮递回去。”

“不。”我摇头，“送给你了，让它保佑你们父子平安快乐。”

“谢谢。”Boon把神像放在一边，继续忙活。

“Boon，”我的声音提高了一个八度，“我的问题，你还没回答我。”

我听到他轻轻地，不由自主地叹了口气，然后停下了手上的动作，回转身看我，表情有点复杂。

“傻瓜，总有一天我会去找你的。”Boon把答案揭晓。

我忍不住了，走上前揽住了他的腰，把头靠在了他的胸前。他的身上有柠檬的清香，还有淡淡的汗味，我用牙轻轻地咬他的肩膀，唯有这样，才能确认自己真正拥有着他。

“走吧。”许久，Boon才对我说，“我爸爸想见你一面。”

我惊讶地抬起头，脱离了他的怀抱：“什么？”

“他知道你明天要回去了，让我带你去见见他。”Boon再次重复。

简直让人欣喜若狂，原以为只能不告而别，谁料想到Boon的爸爸突然改变了主意。我想穿得漂亮一点，给他爸爸留下美丽的印象，又觉得穿太艳丽见病人不合适。折腾来折腾去，Boon看着都眼急，就我这状态一点儿都不适合做一个贤妻良母。

要做贤妻良母的话，他就应该找一个泰国女人，没有比泰国女人再温柔贤惠的了，就连日本女人都望尘莫及。

第一次获得首肯进入病房，见到了多日不见的Boon爸爸。他瘦了，精神也枯萎了，但依然面容整洁，穿戴整齐。这都亏了Boon不辞辛劳地日夜照料，而我发现，他眼神里居然多了我从未见过的安稳和平静。

“来，珊珊，过来。”Boon的爸爸伸手招呼站在门口迟迟不敢进去的我。

走过去，Boon很迅速地拖了一张椅子放在病床面前，和我落座的时间分秒不差。

回头对他微微一笑，温情的男人总是把细节做得恰到好处。

“珊珊，你会不会怪我？”Boon的爸爸说话了。

不，为什么要怪他？说他的顽固不化，还是说他已经过了理解我们的年龄？

“Boon已经把你的一切告诉我了。原谅我，爸爸有时候太固执，不知道你们年轻人的爱情，你们可能比我们更知道怎么把握。”

我想的却是，如果没把那近40万元真金白银拿出来，可能感动不了天，感动不了地，感动不了佛祖感动不了上帝，更感动不了Boon的爸爸看到我的一片真心。

但这个不重要，只要他的病好起来，我和Boon能在一起，钱算得了什么？

“我已经老了，可能已经看不到你们结婚，生儿育女，然后把他们抚养成人了。我回想自己的这一生，有太多的一意孤行，也做过太多的错事，可惜今天已经没有办法弥补。我想过了，只要Boon快乐，选择他喜欢的女孩，只要你们能在一起就行了。珊珊啊，原谅爸爸曾经劝阻你和他在一起，是我的不对。”

我忍不住抽泣起来：“您不要自责。正因为我理解您的苦衷，所以当初才会一口答应离开Boon。但是我要感谢上天，感谢佛祖感谢上帝，更要感谢我自己，没有在Boon最需要帮助的时候离开他……”

Boon的爸爸把Boon的手拉过来，和我的手交握在一起：“Boon，珊珊是个好女孩，你要珍惜她。”

Boon低下头，握紧我：“你放心，爸爸，我会的。”

我记得那天Boon的爸爸说了很多，说起他如何和Boon的妈妈在一起，如何共建了那所酒店，如何生下了Boon把他带大，然后他妈妈又是如何在去世之前要Boon的爸爸答应她，一定要让Boon快乐地成长……最后，他爸爸感叹尽管生他养他成人，但并没有理解到真正能让Boon快乐的是什么。

“你不在的这几天里，他总是发呆，魂不守舍……也只有在看到你时才会眼睛一亮，微笑。”最后，他爸爸说道。

绝天地，尽人事。Boon的爸爸知道自己时日不多，无法再和他互相依偎和照顾下去，唯一能给Boon的祝福就是希望他能选择一个爱的人朝夕相伴。她是中国人也好，泰国人也好，在这个时刻已经不需要再坚持下去了吧。

深夜，我们从医院出来。清迈的天气很少下雨，今天却突然下起了大雨。如果换成了我和他在机场分别的场景，我一定觉得这场雨下得太不是时候。但是，我突然想起中国的那句古话来，人生有三喜，金榜题名时，洞房花烛夜，久旱逢甘雨。

压在心中的大石得到了解脱——缓解燃眉之急的钱有了，反对的人也理解了我，危难之刻也看见了自己到底有多爱眼前的这个男人了。但是Boon一直沉默不语，气氛压抑到我有了想跳车的冲动。我不明白为什么他还是那样的心事重重，比我们分别的那时候还要显得忧郁和沉闷。

雨越来越大，哗啦啦地一直下着。我打开车载音响，里面正传出温柔婉转的泰国女歌手的声音。

“她在唱什么？”我偷偷地瞄了一眼Boon，打破了车里的沉寂，不想气氛变得这么沉重。

“大概的意思是……她想告别自己最亲密的爱人。”Boon回答我。

“这首歌唱得可真不是时候。”我故意说道。

“要不，换一首？”Boon眼睛直盯着前方的路。外面不过是白茫茫的大雨，清迈再美的景色都被遮挡住了。

“听说你们每个泰国人都能歌善舞，我还没听过你唱过歌呢，要不，你唱给我听听？”

Boon低低的男中音在车厢里轻轻地哼唱，泰语的语调抑扬顿挫，宛若夜莺在百川千林中飞翔，撒下一路的婉转和哀愁。可以想象待我再回来时，Boon身着他们传统的服装，跳着传统的泰国舞蹈，倒上一杯美酒和我共饮。那样的良辰美景，必然是经历过悲欢离合的人才别有一番滋味上心头。

歌声停了，又恢复到了沉闷的氛围中。我还沉浸在忧伤的歌词里，Boon却不知道在想什么。大约过了几分钟，他打破了沉寂：“原来，我爸爸曾经劝你离开我。”

“是。”我点头，“我不想让你为难，本来已经打算回去的。”

“那么，为什么要回来？”

我说：“因为罗拉。”

“罗拉是谁？”他问。

如果他没看过这部电影，解释起来就太麻烦了。我只能说罗拉代表人类最向往的爱情，代表人类的努力和坚持，代表永不放弃的冲劲。或者说，罗拉只代表了一部电影？

也许什么都代表不了，仅仅只是我想回来，不愿意离开他。

Boon并不打算对这部电影做仔细的研究，他继续未完的话题："我爸爸说得没错，可能……我给不了你想要的幸福。"

这是什么话？我心里一咯噔。他爸爸明明说的是，我是他遇到的最好的女孩，他应该珍惜我。

"我以为我能做到……但是……"

不要有但是，我心里发出一声惨叫。我不想听他说，但是我现在没有能力给你这一切，所以感到了内疚和难过。于是，我干脆打断了他的话，说道："但是明天我就要走了，所以今天想开开心心、快快乐乐地和你告别。可以吗？"

Boon转头望向我，我又看见了他清澈的眼神，眼睛里有着暗暗的血丝，下巴泛着胡茬的微青，嘴唇因为熬夜变得有些干燥。

他望向我，似乎在斟字酌句："对不起，珊，我不想耽误……"

"Boon！"我大声叫了起来，阻止他把话说下去。

突然车子一个急刹车，我因为惯性往前一冲，差点撞上前挡风玻璃。定睛一看，一个骑单车的倒在我们车前。Boon用手猛拍一下方向盘，轻声骂了句："Shit！"打开车门走了下去。

从来不发脾气的Boon也有失态的时候，我瞬间冷静了下来，坐在座位上看他。他把人扶起来，双手合十向对方道歉。对方好像并没有什么大碍，同时用合十礼对他说了什么。最后，对方骑上车离开了，没有我想的那样，对方蛮横无理非要找他赔付医药费。

Boon还是站在原地没有动。雨就像针尖一样落在他的头上，他的身上，或许还落在他的心上。可是他全无感觉。

仿佛过了一个世纪，我在车上东张西望，没有看到任何可以挡风遮雨的东西。我下了车，走到他的身边。我听到了他急促的呼吸，感觉到他双臂箍得我很紧，他的头伏在我的头上，终于哭了出来。

每个人都有难过的时候，有人说，男儿有泪不轻弹，只是未到伤心处。

我明白，Boon。你和我一样，从小都是缺失爱的人。我自幼父母离异，父亲给不了我想要的幸福。而你，母亲过早地离开了你，让你体验到人生的辛酸和哀愁。如今，最爱你的人或许也将离开你。但是，不要担心，Boon，你有我啊。你不是说过，你要当两个孩子的爸爸吗？

我相信你是一个合格的丈夫和一个优秀的爸爸，我们会有一个完整幸福的家庭。

因为我遇到了你，我相信在这个世界上没有人比你更好。

难道你比我还没有信心吗？

Boon回答我："除了能给你我全部的爱，我什么都没有。"

我不得不说，Boon虽然没去过中国，但太了解中国的行情了。对于大多数中国的女人来说，她们想要一个完美的男人。

尽管她们不知道完美是什么。

但终有一天会知道。如果时间和岁月允许她们沉沦，允许她们成长，允许她们在百转千回之后还能看到那个爱她的人。

除了珍惜眼前人，什么都不再折腾。

（3）启程回到了中国

清迈的四月到了。

这意味着即将到来的狂欢时节。据说清迈的泼水节是泰国最热闹也最有气氛的节日，不但能欣赏到百变花车巡游，浴佛游行，堆沙佛塔，而且这个时候每个家庭都要举行为长辈洒水的仪式。混合香水和鲜花花瓣的清水由晚辈缓缓洒在老人的手里，以吉祥的方式表达对老人的爱与尊敬，并祈求从老人那儿得到祝福。

已经等不到那个时刻了，我和艾莉莉不得不踏上了回国的路途。仿佛瞬间我们已到了机场，只有路上见到的广告词还留在脑海中："时间总是让我们找到最珍贵的东西，即使它已经远去。”修长纤细的手指隔着落地玻璃缓缓地抚摸着，恍若指尖触碰到的是一件稀世珍宝。无名指上的戒指嵌着细碎的钻石，划过玻璃的时候发出细微的声响，仿佛暗示着美好的未来即将到来。

我从清迈带走了因为疯狂购物而获得硕硕战果的行李箱，还带走了Boon对我的爱以及这里发生过的悲欢离合。我们从医院出来回到他的房间，一晚上我们干了什么？其实什么都没干，只是由悲到喜，由喜到悲，互相呆呆地凝视对方。至于为什么要这样，我们都不知道。可能只是为了把彼此的样子留在对方的记忆里，只有两个真正相爱的人才会像两个傻孩子，无法控制自己的情绪。

不知道什么时候，我睡着了。半夜里醒来，发现他不在身边，仔细听听，卫生间里也没有动静。我感到奇怪，走出房间，转到客厅，发现他正靠在阳台上，望着黑色的夜空，抽着烟。只见他举起手，将烟送到嘴边，又放下，然后一股轻烟从他头顶袅袅升起，逐渐散去。一时间，那背影，有些凄凉。

一定很辛苦吧？Boon。比我更辛苦吧？可惜我帮不了你。如果我是有钱人家的大小姐，又怎么会忍心看到你这样自我折磨？我唯一能做的，就是赶快回来。你要等我，Boon。我在心里暗暗对他说。

许久后，我走回卧室，躺回原来的位置。片刻，他也走了进来，从我身后紧紧拥着我，将脸埋在我的头发里。我假装熟睡，一动不动，直到最后，我们俩都真正睡去。

透过舷窗向外望去，素贴山已经化为了小小的墨绿色的一点。再往更远处瞭望，看到了曼谷碧蓝的暹罗湾，像是蓝宝石的碎屑。流云翻卷，时光飞逝，回想在清迈的这一个月，似乎是天上人间，清迈是神仙洞府，这里一日，世上已经千年。

艾茉莉心不在焉地拨弄着我送给她的项链，她似乎对泰国并不留恋，也并不盼望回到生她养她的地方。在这里没有任何期望，回去以后更是一堆的麻烦在等待着她。

“茉莉，你会做我的伴娘吗?”在飞机上，我问艾茉莉。

“会，肯定，那是必然的。”她回答我。

我笑了，能找一个知道你的爱情故事的开始，发生和全过程的女友来做伴娘多不容易啊。可以这么说，你的美好她和你一起看见，你的痛苦她和你一起分担，你的纠结她也毫不推辞地帮你排忧解难，那么到最后你的幸福，她才可以和你一起分享，这才是爱情的见证人啊。

“珊珊，我不得不说被你感动了。我原来以为你和Boon就算相爱，也不见得在危急关头非得动真刀真枪。结果，你给了全副身心不说，还把钱全拿了出来。”

“也不全是我的，一大半是易晓天的。”我没这么高尚，即使有点高尚也确实拿不出这么多钱来。

“易晓天不会喜欢上了你吧?”

不可能，就算喜欢上了我，也得问问我喜欢上他没有。这男人就是怪，动作永远比女人慢半拍。当你对他有感觉的时候，他还在看着别人碗里的菜。等你什么都不想的时候，又告诉你，其实他喜欢的是你。然后还装模作样地谴责你：“为什么不等我?”

“反正你们都是极品。”艾茉莉惊叹，“Boon也是，居然为了医治他爸爸的病，不顾一切地要把酒店卖掉。”

她双手合十祷告：“但愿……我也能碰上这样的极品男友。”

那是，不是遇上这样的极品男友，怎么可能掏了心又掏肺?

飞机准时又平稳地落地，我给Boon报了平安。他回了我短信：希望珊珊小姐快乐!

我看着这条短信有点儿意犹未尽，他明明知道我只有和他在一起才快乐。一旦离开他，等待我的只是无尽的思念与忧愁。如果是我，我会说：我很想你，期待你快回来。但在这个非常时刻，换成谁都不会有太多的浪漫。我这样安慰自己。

易晓天破天荒地没有傲气地坐在车上，而是跑到了机场出口大厅，手上高举一张纸，上书："欢迎乔大小姐荣耀回国！"

人不作，就不会死。我一把撕了那张纸。他好歹举张浅笑嫣然的美女大幅照片，让过往的行人瞧瞧，他要接的女人值得永远等待。

"怎么样，这规格够隆重了吧？我爸还说，等你回来就给你办一个本城最高档的接风晚宴，把所有的亲戚朋友都请来……"

"什么？什么？"我停下往外走的脚步，瞧他一脸的嘚瑟："易晓天，你不仅有病，还疯了是吧？"

易晓天笑嘻嘻地把目光望向艾茉莉："这美女是？"

"我朋友，艾茉莉。"我不耐烦地回答他。

"嘿，可真够漂亮的。"易晓天向艾茉莉伸出手，艾茉莉当然巧笑倩兮地回应。

你要是希望一只猪插上翅膀就能变天使，还不如希望天使取掉翅膀变成断臂的罗马大卫。

我拉开行李箱，从里面把爱马仕包拿出来，扔给他。

抵押。我欠他的钱，不管需花多久的时间才能还上，拜托别在这里给我讨好卖乖的了。反正他女友多，随便他送给谁讨谁的欢喜，和我没关系。

艾茉莉只有尴尬地笑，指指我："你别多心，她就是站个立场，表个态度。"

易晓天大拇指一翘差点比到我脸上："乔珊珊，还是你最拽！"

回去的路上我不想说话，透过车窗看街景，依然华丽纷扰。我曾经在这里吃喝玩乐，懦弱逃避，也在这里奋力打拼，可是此时，为什么我觉得自己只是这里的一个过客？财富、名利、地位都不是最重要的，最重要的是我的家啊！我把最好的一切都留在了清迈，留给了Boon……

艾茉莉和易晓天在叽叽喳喳地聊着。说在清迈的见闻，景色景点，话题一点都不着边际。终于易晓天忍不住道：“乔珊珊，给我说说在清迈的艳遇呗，那男人怎么样，比起我是不是差一大截？”

“帅，确实很帅，而且对珊珊好得不得了。”艾茉莉替我回答。

“帅又不能当饭吃。”易晓天听在耳朵里，相当的不是滋味。

“当然你也英俊非凡，最大的优势是比Boon有钱啊。”艾茉莉由衷地对易晓天拍马屁。

“茉莉，你还能不能再说一点好听的？”这话听了我可不舒服，什么叫最大的优势？他有Boon那样的温柔体贴外加深情专一吗？

“我看你们女人就吃甜言蜜语这一套。”易晓天不服气，假如有钱人温柔体贴外加深情专一的话，完全就是女人的克星，让她们前仆后继地想往幸福的火坑里跳。再说了，谁说有钱的男人做不到这些？

“这种人在世界上还有吗？”我和艾茉莉异口同声。十全十美的男人也许会有，但那是在小说里，或者在电视剧里。

“我就是！”易晓天指自己。

“易晓天，你出门的时候到底抹了多少猪油啊，油光水滑不说，脸皮还厚了不少。”面对这么无耻的人，我不得不牙尖嘴利。

艾茉莉在后座上捂着嘴巴，偷笑。

“行，行。”易晓天哭笑不得地连连点头，“乔珊珊，我再怎么让你讨厌，也总得感谢我这个媒人吧。要不是我让你去泰国玩，怎么能遇到你的白马王子？”

“还好意思提这个！”我横眉竖眼，遇见Boon是上天给我的运气，易晓天居然还以为是他的功劳。

“不省心，简直不省心。”易晓天从后视镜里瞄我一眼，“乔珊珊我对你也没差到哪儿去啊，你咋对我就这么凶神恶煞，没个好脸色的啊？”

“就是太多奴颜婢膝的女人讨好你，眼睛鼻子都不知道长什么位置了。”我说，“你这种男人，就得要凶神恶煞的女人来收拾。”

“哎呀，你们俩别斗嘴了。”艾茉莉眼看我们无止境地闹下去，出声当和事老了。

易晓天还在嘀咕：“你要这样想就对了，男人都喜欢温柔听话的女人。”末了，还顺带捎上一句：“算了，好男不跟女斗。”

我还想说，艾茉莉拿手掐我的大腿，终于忍住没出声，要不是看在他借了一大笔钱给我的面子上，非斗到底不可。

（4）人生遇到晴天霹雳

我回来了，这个家一点都不陌生。我妈生我就在这个地方，长大也是这个地方，闭上眼睛都摸得清楚东南西北。但我怎么就是看哪儿都不顺眼，房间太小，厕所太脏，客厅又太乱，全是我妈不愿意扔的报纸、矿泉水瓶子。

我妈说，这是旅游综合征。但凡旅游回来的人基本上都有这个毛病，吃好的住好的看到了美好的风景，没有压力更不会有现实，当然觉得看彼方哪儿都好，看自己熟悉的风景再美也不过如此。我很不幸地也落入了那些旅行狂徒们的感觉里，总觉得外面的月亮的确要圆一点。

很吃惊我妈还能知道旅游综合征，说实话她就是一个连飞机都没坐过的人。年轻的时候被乔建民抛弃，找了个工作含辛茹苦地把我拉扯大，几乎谈不上见过世面，只一味地低头看着自己眼前的路寻思着怎么能走得下去。

按理说，她对现实低下了高贵的头颅。我妈骂我一句：“不低头能有你今天的为非作歹？”

怎么了，我不就爱上了一个异国他乡的男人吗？

“他能给你稳定的未来和生活吗？”我妈问。

Boon是股市上的一匹黑马，只要你始终相信投注在他的身上，总有翻本的一天。

当初我妈嫁给乔建民也相信他是一匹黑马，后来的确没让我妈失望，但享福的人却不是她。

她和乔建民一辈子都没取得共识，却在我的问题上达成了一致。不管愿不愿意，一个男人连自身的困难都无法解决，他怎么给得了女人更美好的未来？贫贱夫妻百事哀。

嫁给易晓天？不要说乔建民和我妈，就连艾茉莉也会举双手双脚赞成。

“你妈说得没错啊。”我和艾茉莉跑到人民公园喂鸽子，她毫不意外地和长辈们站在了同一个立场。

“可是，茉莉，你说过想要我和Boon那样的爱情。”

“这个……是没错。但是……”艾茉莉一边把面包掰碎喂鸽子，一边塞一口到嘴巴里，吐字含糊，“珊珊，这事儿说不清楚，我就是为了你好。”

居然还底气十足地吃我烤的面包？她这是为了我好吗，有没有人问过我到底想要什么？

连Boon的爸爸都说了，他以为反对我们是为了让Boon可以获得幸福。但是Boon见不到我，连笑容都没有。

“这个是。”艾茉莉点头，“Boon是真的爱你。但是……但是，你知道爱不是一个人一生必须有的东西。”

“那什么是？”

“我也不知道。”艾茉莉回答我。

艾茉莉总不可能说。我和Boon之间是不合适的吧。

逼到她无话可说，爱是每一个女人的主题。终有一天每个女人都会发现，爱马仕不是她们生命中最重要的东西，最重要的是一个男人给予她们的爱，或者说是她们给予男人的爱。这才是人生唯一可以带走的东西。一直到死，打上印记，刻上墓碑，最终还要留一个位置给他。

这有什么错？

我这样近乎偏执的抗衡，但Boon此时却没有站在我的身边揽住我，告诉他们：她是我的女人。

他没有站出来，和我说同样的话。给予我鼓励和信心。

距离会产生美，有时候也会产生绝望。Boon，当你需要我的时候，我又在哪儿呢？

日夜的思念吞噬着我的心。这种思念不管每天打多少电话，发多少微信，说无数遍我爱你都无法得到解脱。更何况，伴随着离别的日子逐渐延长，Boon的电话和信息越来越少，有时候甚至几天都没有消息。他很忙，唯一有空的时间也是倒头就睡，他不再觉得我是最重要的了。

是这样吗，Boon？

美国心理学家约翰·格雷斯把男人突然疏远的行为称为“躲进洞穴”。如果说，女人在遇到问题时急忙找人去倾诉，那么，男人恰恰相反，他更愿意独立面对问题。这时，他只是不自然地不能分神于其他事，他的大脑和所有力量都集中在这上面。并且，你身边的男人天性越独立、坚强，越是会频繁地、持久地走进“洞穴”。

艾茉莉又站在了Boon的一边。作为闺密兼好友，她的胳膊永远向外拐，从来不打算与我同仇敌忾。在她看来，赋闲在家的两个青年有大把的时间用来做各种猜测和胡思乱想，也可以用来做无尽的思念和埋怨。她们还毫不留情地以此理由去占用别人的时间，以为人人都像我们这样有空。晚上不睡，白天不醒，还有大把时间用来坐在椅子上喂鸽子。

“不要再拿你的爱情去骚扰Boon了，他已经够烦的了。给他一段时间吧，等他把事情处理好了自然会来找你。”艾茉莉说。

如此善解人意通情达理，是因为她站着说话不腰疼。

“回来以后，我见过郑国华一面。”

“为什么？”

“约我吃饭。说当时他给他老婆下跪，是不想把事情闹得不能收场……”

还是那句话，一只猪插上翅膀也不可能变成天使。

“他打算和老婆离婚，已经开始在转移财产了。”

意思是，他想和艾茉莉重修旧好？

艾茉莉点头：“嗯。”

我一下就明白艾茉莉说的意思了，原来她也拿这个在劝自己啊。

不是吧，茉莉。你忘记了当初脸上青一块紫一块，忘记了喝醉酒大哭大闹躺马路边上，忘记了脸上泪心里疼辗转不能睡的日日夜夜？

“我原谅他了，毕竟他是我爱过的男人。但是并不代表我可以和他重新和好。”

太深奥了，我不懂。

“因为我明白了，要是给不了对方想要的生活，还不如放弃。”艾茉莉叹了口气，用亮晶晶的眼神看了我一眼。

这段时间艾茉莉说话总是如此的含混不清，不知道是在说她自己，还是在说我，总是让人听得不明不白。

“茉莉，是不是……Boon对你说过一些什么？”我满脸狐疑地和她对望。

艾茉莉迅速避开了我的眼神，摇头：“没有。我就是说，我们不要这么急躁地去希望什么，期待什么，应该让自己沉静下来好好地修炼心性。只有自己强大了，好的爱情才会到来！”艾茉莉给我打气，也为她自己。

拉倒吧，清迈那么多寺庙都没让我们沉静下来，现在回来了，天天对着天花板发呆就能修炼心性了？

（5）易晓天的嬉皮笑脸

还不如和易晓天混在一起，天天有肉吃有酒喝来得快乐。

如果不说爱，其实易晓天没有我想象的那么糟糕。只要有空，他总得叫上几个圈中帅哥拉着两个失业女青年遍大街地吃喝加买单。可见混入土豪圈有多么的重要，我和艾茉莉以前就算是睁大了眼睛，撑破了脑袋也钻不进一个富二代的圈里。现在甚至还有人捧着鲜花加甜言蜜语地开始追艾茉莉了。但她很矜持，或者说是谨慎，一不小心落个物质女的称号是再次毁名声，就算真的可以嫁，也是豪门一入深似海。

豪门公子哪儿来的爱情？尤其是现在的这些富二代，父辈们辛辛苦苦打下了天下，儿子传宗接代是天经地义。把你娶过门，就是为了让你生儿育女。所以，易晓天的爸爸对那些门当户对的千金大小姐一个都不感冒，却对我这样看上去善良朴实的女孩儿青睐有加，无外乎他觉得我听话，容易控制，能让他儿子有个安稳的后方。

他哪儿知道，我也不是省油的灯。

在老房子餐厅的包间里，我说的一番话把一桌子人逗得哈哈大笑，易晓天说："乔珊珊，就凭你这话恐怕没男人敢娶你。"

"我也没想过你会娶我。"我把他的话顶了回去。不知道怎么搞的，但凡我和易晓天见了面，忍不住要互相掐对方。

"真没有？"易晓天拖长了声音挤对我，"谁……打扮得花枝招展地出现在我面前，想讨我欢心？"

"我是被乔建民逼的！"我申辩。

"行。这事儿不和你计较了。"易晓天心怀不轨地凑到我跟前，问我，"你打算什么时候偿还我的债务？"

我把艾茉莉推到他跟前："你看这妞，白白嫩嫩就跟水蜜桃似的，怎么样？"

艾茉莉一时还没回过神来，不知道我们在说什么。

"得，你问她愿不愿意？"易晓天慢条斯理地剥开一条鲜活的北极甜虾的外壳，蘸了芥末，吞了下去。

我不敢，否则艾茉莉得把我像北极甜虾一样给生吞活剥了。

"既然你不敢说，那咱俩今天晚上就在酒店见。"易晓天皮笑肉不笑，"香格里拉还是凯宾斯基，你随便选。"

我拍桌而起："易晓天，你别太厚颜无耻了！"

艾茉莉总算听明白了，瞪着我，说不出话来。显然她觉得厚颜无耻的人不只易晓天一个。

"当初借钱的时候，你可没这样骂过我。"易晓天优哉游哉地拿起一只虾，递到我嘴边："来，吃一口。"

"我不吃生的东西！"我一把打开他的手，快要藏不住发绿的脸色了。对，那时候我是对他万般低声下气，苦苦哀求。因为人命关天，撒个谎，卖个乖有什么关系，上天会原谅我的言不由衷的。

"是啊，晓天哥，珊珊不是这样的人，你别逼她啊。"艾茉莉看这情况确实不对，估摸着易晓天再说下去，我会当烈女拿刀抹了脖子。宁为玉碎，不为瓦全。

"当时你是答应了的，怎么着，现在想反悔？"易晓天对艾茉莉的恳求置若罔闻，也当没看见我要哭的样子。

又怎么样，反正要钱没有，要命有一条。

"你想反悔也行。"易晓天的手扬在半空，还高高地提起那条企图亡命天涯，逃命的虾。

我贼心不死地把头扭向艾茉莉："要不……"

"打住！"艾茉莉的反应比我还快，痛心疾首地说道，"珊珊，你还是不是人啊？你自己惹出来的事，居然拿你的朋友当挡箭牌，亏我还在帮你说话。"

换成了易晓天目瞪口呆地看着我俩："不至于吧，还是有很多女人为了我白天不好好上班晚上不好好睡觉大发春梦的，你们两个推来搡去好像我是只不要脸的绿头苍蝇。"扭头又冲向他的几个兄弟说："你们说说，喜欢我的女人是不是比火锅店门口排队的人还多？"

几个男人不回答他，都在笑。看来他们早已经习惯了易晓天拿腔拿调的做派了。

就冲他这么自以为是，至少讨不了我的喜欢。

“算了，别假惺惺地装可怜了。”易晓天放我一马，“今天不想去也可以，但得答应对我好点儿，要是还这样凶神恶煞……”

我赶紧伸手发誓：“除了非合理的要求之外，我保证以后唯易晓天马首是瞻。”

“那你听话，把这只虾吃了。”易晓天一个从上往下的弧度，把虾子送到了我嘴巴边上。

太残忍了。不仅是北极虾命运悲惨，我也好不到哪儿去。我眼睛眯成了一条缝，一副讨好的表情张开了嘴。艾茉莉在旁边忍不住摇头。

但是虾子没到嘴里。易晓天把半死不活的虾子往盘子里一扔，忍不住笑了起来，接近于狂笑。搞得我毛骨悚然，浑身起鸡皮疙瘩，不知道他又要耍什么花招。

“珊珊，我逗你玩呢，还当真了，哈哈哈……”易晓天相当享受我几乎呆了傻了的状态。

完全是恼羞成怒，忘记了刚刚才保证要听他的话。我一巴掌挥了过去，被他生生地拽住。另外一只伸出去抓他，也被他紧紧地捏在手上。他把我向前一拉，靠近他的胸膛，我的脸离他的下巴不到一厘米。

易晓天无视周围人的存在，只想降服我这个狂妄的女人。我简直颜面尽失，努力地反抗却被他越收越紧。他的眼睛和我对视，没有如我一样的恼怒，除了因为戏弄成功显得有点得意之外还夹杂了一点温柔。我心里万分胆怯，天啊，他千万不要当着这么多人的面吻我啊。谁知道他目不转睛地盯了我好几秒钟，放开了我，说话了：“我不想骗你，珊珊，你是一个非常有吸引力的女孩。不要说是你的泰国男人，如果不是我有了女朋友，恐怕也会爱上你。”

“原来你有女朋友?!”艾茉莉惊呼出声。

“易晓天的女朋友还在英国读书，和他一样念的是工商管理。”一旁有个男人抢着说道。

我一脸的麻木，艾茉莉一脸的失望。

这男人又把头转向易晓天：“嘿，哥们，原来你是瞒着人家的啊。你也太黑了点儿吧，吃着碗里还看着锅里，好歹也给咱们留点儿。”

“说什么呢？”我又想发脾气了，这男人用哪只眼睛看出我和艾茉莉是易晓天的私有财产？

“行了，你们都别说了。”易晓天出声制止。

屋子里顿时鸦雀无声。

“这事儿是有点误会。”易晓天挠挠头，他在英国读书的时候和一个英国女孩相爱。他爸爸知道以后大力反对，非让他娶我。就是这样，被催回国的易晓天为了彻底摧毁他爸、乔建民和我的好事，听了几个朋友给他出的馊主意，找几个女人来气我，上演一出艳情戏。

他把我逼到了泰国，把他爸的高血压都气高了。我都爱上Boon了，他爸还是没松这个口。也就是说，就算把我这个心腹大患给解决了，问题还是在那儿。我不嫁给他，他爸还是要找乔珊珊第二，乔珊珊第三，但绝对不允许一个外国女人进家门。

“我女友和你一样，不爱钱，就爱我，我琢磨着也不该辜负人家。”易晓天变得一脸愁苦。

“活该。”我骂他一句。就是因为他爸发现他的不正经，才想找个乖顺的女孩儿拴住他的叛逆。

“这事儿多少和你有关系，你得帮我想想办法。”轮到易晓天求助于我了。

我能有什么办法，我自己的事情都还没搞定呢。不过，我眼珠一转：“如果这事我帮你解决了，那钱的事？”

“不急，你慢慢还，一辈子都成。”易晓天大气地把手一挥，“不是我说你，珊珊，你自尊心太强，总觉得有钱人不是什么好东西，非得和我对着干。我才打算收拾收拾你，省得没完没了地闹腾。”

艾茉莉扑哧一声笑了出来。这话大概也说到她的心里去，咱们这些穷人，尽管有时候对有钱人低头哈腰的，内心里可还真不怎么待见。

易晓天嬉皮笑脸、玩世不恭的背后却是一颗深情的心，这倒是我万万没有想到的。从这一点上来讲，我和易晓天是同病相怜。

又想Boon了。他此时在干什么，想我没有？一直忍着不给他打电话，发信息，因为艾茉莉说如果那个人爱着你，他一定会主动联系你。如果没有，一定是有他的原因。你要给他时间，等待他把问题处理完毕。

可是易晓天也爱着一个千里万里之外的人，为什么他可以在面对巨大压力的时候，毫不犹豫地选择了对抗。

世界永远不是非黑即白。当我认为易晓天是一个花心大少爷的时候，实际上他是一个深情种。当我觉得Boon是深情种的时候，也许他是一个负心人。

我打了一个寒战，抓起桌子上的电话拨了过去。

语音提示：对方已关机。

一遍一遍，对方的回答让人如此绝望。然后打到酒店，是清迈小美女接的，告知我："Boon少爷和Ray小姐刚刚出去了。"

Ray小姐，那个养大象的女人？

那么在我离开的这段时间里，Ray小姐扮演了我的角色，帮助Boon打理酒店和照顾他的爸爸？

"珊珊小姐……"

"什么？"

"没什么，我们都很想你……"小美女欲言又止。或许她想开导我几句，又觉得没这个资格。

那么，Boon没有卖掉酒店，或许是Ray小姐扮演了我的角色，拿钱资助了他？

我痛恨女人的直觉，为什么要这么准？回国以来的惴惴不安终于变成了现实。

Part 10 「等待花开」

图 / 李启友

(1) 现实是很残忍的

半夜三更，我终于拨通了Boon的电话。

“你在哪儿呢?”我语气有些不善。

“在床上。”Boon理所当然地回答我。

“跟谁在床上？是Ray吗?”妒忌之火快要燃烧起来了。

“珊，你怎么会这样想?”Boon显然对我的问话有些意外，“我刚刚从医院回来，很累，想休息了。”

“我知道你很累，我也想让你多休息，不想打扰你。”火已经点燃了我的衣服，烧到了肌肤，感觉到了痛，“但是，Boon，你有没有想过我的感受？我天天看不到你，摸不到你，甚至连电话都打不通，我怎么办？怎么办?”

“我知道，珊，我知道你每天每夜都在想我，甚至辗转反侧睡不着觉。”Boon在电话那头叹气，“我也一样。”

“你怎么可能和我一样？你天天都有Ray小姐陪。”一幕幕场景就像放电影一样，在我脑子里幻想开来。Ray陪着Boon在医院，给他爸爸炖了营养丰富的汤，一口一口喂到他爸爸的嘴里。Boon在忙碌的时候，她替他擦去一脸的汗。在酒店里的那些服务员，看见Ray就像看见以前的我一样，开玩笑似的叫她老板娘。更有可能，说不定此时的Ray就躺在他的身边，满眼温柔地看着他。

“珊，除了你，我不会再爱上别的女人。”隔着千山万水，我看不到Boon的脸是不是还如以前那般真诚。

“你敢对天发誓，说这辈子只爱我这一个女人吗？”我质问着Boon，一辈子到底有多长啊，谁敢保证今生今世只爱一个女人。我当然知道这样的提问是多么的弱智，可是见不到这个人，并不能保证风不会把沙子吹到我的眼睛里。

Boon越发觉得我胡搅蛮缠得不可思议：“你觉得，说这些有意思吗？”

我的期待落空，失声吼叫：“Boon，你要是爱上了其他女人就老老实实地告诉我，我保证以后再也不给你打电话，不再逼着你说爱我，立即消失一辈子都不见你！”

“珊，你到底是怎么了？以前你不是这样的。”Boon回答我，“你从来没有怀疑过我对你的爱。”

“以前没有怀疑过，不代表现在不怀疑。以前你经常对我说，你爱我。现在，我逼着你，你都不愿意说。以前你的电话都是24小时开机，现在居然时不时地关机。还有，以前我打一个电话，不论你到底有多忙多远，你也会很迅速赶到我的身边。现在呢，连我的短信你都懒得回。你对我越来越冷淡，不就是因为有其他女人陪着你，帮助你照顾……”我像白毛女控诉黄世仁一样，深恶痛绝地数落他。埋怨和哀伤，愤怒和妒忌，化成滴滴泪水从眼睛里流了出来。

“珊珊！”Boon终于大声阻止我，“你是在怀疑，不是怀疑，是质疑我对你的爱，是吗?”

“可能你早就打算离开我了，在我还没有回国的时候你就已经打定了主意，你别以为我什么都不知道，你骗得别人骗不了我!”我比他还大声。事实胜于雄辩。

“那么……”Boon停顿了好久好久。

“那么什么，你说出来啊，有本事你说出来!”我今天非要逼他说出实话。有什么了不起，我扮演善解人意的角色已经很久了，Boon，如果不是因为我爱你，如果不是因为我爱你太深，如果不是因为我们隔着太遥远的路途，信不信我会一耳光扇在你的脸上。你以前那么的好，衬出你现在那么的差，只会让我失去理智，变得疯狂。

“珊，我们，分手吧!”

我突然什么话都说不出来了，我听见遥远的什么地方，传来一个气泡碎掉的声音。我知道，那是我卑微的，被自尊劫持着，奢望他一如既往爱我的愿望。

电话那头也沉默着。

我想要祝他幸福，然后潇洒地挂断电话，留下一个漂亮的背影。但我没扛住，软绵绵地吐了一句话出来：“Boon，你说的是真的吗?”

“嗯。珊，其实我也考虑了很久，一直不知道怎么向你开这个口。今天终于鼓足了勇气跟你说，我觉得我们的距离太遥远了，真的很不现实。”Boon把我最后的一点希望亲自掐灭了。

挂断电话，我双膝一软，跪在了地上。

我不想号啕大哭，努力地安慰着自己，好像我可以扮演成一个经验老到的心灵777接线员。没问题的，乔珊珊，你可以撑得过去。失恋这种事情又不是没有经历过，再多失恋几回才能让女人修炼成火眼金睛，看清楚男人。要是再继续失恋个十七八回，完全就可以百炼成钢，直接劈断男人所有的真爱假意。更何况，这种事情是一个愿打一个愿挨，结局不是结婚就是分手。就这么简单，就算这个男人不爱你了，有什么好值得痛哭的，男人可以一边说爱你，一边对其他女人笑逐颜开；男人可以一边给你送玫瑰，一边送别的女人钻石项链；男人还可以一边对你宣誓效忠，一边大肆进行劈腿游戏。

我在黑夜里，把嘴巴撑大成了一个O型，只有无声的眼泪却没有声音。当然是因为顾忌隔壁房间还有一个对爱情已经绝望的老母亲，更因为我失去了Boon，失去了痛哭失声的意义。我但愿从来没有发生过这场恋爱，我还是以前的老样子。

每个失恋的女人可能都会把自己关在家里哭上三天三夜，反省自己到底哪儿出了问题。可是一段感情的结束，要么是男人变了，要么是女人变了。我不得不承认，在这段关系里，Boon变了。女人永远是感性的，男人永远是理智的。从这一点来说，男人很少在爱情里成为输家。

就拿易晓天来说，他的第一反应不是我有多痛苦多绝望，而是糟糕，钱拿不回来了。说起来倒是无所谓了，他躺在老爸的金山银山里几辈子都吃不完。但是如果被我妈，被乔建民知道，只怕我会被救护车送进医院。

“来，来，肩膀借给你靠靠。”在咖啡馆里，面对一个无助的女人，易晓天拿出了男子气概。

靠什么靠，要真想帮我，干脆娶了我算了。只要有人肯娶我，我一定天天给他烧高香祈福。

易晓天倒是很冷静地拍拍我的脸，没有办法，就算他想当这根救命稻草，也抓不到我的心。

艾茉莉静静地听我哭诉，此时开口了：“Boon不是这样的人。”

我们从清迈离开的那天，Boon找过艾茉莉，拜托她回去以后多照顾我。

艾茉莉当时就听出了他的语气不对，直接问他：“是不是打算离开乔珊珊?”

Boon有这个想法不是一天两天了，自从知道他爸爸身患重病以后，Boon已经在疏远我了。他不可能给我太多的爱，只有太少的钱。Boon没有办法给我富足的生活，这是他的无奈之处。每个女人都希望得到完美的生活，即使钱不多也不能完全没有。但是他爸爸的病，意味着他只能从头再来。他可以，但是他不愿拖我下水。

艾茉莉没有发言权，Boon击中了每一个中国女人要命的弱点。

“或许，她真的是应该嫁给易晓天。给她买名牌的包，穿新的衣服，住别墅开豪车，一辈子都衣食无忧。”Boon说到这里，眼圈都红了。

女人之所以不想嫁给没钱的男人，真正的原因是他们自卑自私不够宽容、目光短浅得过且过看不到自己的未来。但你不是，Boon，你只是遇到了一场变故。

“茉莉，为什么不早点告诉我？”

“Boon不让我说。”艾茉莉有些为难。如果不是看到我们如此误会他，只怕这个秘密她要守住一辈子。

和他忍痛对前女友放手一样，Boon宁愿我误会也不愿意耽误我的未来和前途。

我不知道易晓天说了一些什么，他是在说Boon的无比愚蠢，还是说他的勇气可嘉。

“我想起来了，Boon让我提醒你，回来以后好好地检查一下行李。”艾茉莉拍拍自己的脑袋，“是不是……”

还未等她把话说完，我站了起来，发了疯似的冲出了门，跑回了家里。我妈正在看电视剧，被弱智的情节逗得哈哈大笑。看到我急匆匆地扑进门，她被吓了一跳。“乔珊珊，瞧你这德行，进门都没个规矩！”

我扑进房间，从衣柜顶上拿下行李箱。里面空空如也，一阵狂搜，才从夹层的底部抽出来两张卡。

Boon没有当面拒绝我，他知道我不会答应。或许他只是希望随着时间的流逝，我忘记了他。

理由就是这么简单，因为他给不了我十全十美的生活。

太傻了！到底是他傻，还是我傻？自从我爱上他以后，已经不想要十全十美的生活了。而他，居然还以为我想要十全十美的生活。

未曾想到Boon做一个好男人做到了如此的地步。艾茉莉的解释高大全，因为Boon宁肯牺牲自己的一切也不愿意看到所爱之人不快乐。就算他爸爸不同意做手术，但必须让他得以存活到最长最久的时间。对于我，即使他这辈子都不会爱上任何女人，也不能自私地把我留在他的身边。

这样的男人，又怎么会把自己的幸福和快乐放在第一位呢？

“所以，你要成全他。”

我原谅了易晓天，却不能原谅Boon。就算把钱还给我，又有什么意义？我恨他在关键时刻，一点都不了解我。我恨他自以为是，不明白我对他的爱。我恨他自作主张，斩断了我的期待与希望。他没想过，就算我嫁给易晓天也只是在无限的空虚加上无限的思念中过掉一天又一天，只有无奈和叹息，又有何快乐可言？

我经常发呆地看着Boon的照片，管不住自己思念的时候拨打他的电话，但总是处于关机状态。看来他已经决定离我而去。既然如此，不管是什么原因，都不要试图挽留一个男人离去的脚步，因为做什么都是自取其辱。转眼三个月过去了，没有电话没有短信没有消息，等不到这个男人主动来找我了。

艾茉莉到易晓天的公司上班了，开始了新的生活。而我，除了从白天睡到黑夜，想不出还能干什么。其间老板给我打了电话，叫我回去上班。他夸我是导游中的翘楚，不干这行真是可惜了。他以前不是骂我干什么都要砸锅，收到消费者的投诉比谁都多吗，怎么现在回心转意了？不过说实话，如果不是因为心情比阴天还糟糕，我一定比以前做得更好。没有谁比我还明白，旅行对一个人来说到底有多大的意义。

我会告诉每一个旅行的人，也许这样的爱情不见得人人都能拥，但并不妨碍感受只有在蓝天白云、鲜花盛开的美景下才会有携子之手，誓言永生的故事发生。

爱情在这里不离不弃，想念在那儿不增不减，但是已经找不到表达的出口了。

“这男人简直没有种。”易晓天替我打抱不平。

“你倒是有种，还不是你爸给的。”我没好气地抢白他，除了我能说Boon的不好，谁都不能说。他是我心中不可触摸的快乐和伤痛。

易晓天请了他爸妈和乔建民吃饭。我坚持带上我妈。反正不是乔建民买单，请谁为座上宾也不是他说了算。再说了，她唯唯诺诺永远躲在人后，连正眼看乔建民都不敢。本来是乔建民欠她的米，连糠都没还过一丁半点儿，凭什么就他趾高气扬？

我妈翻箱倒柜，把结婚时的那件红色旗袍给找了出来，这可能是乔建民这辈子给她买过的最贵的衣服。瞧瞧那颜色，瞧瞧那款式，还有那做工，早就过时了。就因为没一件像样的衣服，我妈拒绝参加，不想给我丢人。正好，易晓天叫人把衣服送上了门，不算太贵也不算什么名牌，但是恰到好处。

“不错，不错，有女婿给我撑腰，还怕什么。”看她那高兴的样儿，我不忍心把真相说出口。

当我挽着我妈的手出现在包间门口，乔建民整个脸都僵硬了。还有我小妈，如果不是易晓天的父母在场，只怕当场就甩手而去。一看这情况，我妈胆子又小了，小声地说：“珊珊，我还是回去算了。”

我抓紧了她，抬头挺胸跨步走了进去。

不愧是场面中人，乔建民很快变成了一只笑面虎：“就是，就是，来都来了还走什么走。”

我看见我小妈用那只足有十厘米高的高跟鞋踩了乔建民一脚。

这顿饭是我这辈子听见乔建民表扬我最多的一顿饭。说我听话啦、乖巧啦、努力上进啦、朴实不虚荣从来不浓妆艳抹上夜店啦，还有孝顺，等等。他说这话的时候，我正忙不迭地往我妈的碗里夹菜。简直给足了他面子。

“我就看准了珊珊这姑娘不错，脾气好，秉性又善良。”易晓天的爸爸笑眯眯地回应着。

易晓天咳嗽一声，准备说话。我拿眼神制止了他。反正我从小到大都在得罪乔建民，这事儿得我来。

我事前和易晓天商量过，要不也学他来个装疯卖傻，在饭桌上说话粗俗大口喝酒讲点导游最擅长的黄段子，保证让易晓天的父母后悔眼睛瞎了。但这最多不过让他们讨厌我，并不见得就此可以接受易晓天的英国女友。回去后，易晓天冥思苦想写了几大页的发言稿，讲述他和女友相爱的漫长历程。这也算了吧，他们对所谓的爱情，早已经麻木不仁了。

我倒了满满的一杯酒，走过去敬易晓天的父母："伯父，伯母。你们能喜欢上我瞧得起我，我真的是三生有幸八辈子烧高香换来的福气。易晓天是我见过的最优秀的男人，他才是有能力有品位又孝顺的人，我相信未来他一定是个好老公……"

一席话说得除了易晓天，其他人都眉开眼笑。"要希望易家的产业继续发扬光大、如日中天，将来不仅在成都还要走向全国扩展海外，这个能嫁给易晓天的女人不仅得乖巧听话，还得是贤内助。能说一口流利的英语、法语和中文，至少懂5门以上的外语，还得是出名校精通企业的经营管理之道。易家媳妇的标准可一点儿都不能含糊。"

大家听着这话越来越不对劲了。刚开始的时候，易晓天的爸爸还应和我，说珊珊不愧是知书达理的人，连这么长远的未来都考虑得如此清楚。我爸是一脸的谦虚，易总你就别太夸她了……若干谦虚之后，话锋一转说："不过别看珊珊只是个小导游，平时她很喜欢读书，对时事政治之类的东西也还略懂一二。"

"是啊，是啊，我家老乔平时还喜欢下个围棋什么的，每次都是珊珊陪他。你说现在的小年轻，有几个懂围棋的啊。"我小妈也随之应和。

编吧，就接着往下编。但是……这戏也演不了多久了，我有点同情起他俩来了。要知道，人生所有的转折点都是在"但是"之后，有可能更好，也可能是更差。"但是，我，乔珊珊就是一个小导游，除了看上去乖巧听话之外没什么长处，根本配不上易晓天，也配不上易家的荣华富贵……”

“珊珊……”连易晓天都不忍心我这么往自己脸上抹锅灰的表现，想要制止我继续说下去。

我继续慷慨陈词，完全无视乔建民越来越想钻地洞的面孔。“我知道什么样的男人才是我的菜。也许我和他永远都演绎不了灰姑娘的故事，但我们可能是卓文君和司马相如，不会有太多的钱太富裕的生活。就在街市上开一个酒肆，安于清贫，自谋生计。但是，我们有共同的成长背景，有共同的想法和共同的奋斗历程，也还有我们对过去的日子的点滴分享和对未来的把握……只有这样的男人，才不会为了所谓的前途抛弃那个甘心为他付出，甘愿与他相濡以沫的女人。”

“说得好！”易晓天鼓起掌来。

不知道这番话是否打动了易晓天的父母，我的眼睛却渐渐地迷茫起来。想起不止一次地和Boon谈起过未来，美好的蓝图总是被我们勾勒得五光十色。

我妈也捂住了眼睛，大概她想起了嫁给一穷二白的乔建民的时候没图什么钱，不过是希望守着他平淡过一生。可惜的是她眼光不好，又没有足够多的智慧助乔建民一臂之力。

“对不起，伯父，伯母，为了我自己也为了易晓天的未来，请原谅我不能嫁给他。”我开始结论陈词了，转过身对着乔建民鞠了一躬，“对不起，爸爸，原谅我让你失望了。”

“珊珊，你说话可真够狠的。你没看见你爸那张脸，都要被你气得变雕像了。”送我和我妈回去的路上，易晓天说。他根本想不到我居然如此振振有词气贯长虹，不仅把他爸妈说得哑口无言，还让我爸和小妈下不了台。

我没想气乔建民，只是说了一些事实。而且，我给他道歉也是真的，我毁灭了他成为千万富豪的伟大梦想。最近他一直想接下易晓天他爸爸公司的一个工程，如今被我这么一搅和，估计易晓天他爸爸连和他签合同的意思都没有了。

“忙也只能帮到这里了，至于接下来你爸怎么接受金发碧眼的媳妇儿，你就自个儿操心了。”

“嘿，咱俩什么关系啊，还说这些。”易晓天麻溜地把方向盘一转，开进一条岔道，继续没心没肺地说，“最近，和你的泰国男人有联系没有？”

我黯然神伤地摇头。

易晓天从反光镜里看了一眼坐在后排的我：“打算放弃了？”

我没有办法回答他的这个问题。

“要不，明儿我陪你去清迈一趟。你说他这么爱你，你这么爱他，感动得我把钱都借给了你，怎么可能一个破酒店就搞得你们分道扬镳，还整天要死要活的。”

“去吧，珊珊。”我妈一直不吭气，就听我们聊，此时却说话了。

我有些惊讶，她不也是反对我和Boon的吗？

“年轻人，好不容易有个爱，得争取。”我妈说。

“对，对。伯母，你说我们一生要遇到多少麻烦事啊，如果我们遇到一点困难就逃避，就退缩，只怕谈上个百把次恋爱都得分。”易晓天在我家门口刹住了车，照样嬉皮笑脸地把认真的话给说出了口。

我默默地下了车，易晓天还在背后喊：“记住啊，明儿我来接你。”

我小声地嘟囔一句：“还真去啊？”

（2）永远不会消失的爱

再次踏上清迈的土地，景色让人记忆犹新。就连那个开车搭游客去黑店的出租车司机都还在继续招揽客人，但他显然已经忘记了我，从我身边满脸带笑地溜过，手上照样拿着留言本。

我已经不讨厌他了，他昧着良心做这件事儿，也许不过是因为要养家糊口，说不定他家中也躺着个需要救助的病人。我也不再嫌弃清迈机场太小，沿路的房子太破烂，到处都是电线杆儿。倒是易晓天不习惯，人人都把清迈说得那么好，还赶不上成都周边的一个县。

坐在出租车上看着后退的一程程街景，清迈温和宁静，让人无端地安心。突然好想Boon，想紧紧握住他的手，用自己手心的温度一点一点地把他微凉的手指焐暖，不再松开。在华欣酒店曾经承诺要照顾我一辈子的这个男人，他在哪儿？我在众人的瞩目中，在牧师的祝福下，幸福地套上了一生的束缚。Boon的酒店渐渐闯入视线，我想说，就算是来世在地狱中受尽折磨，今生也要爱得像个亡命之徒。

“Boon！”我走进酒店大堂，穿过餐厅，来到他的房间外柔声叫着。

只听到温柔的声音在空气中来回飘荡，撞击着墙壁，盘旋不去。

没有人伸开他的手臂，露出招牌笑容迎接我的到来。

“珊珊小姐。”身后有人怯怯地叫我。

我回头，是清迈小美女。

“Boon呢？”

“Boon少爷走了，不会再回来了。”清迈小美女的眼泪滴了下来。

他还是卖掉了酒店。临来清迈之前，我妈把积蓄全部交给了我。她这辈子不会花钱也不舍得花钱，然而当她了解了我的爱，便觉得这样的爱比金钱远远来得重要，期待着我可以把他带回来。他不仅辜负了我，还辜负了我妈。

“他说如果你回来的话，就把这个交给你。”清迈小美女递给我一个信封。

紫色的盛开着玫瑰花的封套，飘散着淡淡的香水味儿，是香奈儿的绿茶。

我不要看，里面全是虚伪之词。

易晓天拆开，念给我听：“珊珊，请原谅我的不告而别。也许你不理解，今天我所做的这个决定。你是我一生中遇到的最好的女人，也许此时此刻的你也不会相信。但这是事实，我曾经非常希望给你带来快乐和幸福，也发誓不让你伤心难过。但是，当你离去的日子一天一天逼近，我却越来越发现自己没有能力给你这一切。对于我来说，爱不仅仅代表给予，也代表着责任和牺牲。我不能自私地占有着你的爱，却无法给出相应的回报。我想请求你再一次原谅，我相信会有一个男人比我更爱你，给你想要的一切。对不起，珊珊。”

“没有了，就这么短？”我一把扯过信，确实不太长。

“世间安得双全法，不负如来不负卿。”易晓天无奈地一笑，“他的意思很明白了。”

即使Boon离我而去，也应该留一本读不完的书给我，至少让我打发一下漫长的孤单而又寂寞的日子。他太过分了，连这个要求都不能满足我。

“我要是他，也会这么干。”易晓天说，“男人爱上一个女人，是想把一切都给她。给不了，宁愿离开。”

“易晓天，你能不能说句人话啊！”

“啥叫人话？”

“至少也不能说这种鬼话！”我蜷缩在房间里的沙发上，把头埋在膝盖上，就像一只乌龟，不想被别人看到一张苦不堪言的脸。

易晓天把信连着信封一起递给我。既然Boon已经决定离开我了，我留着这封信来干什么？我一把抓了过来，把信撕成碎片，他想抢都来不及了。

叮当一声，有什么硬东西从碎片中跌落在地。

有个小东西滚向角落，在那儿画了一个圈，停住了。

我目光追踪过去，是一枚白金男戒。

我收回目光，看看自己手上那枚宁死都不肯取下来的戒指。曾经，它们是多么完美的一对。如今，Boon离开我还不算，连戒指都不肯戴在手上了。是的，如果他还继续戴着这枚戒指，如何去娶另外一个女人过门？就算是放在家里某个不为人知的角落，也难免不牵扯起过往回忆的痛苦。不如一了百了，干脆把戒指送还给我。如此决绝，简直是对我的一片痴心的羞辱。

我站了起来，恶狠狠地向那枚戒指扑过去。这次易晓天聪明了，我还没扑到戒指跟前，他已经把戒指捡了起来握在手中了。

“易晓天，还给我！”我大叫。我要把这一对戒指就地掩埋，还要立个碑送个花圈，写上：纪念乔珊珊和Boon死去的爱情。就算爱情死了，也要给它一个葬身之地。Boon，你可以绝情，但我不能无义。

易晓天却对我的话置若罔闻，他把戒指拿在手上，对着阳光，看到指环里面篆刻着QSS三个字母，是我名字的拼音开头。

“我觉得能给你写一封告别信的男人，不会绝情到哪儿去。”这个年代早就不流行如此浪漫地告别了，无疾而终才是一对狗男女的最后结局。易晓天看了半天，若有所思：“也许，虽然他的人是离开了，但是他把这枚戒指留给你，是希望这枚戒指能够替代他来陪伴你。而且，他留下这枚戒指，可能也是希望它能永远跟自己的女戒在一起，不是人在天边，戒指在天涯。从这一点上来说，珊珊，我想Boon是希望有一天能够和你重逢的。”

“你是侦探小说还是推理小说看多了啊？”被气糊涂了的我，哪儿能如易晓天这样慢条斯理，头脑清楚地分析，“我不想听你讲这些没用的道理，无非是为了劝慰我不要那么痛苦，我不领你这个情。快点，把戒指还给我！”

易晓天无奈地叹了口气，把戒指递给我，又说：“珊珊，我是男人，我懂男人心里头到底是个什么想法。你要相信我，留着这对戒指，对你也是一种精神上的安慰。”

易晓天最后一句话打动了我。是的，事实上我已无法和Boon在一起了，至少，它是让我唯一还能感觉得到Boon的体温，感觉得到他的气息，感觉得到他的味道的纪念品。我把戒指贴到了脸颊边，似乎感觉到Boon正伸过脸来，给了我一个轻吻。

Boon，我去了美萍河边，去了Side River，那儿没有你。我去了素贴山，去了双龙寺，那儿也没有你。我去了大象家园，我见到Ray了，她还是这么年轻这么漂亮，每天和大象嬉戏，过着一如往常的生活。Ray对我说："还记不记得那天你在这里，Boon看着你哭的时候心好痛。他对我说：'我爱上这个女人了。'"酒店是Ray陪你去卖掉的，也是她把你送到机场去了曼谷。她还说，从她16岁情窦初开的年纪就已经喜欢上了你。但是她知道，你的爱不在这儿，她学会了放手。

我去了清莱，见到了清迈小哥和蔓青。他们也不知道你去了哪儿，都说你是因为爱我才会离开我。清迈小哥对我说："你知道Boon的含义是什么吗？"我摇头，这都是一个人用来区别另外一个人的符号而已。但是清迈小哥说："在泰国，Boon的意思是佛。"我当时就愣住了，为什么你的父母要给你取这样的一个名字，是希望你像释迦牟尼那样舍弃自己，成全别人吗？我去了白庙，牌子还挂在树上，在风中叮当作响。我去了你妈妈的墓前，她的笑容依然还在。只要有你，她的笑容就不会消失。我找遍了每一个地方，每一个角落，回忆还在我的脑海里，你却音讯全无。

最后，我去了华欣的海边。客人换了，牧师还在。他说你没回来过。

你像是空气，让我得以呼吸，然而却感觉不到你的存在。

（3）还有一次机会

我不知道他们会不会告诉你，有一个男人陪伴在我左右。你听到这个消息会觉得难过，或者是欣慰？可是我已经没有机会说了，他爱的人不是我。你更不会有机会听到我说，除了你，我不会再爱上什么人。我对你心怀憎意却又不可自拔。

乔建民因为我的毁婚气得在家里闭门不出。我把他当初给我的一身行头，爱马仕的包，香奈儿的小礼服，卡地亚的项链，还有施华洛世奇的水晶鞋一一放在盒子里，上门前去负荆请罪。尽管我并不知道自己错在了哪儿，但给他一个微笑也是好的。我们的一生，并不是为了抱怨和不甘而活着。乔建民把东西拿走，却把我赶出了门，说瞧我这一脸的衰样，生下来就是个自甘平庸的，一辈子只能做个平民女。他只差没骂我是一个野种。

那天正好下着雨，我从乔建民的家一路走回家，没有怨天尤人也没有放声大哭，只是异常平静地走着，权当是在雨中散步。只是我还是那么地想念你。我仰头接受雨滴对我的抚慰，好像你无比温暖的怀抱。

后来，我还是经常去乔建民家里做着比保姆还粗重的活儿，我小妈依旧取笑我上不了台面，嫁不了富豪。我不介意，不认为我的所作所为能打动他们，会让他们对我好上一点点。乔建民一天一天地老去，雄心壮志一点一点地减少，除了选择对他们更好，我再无任何想法。我妈对我说，人各有志，她早已经原谅了乔建民。

还有，Boon，也许当初易晓天劝我留下我们的订婚戒指，是为了让我不要太难过。如今我把这两枚戒指用白金的项链串在了一起，天天戴在我的脖子上。每次当我在生活中遇到什么问题，有了什么困难，我总是亲吻着它们，寻求着你的鼓励和支持。我不再讨厌旅行，我考上了国际导游证，带着旅游团乐此不疲地从成都出发，经曼谷到达清迈。我不再讨厌飞来飞去，我唾沫飞溅地劝说大爷大妈们多买一点旅游纪念品。我总是期待着在机场，在清迈的某个街道的转角，有熟悉的声音传来，“珊珊，来，让我抱抱!”

另外，艾茉莉也恋爱了。不是富二代。以前就有个白领喜欢她，那时候她还爱着郑国华，没正眼瞧过人家。现在她觉得与其找个自己爱的人，不如找个爱自己的人。爱不是人生不可舍弃的事情，只要我们经历过就行。她也劝我，不要太执着。当初她顶着一头罗拉的短红头发，以为这样就可以实现梦想。现在她头发长长了染黑了，烫了鬈发。

然后，易晓天去了英国。他打算把女友的中文教会了再回来，到时候洋媳妇用一口流利的成都话叫上一声“爸爸”，不知道易晓天的父亲会不会接受，但他已经不像以前那么坚持到底了。

Boon，在你这里，爱是责任和牺牲。在我这里，爱是信念和坚持。也许我们爱的方式不同，却并不妨碍我们爱着彼此。我总是在网络上翻看那些旅人的清迈游记，还有美丽的清迈照片，去看泰国的电影、电视剧，还有听音乐。我总是希望更多地了解泰国的历史文化，了解你过去的成长环境和如今所处的时代背景。有一天，我在家里听到了泰国当红歌星Bie唱的歌：

我不是魔术师

我们相爱，但我们清楚
美梦是如此模糊
当我们同时在路上
也许路会变窄
我们不得不面对裂痕
即使不想承认
预示着总有那么一天
我们无法逃避
我清楚自己
爱你那么多
多得让我愿意改变
我也清楚这份爱
如此伟大
我将只有你一个，一个人
我不是魔术师
能变出美丽的城堡给你
没有权力也没有华丽的马车
但有一颗特别的心
我要带你穿越这个夜晚
我只是个男子
一心想爱你的人
用双臂拥抱你

闭上眼睛，放松心情

我们将要起飞

穿越广阔的海洋和陆地

是光在梦里闪耀

长夜刻进我的心里

赶走寂寞，让它远离我的心

爱会圈住你我

我并不伟大

无法为你一掷千金

也没有权力

无法像王子发号施令

我要带你穿越这个夜晚

我只是个男人

一心想要成为爱你的人

没有权力

只有一颗心

等着爱你

那天，在雨夜里，Boon唱的就是这首歌。Bie的歌声在表达人生重要的是爱情而非物质，我想这也是泰国人精神信仰之所在。那时候的Boon一定比我还要辛苦十分、惆怅百倍，他声音里透着不得不送走自己的爱人的离别的哀伤。如今，一天天过去了，Boon，想念你的时间越来越少，却总在午夜梦回时想起你的音容笑貌。这样的情况时有发生，规律得就像要持续一辈子，不能不令我慎重思考了许多，令我在两年后的今天，再次坐上飞机来到清迈。

我不知道这两年里，你到底发生了什么事。又是一个清明节的前夕，我看见你的妈妈和你的爸爸在一起了，也许他们在另外一个世界不再带着遗憾和悔恨，重新相爱了，真正开始了他们希望的生活。

Boon，你还好吗？你是不是像我一样，因为经历了一次爱情，成熟了很多。我现在领悟你的妈妈是因为更爱你，放弃了自己的爱，选择给你一个完整的家庭。而你也是因为爱，所以选择了离开。我现在原谅你了，不是原谅而是理解，甚至感到了欣慰。

我把鲜花放在了Boon的爸爸和妈妈合墓的石碑前，双手合十，默默地祷告："但愿我的Boon一生都快乐！"

艾茉莉的电话打了过来："珊珊，你跑哪儿去了？"

"我很快就回来了。"我说。

"快点，快点。你不知道现在有多忙，还东跑西跑的。"都已经是结婚的人了，艾茉莉还是这样咋咋呼呼的。

再见，Boon。我不是和你告别，而是和你说再见。也许这一生我们终有相见之时，也许没有。我一次又一次地对你挥手说再见，但还是会一次又一次地回转身。也许，一直到我嫁作了他人妇，成了他人妻，成了别人的妈妈和奶奶。也许到那个时候，等我终于闭上眼睛之前，才能真正地和你永无相见之时。

我回到了酒店。艾茉莉急得满头大汗，捧花不见了，鞋子不见了，戴的项链不知所终。我在床底下把她的鞋子拖了出来，项链给压在了无数瓶瓶罐罐底下。至于捧花，老天，鲜花店的人还没送过来！

Boon，我和艾茉莉实现了你的愿望，让你的酒店成为爱情的见证。尽管新娘不是我，新郎也不是你。

当艾茉莉和新郎一同站在台上面对牧师时，牧师正祥和平静地主持着他们的宣誓仪式。新娘年轻漂亮，新郎春光满面，两个人看上去如此的协调和配搭，理所当然地得到人们的祝福。

这显然是一场不太奢华但很温馨的西式婚礼。不太大的场地，清一色的身着礼服的宾客，以及各式暖色调的甜点、香槟、红酒，搭配着白色的婚纱照背景，白色的奶油蛋糕，白色的桌布和帘幕，这简直就是才子佳人浪漫情缘的最佳布局。我默默地站在礼台的下面，并没有人在意我的情绪如何，他们正全神贯注地分享这神圣的一刻，倾听牧师对新娘说的每一个字。“你是否愿意嫁给龙彬作为他的妻子，无论顺境或逆境，富裕或贫穷，健康或疾病，快乐或忧愁，你都将毫无保留地爱他，敬他，对他忠诚直到永远？”又是这种陈腔滥调，但是每个女人都渴望听到。艾茉莉微笑道：“我愿意。”

我乍听此语，有些感伤，低下头，思绪一片混乱。此时却有一只手，连招呼都不打就揽住了我的腰。那堂而皇之的态度，仿佛那理所当然是它的领地。我顺着那只手看向他的主人，只觉一阵头晕目眩，连站都站不稳了，还好那只手臂坚强有力地支撑着我。

“Boon！”我一脸错愕。

他成熟了，青黑的胡须渗出了皮肤，给他添上了一点沧桑。他的眼神多了一些平静，少了一些挣扎和无奈。只有那唇边的微笑，还是那么的阳光那么的灿烂。

他低下头，在我的脸颊边轻轻地一吻：“珊珊小姐，欢迎我回来吗？”

“你，怎么知道我在这儿？”我的声音幽幽地，像是从中世纪的古堡里飘出来，飘了很久才到达目的地。他的出现，就像梦境。

“是你带我来的，不是吗？”Boon刻意地压低了声音。

我笑着咬了一下嘴唇，是的，是我带他来的。当初他把酒店卖掉，我失去了寻找他的坐标，我放在墓地前的鲜花便成了他寻我而来的线索。

牧师在此时宣布：“好了，新郎现在可以吻新娘了。”新郎、新娘如蒙主恩宠一般，在众目睽睽之下甜蜜拥吻。四周掌声响起，如潮水般涌向每一个角落。

我怀疑我这辈子都要抢艾茉莉的风头。当初在飞机上，我是富豪女，她是小白领。我爱上了一个青年才俊的混血儿，她却屡屡失意，和见不得光的爱情挥手说别离。当我失恋的时候，易晓天车接车送全天候作陪，她只能在旁边说三道四。如今，她和新郎甜蜜相吻的时候，她的伴娘却在台下抱住了另外一个男人，比他们的吻还悠远长久，完全没有注意到台上的仪式已经结束，人群也自动散开让出一条道，新娘和新郎正手挽着手顺着这条道向我们走来……艾茉莉伸出手大力地拉我的伴娘裙，企图分开我们。她脸上不仅有尴尬，还有些愠怒。现在是她结婚的美好时刻，我却和一个陌生男人在这里耳鬓厮磨、如胶似漆。

但是，当她看清楚的时候，和我一样惊讶："天啊，Boon，你怎么来了？"

Boon微笑着去拥抱她："茉莉，祝你幸福。"

作为此次事件的唯一女主角，我掐了自己一把，手臂很痛。Boon站在我的身边，我又狠狠地掐了他的手臂，明显有痛感传到他的身上，他松开艾茉莉，用自己的手去抚摸痛处。

"珊珊，你在干吗啊？"艾茉莉显然不明白我在做什么。

"没事，她可能想弄明白自己到底是不是在做梦。"Boon龇牙咧嘴地回答她。

大家都笑了起来，清迈的阳光照在他脸上，把洋溢着的快乐折射成了一道又一道的光线，变幻出无数流彩和幻影。

（4）爱上清迈

我推开了Boon，往酒店外跑。我和他相拥和他亲吻，但并不代表我会再次迷失。连艾茉莉都说，从来没见过我这么拧巴的女人。我每时每刻都在想着这个男人出现，一旦他真的出现了，我却是这样的反应？

"珊珊，珊珊……"Boon在身后叫我。

我还在拼命地跑，每次都是我在做罗拉，也应该让他尝尝当罗拉的滋味了。我跑出酒店的大门，跑上弯弯曲曲的小道。突然，另外一条岔道上冲出无数辆摩托车挡住了我的去路。每个人手里都抱着一束硕大的玫瑰花，一条横幅挡在了我的面前："珊珊，我永远不会放弃追逐你的脚步！"落款：爱你的Boon。这群人还用泰语呼啦呼啦地唱着欢快的歌，我看到其中有蔓青、清迈小哥、Ray，还有清迈小美女。

Boon简直就是泰国的诸葛亮，掐指一算，算得到我没有放弃对他的爱，算得到我见了他之后必然逃跑，算得到我往哪条路上跑，他是不是还能算得到我必然折回身扑进他的怀抱？

他停在那儿，双手伸了出来：“来，珊珊，让我抱抱。”

早这么自信，两年前就不应该离开我。现在玩这么多花招干什么？

蔓青走过来，靠近我，笑嘻嘻地说道：“珊珊，还不过去？”

我还未来得及答话，Boon已经三步并作两步跑到我的面前。他拦腰抱起了我，“放开我，放开我！”我大叫，任凭我怎么挣扎怎么打他都不放手。他把我抱到了一辆装饰了玫瑰花的汽车前，腾出手来打开车门，把我丢了进去。身后是欢呼得不知所以的人们。

我在汽车里继续尖声大叫：“Boon，放我出去，没有见过你这么讨厌霸道的人！”

Boon砰一声把车门关上。伏在我的身边奇怪地问：“珊，两年不见，怎么脾气越发的坏了啊？”

不坏才怪。你试试，两年以来日夜的思念简直可以堆积成一座金字塔。因爱生恨，由积生怨，你懂不懂？

Boon也变了，不是以前那个只会说对不起的青涩小男生了。不管三七二十一，不管我叫天还是喊地，他按住了我的双手，狠狠地吻了下去。

只用了这一招就让女人俯首帖耳，娇喘连连再无反抗。

Boon开着车穿过清迈的老城区。我偏过头去看他，发现他越来越有男子汉气概了。成长往往要我们付出，尽管那些代价给我们的往往都是疼痛。可有些东西还是没有变，那些摆在街边的小摊铺，卖着花花绿绿的东西。搭着简陋雨棚的杂货店，门口摆着木椅子的小小的冰室，列成排的橘色和红色的嘟嘟车，我透过车窗再一次把这一切印在心里，庆幸没有物是人非。汽车行驶到了郊外，停在了一栋小公寓前。

Boon从车里把我抱出来，连路都不舍得让我走一步。他抱着我掏出房间的钥匙，打开了房门，把我放在地上。客厅的面积不算大，茶几上摆着一大束黄色郁金香，在清迈的阳光里发出暖人的光。灰色的沙发，白色的墙壁，灰色的窗帘……简约的西式风格，间杂着一些有着泰国风情的装饰。我打开了卧室的房门，迎面而来的是墙上挂着无数大大小小的照片，有我在酒店的，在海边的，在寺庙的，最大的那张是我和他站在海边，我幸福地靠在他的肩膀上，戒指在阳光下璀璨生辉。

“珊，喜欢这个家吗?”Boon从身后环抱住我，把头靠在我的肩头，柔声问我。

如果说不喜欢，显然是假的。我羡慕过那些出入高大上派对，住豪宅开好车的人的生活。现在我却更明白，每天疲惫归家时看见屋子里，哪怕只是一间小小的屋子里透出来的温暖灯光，知道有个人在等待着，打开门看到他的笑容，这些都是钱买不到的幸福。

“Boon，两年以来你就是靠着想给我一个家的信念，一步一步地扛过那些艰难、孤独、无聊的岁月，一直到了今天吗?”我转过身，面对他。

Boon把思念埋藏在了心里，把一点一滴流失的日子当成了刻度。一个月过去，一年过去，一年零一个月过去了……他和他的爸爸相濡以沫，护他爸爸安好，送他爸爸毫无遗憾地离开，在曼谷的大酒店里从运送客人行李的服务生做起……上天保佑，Boon的努力没有白费，因为太想早点见到我所以他拼了命去努力。如今的他，已经是清迈一家跨国五星级酒店的CEO。而且，也不再担忧走到哪儿无法生存的问题，包括到中国。中国的酒店业蓬勃发展，日新月异，Boon有着长期的酒店管理经验，同时又懂多国语言，自然有大把企业需要。他每一次去到陵园，看到他妈妈墓前的鲜花，便知道我来过。每一次他都默默地说，珊珊，有一天我们总能相遇。

“珊珊……”Boon的嘴唇在我耳边轻轻地来回摩擦，“以前我不够有自信来获得你的爱，我应该让自己变得更强大，更成熟，更稳定……”

“不要再说了。”我回转身，捂住他的嘴巴。时光让四季轮回，万物从凋谢到盛开，同时足以让人不断地成熟成长。当初那个灰心丧气、懦弱绝望的胆小鬼，如今变成了霸气外泄和气场强大的自信男。他说得没错，如果当初一意孤行地在一起，遭受了种种打击失去了自信以及内心不够强大的我们，争吵和埋怨将消减了对彼此的爱。就像当初我对他说的，一个没有信心的人，会爱上别人吗？或者能够得到别人的爱吗？

只有当自己日臻成熟，才可以获得爱情的特殊奖励。我还是要感谢Boon。是他的陪伴，是他的善良宽容甚至是他的离开，把当初一个颓废自卑同时又不知天高地厚的小女孩，变成了一个愿意去等待，去付出以及愿意信任别人和自己的女人。

现在，我不再是经受不住打击的小仙女，Boon也不再是一个不食人间烟火的小男生。成年男女都应该是经过残酷现实驯化过的动物，保持着野性的本性同时又懂得用善良的方式来获取想要的一切。

我微笑着，把手伸向他的腰际，一路横行，来来回回地游走，这不能不说是一种挑逗。我盯着他灿烂如花的笑容，双唇也渐渐贴了上去，几乎触到了他若隐若现的胡须。Boon的眼睛里闪现着如豹子一般的光芒，但是笑容依旧温柔。他贴上了我的唇，男人特有的温热气息一下子扑面而来，火热的唇瓣贴了过来，辗转流连。我清楚地感觉到Boon的肌肤和我的肌肤即将摩擦起火，分享的不只是久违的甜蜜，无法遏制的激动，还有经过时间沉淀下来的爱的气息。

Boon脱掉了我的衣服，看到了我戴在脖子上的戒指。他伏下头去亲吻它们，随之叹息："珊珊，你从来没有忘记过我！"

怎么可能把你忘记？你的温柔，你的体贴，你的微笑，包括你的离去，就像一把刀一样在我的记忆里深深地篆刻上了你的名字，从此以后再也没有人能把它抹去。

Boon的手环绕到我的脖子后面，取下项链，男戒重新回到了他的无名指上。另外一枚，他举在手中，问我："珊珊小姐，如果我重新向你求婚，你会答应我吗？"

"有本事你来拿。"我微微一笑，用舌尖舔了戒指含在口中。

"小心，别吃进肚子里去了。"说完，用他的舌头抵开了我的嘴唇，我们双双倒在了床上……

尚还气喘吁吁的我爬了起来，把Boon宽大的衣服套在了自己的身上。

“珊珊，你要做什么？”一如以前，Boon对我的突发奇想还是摸不到边际。

“你再躺会儿，不准偷看我干什么。”我笑着回头吻他，“闭上眼睛。”

Boon很听话地闭上了眼睛。

我打开卧室门穿过客厅，钻进厨房。一路上打开地灯、壁灯和厨房的装饰灯。一程程亮起的灯光让我觉得温暖和踏实。打开冰箱，果然食材一应俱全。我拿出面粉，鸡蛋。从今往后我要经常给他做面包了，从出炉到送进他的嘴里不超过三分钟。其实，在这两年里我不仅学会了烤面包，还会做各种各样的花式蛋糕和饼干，每天都换着花样，这样他才会有新鲜感，不会厌倦。

电烤箱丁零一声，时间到了，我赶紧拿出喷香的面包。这面包的名字叫新之心语。新，是新鲜的新，心是揪心的心。让你感到百思不得其解，又有揪心的痛。我领教过的，Boon是个中高手。

“来，来，你刚刚花了太多的力气，现在吃点儿补补。”我把拳头大的面包端到了Boon的面前。

Boon拿一个，咬了一口，皱了眉头。

“怎么了，不好吃？”

“嗯，水准不够。”

“啊？”

“不过每天做的话，技术能提高也说不定。”

Boon的意思不是让我嫁给他，以便他随时都有面包吃。而是，作为一个酒店的高级管理人员，对每一道甜点都有着相当严格的标准。如果我达不到，就必须天天在家练习。

我要崩溃了，这种男人注定给你的人生制造各种不同的麻烦。他爱上了你，是他爱上了你。离开你，也是他爱上了你。倘若他要是爱上了别的女人，是因为你不够努力，不够坚持，不够宽容。我相信每一个女人爱上他，都不会有好的结果。耗掉所有的时间、精力和感情，只为了证明一件事情，你无法离开他，心甘情愿忍受他的折磨。

如果爱情是童话，是因为人们看到了其中的美丽，看不到其中的艰难和痛苦。只有那些把美好当作彼岸盛开的鲜花，把艰难和痛苦当成眼前路的人，一步一步地踩着荆棘走过去，才能实现童话里的故事。

傍晚时分，我和Boon来到了素贴山。在山巅之上，望着青翠的清迈城，他曾问我："你有爱过吗？你爱过你的男人吗？"那时候我回答不出来，但是现在，这个问题根本不需要答案。

"Boon，你说两个人在一起到底是什么感觉？"我看着大半个沦陷在山尖的太阳，它失去了锋芒，变得温柔而又善解人意。

"也许什么感觉都没有，就是两个人在一起度过所有的无聊时光。"Boon的眼睛也望向落日。

"呃，呃，我是说，是说结婚的感觉……"我有些局促，结结巴巴地把一句话说得支离破碎。说到"结婚"两个字的时候，我垂了一下头，脸上闪过一丝甜蜜的微笑。

这抹笑容荡漾在Boon湿润的眼睛里。

"就是这样牵着手过一辈子吧。"他伸出修长的手指，覆在我的手背上，然后紧紧扣住。

"我想和你一直这样下去……"我看着交叠在一起的两只戒指，心里流淌过一阵暖意。曾经质问自己，我为何要在这世上承受这般痛苦，此时此刻，我才知道，我生在这世上，就是为了等待你，等待你的出现，等待你一步一步走到我的身边，不再离去。

"以后，我想换一套大一点的房子。"

"嗯？不喜欢现在住的公寓吗？"

"不！不是不喜欢，只是想给你买一幢别墅。"

"我才不需要，只要你在我身边就好。"

“傻瓜！我要努力工作，挣钱给你买大房子，新的车，新的衣服，新的包包。我答应过珊珊小姐，要让你过上好的生活。”Boon朝阳一般的笑容在我的眼睛里碎成了钻石。

“Boon，这一切对我来说……”

“嘘。”Boon又伸出手指放在唇间，“不要拖我的后腿，让我整日整夜舍不得离开，违背了我当初对你做出的誓言。”

我的眼泪终于忍不住掉了下来。这么好的男人，我怎么舍得忘记他，怎么舍得不想他，怎么可能再去爱上另外的男人？

太阳终于消失在了山间，空气中渐渐蒸腾起佛寺里檀香的气息，让人平心静气。远远地传来钟的声响，咚，咚，一声一声地，庄严而又神圣。钟声伴随着清风飘扬绵延，在素贴山金碧辉煌的寺庙上空辗转盘旋，久久不愿离去。这是上天的旨意，记得有一对恋人曾经在这里对话，他们会非常快乐！

我知道，在Boon的眼睛里，我是他的整个世界。

我知道，Boon的微笑比钟声都还要温暖人心，是我一生的依靠。

我知道，我该庆幸没有把Boon当成墓志铭，踩着尸骨未寒的爱情走到其他人的身边去。

我知道，如果真的是这样，我和Boon，永远不会再见。

但是到了今时今日我才知道，那些放弃，那些离别，那些无能为力，都是为了让我们回到原点，重新启程，然后共度此生……

（The End）

后记：还原真实的清迈之旅

这是一个真实的故事，故事中的男主角为了救治身患重病的父亲，不得不离开心爱的女友。一直到两年过后，当女孩有一天清晨打开自己的家门，才发现这个男孩坐在门口。他在等待自己成长，一直到他觉得可以把真正的爱交到女孩的手上。

还有另外一个故事，一个遭受离婚打击的中国男人前往清迈，他遇到了一个十六岁的清迈少女，可是这个男人觉得他们之间的年龄和国界的差距太大了，不得不忍痛告别。然而他还是忘不了她，一直等待她长大，他才前往清迈找回失去的爱情。然后他开了一家酒店，这是我小说中清迈Boon酒店的原型。

当然，有些人的爱情是倾向于共同成长，有些人的爱情是倾向于各自独立，一直到长成不攀附于各自高枝的木棉树，却能互相给予对方一处遮凉避雨的地方。对于我来说，更喜欢后者。这本小说的主题不过是表明，任何人遇到的爱情并非都是一帆风顺，不管对方是责任和牺牲，还是彼方的坚持和等待……允许爱情有一点成长的空间和时间，让之日臻完善，或许品尝到的果子会甘甜一点。条件是，这两个人必须相信彼此给予的爱情，并且有能力完善它。

还是那句话，和菜头说的，你不曾为之付出过任何东西的美，从来就不会属于你。爱情如此，旅行也如此。就旅行这件事而言，人人只要愿意就可以付诸行动。但旅行真正的美，不在于你对它到底有多热爱，付出多少和领悟多少。而是到底有放弃多少，放弃生活中的虚荣、封闭和占有，放开心怀去接纳未知的世界。

曼谷体验攻略篇

曼谷，原意为“天使之城”，有“佛庙之都”之誉，是泰国政治、经济、文化和交通中心。曼谷位于湄南河畔，距暹罗湾4公里，离入海口15公里，全市面积1568平方公里，人口600余万。市内河道纵横，货运频繁，有“东方威尼斯”之称。曼谷港是泰国和世界著名稻米输出港之一。

「住宿推荐」

莲花大酒店（Lebua At State Tower）

►地址：63/f foor.state tower bangkok 10500. thailand State Tower。

莲花大酒店（Lebua At State Tower），是小说中男女主角相遇的地方。它的Sky bar（空中酒吧）位于湄南河（chao phraya）畔，是世界上唯一的空中酒吧。当然，在曼谷还有很多其他好的酒店，比如悦榕庄。选择一些小酒店或是小的商务公寓也没问题，泰国酒店有个最好的优点，通常情况下都非常干净，并且会营造小小的东南亚情调。

「美景推荐」

大皇宫（The Grand Palace）

►地址：Thanon Na Phra Lan，Phra Borom Maha Ratchawang，Phra Nakhon，Bangkok

每一个初次来到曼谷的旅人，还是应该去看看大皇宫。大皇宫汇集了泰国建筑、绘画、雕刻和装潢艺术的精粹，其风格具有鲜明的暹罗建筑艺术特点，被称为“泰国艺术大全”。大皇宫内有四座宏伟建筑，分别是节基宫（Hakri Maha Prasad）、律实宫（Dusit Maha Prasad）、阿玛林宫（Amarin Winitchai Hall）和玉佛寺（Wat Phra Kaeo）。大皇宫是曼谷的标志，是到泰国旅游必游之地。1946年起，在大皇宫东面新建集拉达宫后，拉玛九世迁至该新宫居住，大皇宫便对外开放，成为泰国著名的游览场所。大皇宫前有个椭圆形广场，两旁树木繁茂，周围是主要大学、政府办公室、泰国的国家博物馆、国家剧院、国家艺术馆和曼谷守护神寺。大皇宫外的王家田广场，曾被作为御用广场，现今每逢春耕节和泰国新年，国王都在这里主持庆祝仪式。

开放时间：

8：30-15：30

票价：

250泰铢，进寺不能穿着暴露（入口处可以免费租衣裤，但要留下护照或信用卡）。

「美食推荐」

曼谷的吃包罗万象，有中国、印度及其他东南亚美食，尤以辣为名。

你几乎不用担心在这里找到难吃的东西。当然我很赞同泰国人对美食的尊重，所有食材必须新鲜，不需要添加太多的调味料，并且也会尽量地还原美食的新鲜度。倘若你走在街道上，你会看到那些小摊贩把所有的原材料都摆放在小车上，你要吃什么点什么，直接给你加工。加工方式其实也很简单，就是一个对窝和一个棒槌，捣烂，然后加上新鲜的果蔬来调味，比如，柠檬、番茄以及各种叫不出名字来的花花草草。

Maha Naga

▶地址：Soi 29，Th Sukhumvit

这是家时尚的泰国餐厅，装修环境添加了一些流行元素，颜色搭配比较有异国风味。菜品也融合了泰餐和西餐的口味。炸春卷（deep-fried prawn rolls）配以梅酱（plum sauce）和泰式肉汁扇贝（scallops in Thai-style gravy）是这里的特色菜。每道菜价格约500—700泰铢。

Le Lys

▶地址：104 Narathiwat Soi 7，Sathorn Road，坐BTS在Chong Nonsi站下

这是个有很浓家庭气息的餐厅，古堡式的欧洲风格装修。泰国菜做得很经典美味，金合欢叶咖喱烤猪肉、特色烤鱼和炒河粉是这里三大招牌菜，其他菜品也不错，每道菜价格约100—200泰铢，餐厅提供了良好的服务。

Royal Dragon

▶地址：35-222 Moo 4，Bangna-That Rd.Phrakanon，餐厅位于曼谷市的东南部，乘38路公共汽车可以到达

占地面积为3万多平方米，总共拥有5000个座位，是世界上最大的餐厅。由于餐厅太大，服务员都穿旱冰鞋端送饭菜，不时有服务员相撞、摔倒的事故发生。

建兴酒家（Somboon Seafood）

▶地址：Chamchuri Square Building，Room 101-102-103 Ground fl，Phya Thai Rd，Patumwan，Bangkok 10330

曼谷一家老字号的海鲜餐厅，价格合理，味道可口，咖喱螃蟹是这里的招牌菜，几乎是每位客人必点的菜。酸辣虾汤也能让喜欢酸辣的朋友过把瘾。这家海鲜店共有五个分店，人均消费约250—300泰铢。

MK泰式火锅

▶地址：Siam Square 5，Pathum Wan，Bangkok

泰国最有名的火锅店，因味道可口价格公道，所以非常受欢迎，在曼谷有很多分店，几乎每个百货商场都有。吃腻了重口味的酸辣甜泰餐，可以在这里吃到难得的清淡口味。价格约300泰铢/人。

Maeyanang

▶地址：183/59，Tambon Banpud，Amphoe Pak Kret，Nonthaburi

一边乘坐着古柚木船，游览泰国皇家昭帕雅河，领略泰国传统文化，一边享用美味的泰国料理自助餐。

费用：1800泰铢/人。

清迈体验攻略篇

在泰国，最想去的地方，就是清迈。你让我说一个明确的原因，很抱歉，真的没有。不因为她是三步一塔五步一庙的泰北佛教重镇，不因为她有街边转角处就能提供温暖的咖啡店，不因为她见证了邓丽君的最后的美丽容颜。作家毛姆曾经写过这么一句话："文明社会这样消磨自己的心智，把短促的生命浪费在无聊的应酬上实在令人莫解。"所以人需要把自己解放出来，不管是在路上，还是在都市中。笑也好，哭也好，至少看得见真实的自己。也许在清迈，最能让人沉下心来。想起Boon把乔珊珊带到了素贴山，面对苍翠的清迈城，他告诉她，放开心怀，用爱去感受世间万物的恩赐！

我相信你只要来到这里，会有很多人给你提供旅游资讯，比如逛寺庙，看泰拳，骑大象，玩丛林飞索，还有很多的地摊夜市。更不能错过的是去古城，坐在那儿喝上一杯咖啡。尤其是小说中提到的美萍河和拜县，还有清莱的白庙，一定要亲自去领略一下。

「住宿推荐」

Tong House

▶地址：229VILLAGE NO.12 NONGKWAI HANG HANG-DONG CHIANGMAI THAILAND 50230

实际上，这间酒店见证了一个中国男人和一个清迈少女的爱情和他们的事业。这家酒店是小说中酒店的原型，和其他酒店不太相同，没有标准的星级酒店设施设备，但提供厨房让住客自己买菜做饭，像家的感觉，更适合长期居住。

「美景推荐」

古城

▶地址：泰国清迈城区

清迈古城呈四方形，四边城界长约1.5公里，有城墙和护城河包围着，都保存得很完整，是泰国重要的文化遗产之一，美丽清幽，遗迹众多。当走入了清迈古城小巷，没有了来往穿梭的车辆，避开了修葺完好的柏油马路，虽然两边的建筑也难免留有现代的印象，但这样安静、漂亮的清迈才是想象中的清迈，一座鲜花之城。在清迈古城，一百米就会遇见一个寺庙，满大街的寺庙、旅馆、旅行社、按摩鱼疗店、休闲吧、酒吧、饰品礼品店、小吃店、快餐店、洗衣店、租车店等，你似乎看不到忙碌的人，也似乎没人忙碌一样。

契迪龙寺（Wat Chedi Luang）

▶地址：Phra Pok Klao， Sri Phum， Mueang Chiang Mai

清迈市内六大寺庙中最为著名，与帕辛寺同为清迈地位最高的寺庙。佛塔高达56米。佛塔建于1441年，历经了地震、战火无数，造成严重倒塌，尊贵的玉佛曾在此供奉79年。现在的佛塔是经过修复的，但是顶部依然一片荒凉，据说，是因为根本没有资料能查出来它原来是什么样子。佛塔上有三面神龛，分别放置佛陀的塑像。东面原来放置玉佛的地方，现在放着复制品，其他两个是石雕，其中一尊是卧佛。

帕辛寺（Wat Phra Singh）

▶地址：Sri Phum， Mueang Chiang Mai， Chiang Mai 50200

帕辛寺又称双龙寺，由孟莱王初建于1345年，用于供奉其父亲的骨灰。后经多次扩建才形成现有规模。寺内有两条用彩色玻璃片做成的巨龙，很有气势。在帕辛寺门口，摆放着七尊神态各异的释迦牟尼像，据说每一个形态代表了一个星期中的一天，所以在星期几出生就要供奉那一尊佛祖。寺院正中有一座高约20米的大金塔，建于16世纪，据说塔内保存有佛祖释迦牟尼的舍利子。塔顶有泰王所赠的水晶莲花。寺院周围苍松翠柏，古木参天，两条用彩色玻璃片和扇形彩釉小瓷砖镶嵌的巨龙，各有大小7个龙头，雄踞石阶两侧，龙首高翘，威风凛凛。长约150多米的龙身随石级起伏而上，一直伸展至佛寺门口。石阶重重叠叠，共309级，十分壮观。

塔佩门（Tha Pae Gate）

▶地址：Si Phum， Mueang Chiang Mai， Chiang Mai 50200

从塔佩路和昌康路交叉口一直到Sridonchai Rd.与昌康路交叉口，著名的清迈夜市就在此处，约700米长的区域都属于夜市范围，是热爱购物和美食旅游者的天堂，从这里搭车5—10分钟就可到达老城区，搭车15分钟可到达清迈大学周边的尼曼明路，去机场仅需20分钟，可谓四通八达。在这里落脚可尽情体验清迈风情。这是进入古老的清迈城市的一个主大门，也是城市的一个主要标志。每一个角落和城市的每一个大门都面对着罗盘指南针的八个角，在南边多了一个大门。Tha Pae 门面向东，赋予穆拉占星术的本领和繁荣。这个让人印象深刻的大门是一个很受游客欢迎的拍照地点。

清迈市艺术文化中心（Chiang Mai City Arts & Cultural Center）

▶地址：Si Phum，Mueang Chiang Mai， Chiang Mai 50200

这座文化中心是后殖民期泰式建筑的代表作，展示的是珍贵的兰那收藏品和传统北部文化。这里经常举办别开生面的互动展览会、短期艺术展、艺术讲座。还有一个图书馆。

大象自然保护公园（Elephant Nature Park）

▶地址：209/2 Sridom Chai Road I Muang，Chiang Mai 50100，Thailand

如果你去清迈还要骑大象，那你就out了！大象自然公园会给你讲述关于大象的各种美丽故事，你会发现这种动物如此聪明美丽，以及它们被人驯养时的各种不幸。可以和大象各种近距离合影，喂食，给大象洗澡。很适合带小朋友来。大象自然保护公园建于山区，公园内主要是草地和树林，草地上有大象的居所，也有人的居所。

清迈屏河沿岸（Along Ping River）

▶地址：Tambon Chang Moi，Thesaban Nakhon Chiang Mai，Chang Wat Chiang Mai 50300，Thailand

这里坐拥良好的自然环境，比邻纳瓦拉迪桥、屏河等景点，距离市区仅1公里左右。这里还有很多有风格的小吃店，不远处还有清迈的跳蚤市场，游客们可去那里淘到好东西。相比市区，这里的居住环境较安静，距离市区不远，也不用担心会错过热门景点，是休息的好地方。

清迈大学（Chiang Mai University）

▶地址：239 Huay Kaew Road－Muang

泰国清迈大学（Chiang Mai University）简称CMU，成立于1964年，位于泰国清迈市西郊，占地3300平方公里。目前拥有学生15000名。清迈大学是全市唯一一所国立大学，也是泰国北部首屈一指的高等学府，于1964年1月由普密蓬国王殿下批准创建。清迈大学是个很美丽的大学，校园里的园艺和鲜花，不比皇宫的差。因为学校面积太大，有专门为学生提供的循环免费电瓶车。

清迈大学周边·尼曼路（Chiang Mai University）

▶地址：Tambon Su Thep，Thesaban Nakhon Chiang Mai

尼曼路由一条条横路组成，每条横路都有各种装修得很别致的小店，如咖啡店、旅店、设计师店铺，甚至还有设计感很强的酒店。总之，尼曼路就是设计师和小清新的天下。

「美食推荐」

The River Side Bar And Restaurant

▲地址：9-11 The Riverside Chiang Mai，Charoen Rat Road，Wat Ket Subdistrict，Mueang Chiang Mai District，Chiang Mai，Thailand

The River side，1984年开业。是清迈首间设有乐队现场表演的美式酒吧餐厅，至今仍是美萍河边最受外国人欢迎的餐厅。店内以木装潢为主，点缀以霓虹灯和旧广告画，弥漫着美国西部酒吧的氛围，虽然因为历史长久，装潢已经显得很陈旧，但一点也不影响它的生意。你也可以选择到游船上就餐，要另加费用。菜式有泰国北部、东北部、中部风味。

Sukontha Buffet

▲地址：46/1 Huay kaewRd.T.Chang Pu-ek A.Muang Chiang Mai

去清迈，一定要去找传说中的千人火锅。泰式火锅，能煮能烤两吃，199泰铢吃到饱，人民币就40块钱！特别注意，吃的时候不要多拿，因为基本上补货都很及时的，拿多了吃不掉很傻的，还要罚钱。

The Good View Bar & Restaurant

▲地址：13， In PTT Gas Station area，Charoen Ras Road， Wat Kate Subdistrict， Mueang Chiang Mai District.， Chiang Mai， Thailand

The Good View 是 ping river （宾河）上三大有名食府之一，建于1997年，主打创意泰北料理以及西餐，特别的是餐厅内部有日式料理铺。这里一到晚上人头攒动，过了六点常常是要排队的。白天是饭店，晚上就开始与酒吧混合的节奏，充斥着泰国的各路美女帅哥。

Palaad Tawanron

▲地址：100 Huaykaew Rd. Suthep， Muang， Chiang Mai

这家是清迈比较出名的高级餐厅，位于素贴山山腰，清迈大学附近。虽说出名，但是位置有些偏僻，环境不错，有顺着山上而下的小瀑布，也可以欣赏到清迈城里的夜景，还有就是这家的咖喱蟹很好吃，虽然消费小贵，但是有这样的环境和味道也就值得了。

拜县旅游攻略

拜县是非常适合情侣去的浪漫小镇，只有亲身去体会，才会知道任何华丽的文字也无法描述这样远离喧嚣的宁静与美丽。

这里白天阳光耀眼，傍晚和清晨露水较重。白天这里是小清新的田园风貌，晚上，这里是美食和嬉皮士的天堂。你可以骑摩托车在山里飞驰，也可以坐下来喝一杯饮品，在冰激凌车里翻找一个喜欢的冰激凌。

「住宿推荐」

Coffee In Love

▶地址：92. Moo 11， Pai， Thailand

这座黄色小屋是为泰国电影《pai in love》而建的，如今已成为拜县的标志性景点。不管男女老少，到拜县必定会来到这座小屋跟前留下合影，留下一颗年轻小资的心。这座小屋就位于Coffee In Love旁马路边上，黄色的小洋楼，白红相间的咖啡屋，大红的邮筒，唯美的花架，清新的鲜花，这里便是让人流连忘返的拜县的精华之地。

拜县温泉

▶地址：Huai Nam Dang National Park， Mae Hi， Pai

拜县温泉位于Mae Nam Pai河对岸，镇东南7公里处，温泉在一个森林公园内，需要购买门票才可进入。温泉水温时高时低，看当地的降水量而定，里面有不同温度的池子，不分男女。不过游客需要尊重泰国当地风俗，适当遮盖一下身体，避免过多暴露皮肤。前往温泉比较好的时间是清晨，阳光温柔地穿过森林，洒在蒸腾的热气之上，营造出一种特别清新的环境氛围。

云来观景台

▶地址：Ban Santichon， Pai， Thailand

就在拜县的中国村，要从村里到山顶上，上山有一个非常大又很长的坡度，摩托车勉强能骑上去，上去之后要停在一个平地上，然后步行再登一小段。这里，是一个能俯瞰中国村全景的地方，也是整个拜县看日出和云海的绝佳去处。站在山顶，微风拂面，远望天边云卷云舒，近看田间花开花落，这精致，这情调，让人想在这里待上一辈子，舍不得离开。观景台有一间茶舍，交费20泰铢，可以一边欣赏美景一边喝茶水。

二战大桥

► 地址：Mae Malai- Pai Rd. Mueang Paeng，Pai，Thailand

沿着清迈到拜县的公路出发找二战桥，也可以看日落哦。站在桥上，可以望见河两边颜色绚丽的小屋子。重建后的二战桥与周边郁葱的山林相映衬，显得更加质朴和厚实。二战桥是离小镇最远的一处景点，但来这里的游人明显要比其他景点要多，不只是它是带着故事和历史光辉功绩的战桥，还因为在这里拍出的相片显得更大气抑或知性。

Wat Sai Khao

► 地址：Pai District，Mae Hong Son，泰国

Wat Sai Khao 处于自然森林的位置，是佛教僧侣静修并且给众人传达宽容宁静的理念之地。因为如此，西考国家公园和西考瀑布已成为日常冥想的僧人练习的一个文美地方。

南湖寺（Wat Nam Hoo）

► 地址：Chaisongkran rd，Pai，Thailand

距县城中心约3公里，建成距今大约400年历史。这是一处很特别的庙宇，相传这里葬着大城王朝黑王（纳莱颂恩）的妹妹的发塚，所以寺内随处可见黑王妹妹的画像以及黑王最喜欢的斗鸡。寺院内供奉一尊庄严神圣的清盛时期佛像，底座有24英寸宽、30英寸高，佛像的头结可打开，有水流涌出，被民众视为圣水，因此该佛像很受当地人敬仰。

「美食推荐」

Charlie and Leks

▶地址：Th Rangsiyanon， Pai， Thailand

Charlie and Leks 餐厅是几年前从清迈搬到拜县来的，提供多种传统泰国菜。这里除了本地人光顾，也有很多游客慕名而来。餐厅菜品实惠，价格公道，受到很多旅行者的追捧。目前，餐厅还增加了厨艺培训项目，致力于让更多人了解泰国菜和泰式烹饪。这家店没有华丽的外观，也没有显著的招牌。不过，不论是下午还是晚上，都有不少老外三五成群坐在那里吃饭聊天。

Coffee in Love

▶地址：92. Moo 11， Pai， Thailand

Coffee in Love是拜县很出名的一家咖啡馆，整个黄色小屋像童话里才有的。屋前的各色小花，玫瑰阶梯，屋里的蓝白家居，屋后的泳池、藤椅，以及巨大的芭蕉叶墙，都无不充满梦幻的气息。还有后面由稻草人和牧马人看管的大片玫瑰园和麦田。几乎所到的每个人都会进去品尝甜点和咖啡，生意好到爆。咖啡店占地很广，有好几个区域，还有白色的露天平台，在这里点一杯咖啡，和心爱的人看田园之美，听一曲应景的音乐，写一段话给自己、给未来，应该是非常地美好!

Madame Ju Coffee

►地址：on the corner of the Walking Street/Pai Hospital Traffic Lights

Madame Ju Coffee 西点屋是非常明显的一栋建筑，一楼外观由黄色拱门建筑组成，门口摆放了很多花朵和可爱的卡通模型，女孩子见了一定是非常喜欢的。二楼外观有点像西部牛仔酒吧的风格，有很多卡通人物站立在露台上，非常醒目。食物有西式也有泰式，最赞的是早餐的碎肉煎蛋。

Boomelicious Cafe

►地址：Soi One Corner Plaza， Pai

这家餐厅并非如它的名字一样是间纯粹的咖啡厅，更像是一家餐厅。泰国主厨出身于拜县的烹饪世家，并到澳大利亚从事餐饮行业多年，善于将东西方烹饪技巧结合起来，制作出独一无二的创意菜式。这里的很多菜品，绝对是你在拜县其他地方吃不到的。另外，他们家的茶是澳大利亚方面认证的有机花草茶，纯天然、无污染。

Witching Well

►地址：97 M.3 vieng tai， Mae Hong Son 58130泰国

一个如女巫之家一样的餐厅，让你在魔法世界中寻找童年的滋味。这家巫餐厅的老板是个皮肤黝黑，身材高大的泰国小伙子。店里的服务员是男生，但是会化妆，穿得也像女生。餐厅的服务非常周到，老板也自嘲是Dish Washer。来这家餐厅的欧美人会偏多一点。在这里要特别推荐一下，每道菜都有很好的味道和漂亮的摆盘，果汁饮料新鲜甘美。

「住宿推荐」

马里拜度假村（Mari Pai Resort）

▶地址：97 Moo 11， Thung Yao， Pai， Thailand

眺望出去，是绿油油的山谷，偶尔带点薄雾，用沁人心脾的空气唤醒你。丰富的早餐，有意思的住宿，蜜月房、小别墅，还有可爱的房车，如果想要在车里住上一宿，这里你一定喜欢。马里拜度假村和网上极富盛名的Coffee in Love相隔50米。度假村里还有很多亭子，每个亭子里都有一张吊床，边上会放木质的躺椅，随时可以在这里边看风景边发呆。度假村的房子都是独栋小木屋，价格都是1800泰铢每晚。

Hotel des Artists Rose of Pai

▶地址：99 Moo 3 Chaisongkhram Rd.， Wiang Tai，， Pai， Thailand 58130

酒店离机场3公里，靠近克朗寺、巴生寺、銮寺等景点，距离著名的步行街市场有10分钟步行路程，推开窗出去就是旅店后花园和pai河。中国木制家具和古董灯具点缀着客房，私人阳台可欣赏到美妙的山景。Café d' tist咖啡厅提供每日早餐和下午茶。咖啡厅提供户外用餐选择，客人可以在五颜六色的遮阳伞下享受地方小吃。

拜岛度假村（Pai Island Resort）

▶地址：333 Mu 1， Tambon Vieng-Tai， Pai， Thailand 58130

这是一家非常不错的酒店，酒店在拜县北部一个山谷中，四周环绕着连绵山脉，热带雨林和舒缓的小溪，拥有优美的园林风景。每间别墅都是独立的院落，在楼上有室内浴室，全玻璃的，可以看到精心设计的花园景观。花园里还有座天然茅草顶的大浴缸，躺在里面洗泡泡浴看星星非常有感觉。酒店有专门的嘟嘟车接送服务，从拜县机场到酒店只有2分钟的时间，到镇中心公交站也不过10分钟时间。从拜县中心走回酒店步行15—20分钟。价格大约在600元人民币每晚。

拜树屋度假村酒店（Pai Treehouse Resort）

▶地址：90 Moo 2， Tambon Maehee， Pai， Thailand 58130

这里一进门就是树屋咖啡厅，很大一片草坪，再往下走才能到达树屋，倒是蛮特别的，想尝尝住在树上的感觉的朋友赶紧去吧！树屋坐落于拜县的中心地带，住客可轻松前往城区内各大旅游、购物、餐饮地点。想在拜县寻找舒适又便捷的酒店，就一定要考虑拜树屋度假村酒店，能带给您不一样的体验和感觉。

库特酒店（Quarter Hotel）

▶地址：245 Moo 1，Chasongkram Road，Tambon Viengtain，Mae Hong Son，Thailand 58130

Quarter Hotel酒店全是独栋别墅，提供带阳台并享有山脉美景的宽敞客房、室外游泳池和免费无线网络连接。整个建筑风格偏欧式，又夹带东南亚风情，让人感觉非常舒适和享受。当然，价格也比其他的酒店稍微贵一些，大概在人民币300元左右。酒店提供可免费使用的自行车，还设有一个提供国际杂志和免费电脑的图书馆。酒店提供前往市镇或机场的免费班车服务。餐厅还供应各种国际美食，并设有一个可欣赏花园和游泳池景致的户外用餐区。最舒服的地方莫过于中间的大院子，有小亭子可以休息，有泰式的靠枕等，很舒服的空间。

凯利那复古酒店（Kirina Retro House）

►地址：148 Moo 6， T. Viengtai， Maehongson， 58130 拜县

由祖传的老房子改建而来的，酒店是前泰国明星开的，所以整家店很时尚。在一片田地中间，打开后院就是一望无际的麦田。老板是对非常热情的夫妇，而且英文也不错，沟通完全没有问题。每间房装修风格都不一样。漂亮的田园风格，精美的庭院，可爱的壁画，让人一见就爱。到了晚上到处传来蛙叫声，让人想起了辛弃疾的《西江月·夜行黄沙道中》。住宿价格在200多元人民币每晚。